DIE BACHELOR-BESTIE

INTERSTELLARE BRÄUTE PROGRAMM: DIE BESTIEN – 1

GRACE GOODWIN

Die Bachelor-Bestie
Copyright © 2020 durch Grace Goodwin

Interstellar Brides® ist ein eingetragenes Markenzeichen
von KSA Publishing Consultants Inc.
Alle Rechte vorbehalten. Dieses Buch darf ohne ausdrückliche schriftliche Erlaubnis des Autors weder ganz noch teilweise in jedweder Form und durch jedwede Mittel elektronisch, digital oder mechanisch reproduziert oder übermittelt werden, einschließlich durch Fotokopie, Aufzeichnung, Scannen oder über jegliche Form von Datenspeicherungs- und -abrufsystem.

Coverdesign: Copyright 2020 durch Grace Goodwin, Autor
Bildnachweis: Deposit Photos: mppriv, bondarchik

Anmerkung des Verlags:
Dieses Buch ist für volljährige Leser geschrieben. Das Buch kann eindeutige sexuelle Inhalte enthalten. In diesem Buch vorkommende sexuelle Aktivitäten sind reine Fantasien, geschrieben für erwachsene Leser, und die Aktivitäten oder Risiken, an denen die fiktiven Figuren im Rahmen der Geschichte teilnehmen, werden vom Autor und vom Verlag weder unterstützt noch ermutigt.

WILLKOMMENSGESCHENK!

TRAGE DICH FÜR MEINEN NEWSLETTER EIN, UM LESEPROBEN, VORSCHAUEN UND EIN WILLKOMMENSGESCHENK ZU ERHALTEN!

http://kostenlosescifiromantik.com

INTERSTELLARE BRÄUTE® PROGRAMM

*D*EIN Partner ist irgendwo da draußen. Mach noch heute den Test und finde deinen perfekten Partner. Bist du bereit für einen sexy Alienpartner (oder zwei)?

Melde dich jetzt freiwillig!
interstellarebraut.com

1

Kriegsfürst Wulf,
Abfertigungszentrum für
Interstellare Bräute, Miami, Florida, Erde

„Das war von Anfang an eine bescheuerte Idee, aber jetzt wird es ganz und gar lächerlich", knurrte ich.

Eine Frau flatterte aufgeregt um mich herum, mit einem Pinsel in der Hand, um mir über den Hals zu pinseln. Es kitzelte nicht nur, sondern sie verteilte auch noch blasses Puder überall auf meiner Haut.

Ich schob sie weg, vorsichtig, immerhin war sie klein und weiblich, ich wollte ihr ja nicht wehtun – dann sah ich wieder auf den Bildschirm.

„Was macht der Mensch da an deinem Hals?", fragte Maxim und legte den Kopf auf die Seite, als könnte er so besser sehen. „Wieso haben deine Wangen diese Farbe? Bist du krank?"

Die Bestie in mir knurrte auf, bereit, den Bildschirm von der Wand zu reißen. Die Frustration war immer größer geworden, seit ich auf diesem weit entfernten, rückständigen Planeten angekommen war.

„Man nennt das hier Make-up", quetschte ich durch die Zähne. „Diese kleine Frau hat mir versichert, dass ich krank und schwach auf den Bildschirmen dieses Planeten aussehen werde, wenn ich das nicht im Gesicht trage."

Rachel, die hinter Maxim stand, nickte zustimmend. „Das ist richtig.

Menschen nennen das Bühnen-Make-up."

Ich schnaubte angewidert und bedeutete der Frau mit einer Geste, weiterzumachen. Sofort war sie wieder mit den kleinen Pinseln zur Stelle. Ich blickte auf sie herab und bemühte mich um mehr Ruhe, damit ich sie nicht zu Tode ängstigte. Mein Blick musste ihr wohl den sofortigen Tod signalisiert haben, wenn sie sich nicht von mir fernhielt. Sie schluckte schwer und stieg von der Trittleiter herunter, die sie benutzte, um an mein Gesicht zu kommen. Ich war so viel größer als jeder hier auf der Erde und sie war ein sehr kleines Exemplar von einem Mensch. Sie räusperte sich. „Ich denke, das wird reichen. Viel Glück heute Abend."

„Danke", sagte ich leise, damit sie nicht gleich in Tränen ausbrach.

Sie huschte mit ihrer Leiter davon, als habe sie all ihre Mutreserven aufgebraucht, um mit mir zu reden.

„Du siehst seltsam aus", sagte Maxim. Ich war froh, dass er sich mit Beleidigungen zurückhielt.

„Normalerweise benutzen nur Frauen auf der Erde dieses Make-up, aber im Fernsehen brauchen alle Geschlechter das, sonst sehen sie in dem grellen Licht zu blass aus." Rachel erklärte Maxim genau das, was man mir auch an meinem ersten Tag am Set erklärt hatte.

„Ich habe keine Ahnung, was das alles bedeutet", sagte Maxim und drehte sich zu seiner Gefährtin um. Er saß wie üblich auf seinem Stuhl – allerdings war das Lichtjahre von dem Ort entfernt, an dem ich mich nun befand – und Rachel stand neben ihm, mit einem Arm auf seiner Schulter. Es war eine sehr lässige Haltung angesichts eines offiziellen interplanetaren Gesprächs.

Aber nichts an dem Grund für meinen Aufenthalt auf der Erde war offiziell oder formell. Es war ein einziges Durcheinander, wie neulich noch jemand sagte. Eine Katastrophe. Selbst der schlimmste Plasmasturm war nichts dagegen. Ich war der arme Kerl, den man für diese lächerliche Mission ausgesucht hatte, weil ich die englische Sprache der Menschen vor ein paar Jahren gelernt hatte. Ich hatte das getan, um meiner interstellaren Braut zu gefallen. Meiner perfekt zu mir passenden Gefährtin.

Und was war nun daraus geworden? Ich war damals ein mächtiger Kriegsfürst gewesen. Kampferprobt, in der Blüte meiner Kraft. Trotzdem hatte sie ihre dreißig Tage genommen und war zur Erde zurückgekehrt. Sie hatte sich für einen anderen Mann entschieden. Nicht von Atlan, sondern einen Menschen. Einen Mann, den sie mehr liebte, als sie mich je lieben lernen könnte. Ich spürte nichts als Schmerz, jedes Mal, wenn ich gezwungen war, diese primitive Sprache zu benutzen, um mit den Frauen zu sprechen, die mir von diesem Programm vorgeführt wurden wie Geschenke. Oder mit diesem widerwärtigen Mann mit den großen weißen

Zähnen und dem steifen Haar zu reden, der jede Gelegenheit nutzte, mir einen Verstärker vor den Mund zu halten.

Ich hatte nicht die geringste Hoffnung, dass diese Mission mein Leben retten könnte. Wenn eine perfekt passende Gefährtin nicht in der Lage war, mein Paarungsfieber zu besänftigen, bestand kaum Hoffnung, dass eine Fremde das würde tun können, selbst wenn sie willig war. Lieber wäre ich nach Atlan zurückgekehrt und zu meiner Hinrichtung gegangen, als eine Frau zu einem Leben mit mir zu verdammen, jedoch ohne die Hingabe meiner Bestie.

Bisher war diese dunkle und primitive Seite meines Ichs, die Bestie, einfach nicht interessiert.

„Es funktioniert nicht, Maxim", wiederholte ich. Seit dem Tag meiner Ankunft hatte ich das immer wieder gesagt. Drei Wochen war ich nun schon auf der Erde. Drei endlos lange Wochen. Kein Wunder, dass Frauen sich freiwillig für das Bräute-Programm meldeten, um von diesem furchtbaren Planeten wegzukommen.

Ihre Fahrzeuge waren primitiv und stanken nach verbranntem Kraftstoff, ebenso wie der schwarze Teer, den sie auf ihre Straßen kippten. Die Luft war bräunlich, ganz verschmutzt und stank nach Chemikalien. Die Menschen waren grausam und unfreundlich zueinander. Schmutzige Menschen, die am Straßenrand starben oder in Pappkartons schliefen, während andere in Palästen aus Stein und Kristall hausten. Die Menschen auf der Erde waren so, wie die Koalition bis zum Erlass von Prime Nial gewesen war. Rücksichtslos den Soldaten gegenüber, die angeschlagen aus dem Krieg heimgekehrt waren. Sie wurden ignoriert und vergessen, man versagte ihnen die Anerkennung für ihre geleisteten Dienste. Sie wurden nicht bewundert, sondern man fürchtete sie. Weil sie sich verändert hatten.

Genau wie ich und alle anderen Männer und Frauen, die in die Kolonie verbannt worden waren. Wir waren beschädigte Ware. Verseucht und abgeschoben, aus Angst.

Das war einer der Gründe, warum ich mich auf dieses Debakel eingelassen hatte. Es ging mir nicht um mich selbst, ich tat es für sie. Für die anderen. Wir brauchten mehr Bräute. Menschenfrauen hatten, aus welchem Grund auch immer, keine Probleme, sich an das Leben in der Kolonie anzupassen und kamen mit den gescheiterten Kriegern gut zurecht. Nahmen sie zu ihren Gefährten. Liebten sie. Gingen Beziehungen ein und hatten Kinder mit ihnen. Die Erde hatte uns wieder Hoffnung gegeben. Zwei der Menschenfrauen auf dem Kolonieplaneten, Lindsey und Rachel, waren auf eine aberwitzige Idee gekommen.

Warum sie glaubten, dass ich menschliche Frauen dazu bringen könnte, sich ausgerechnet in die Kolonie verpartnern zu lassen, verstand ich nicht. Ich war nicht der Beste von uns. Es gab viele ehrenhafte Männer, die glücklich gewesen wären, wenn man sie dafür ausgewählt hätte.

Aber ich sprach eben Englisch, wenn auch nicht besonders gut. Ich konnte kommunizieren. Rachel wusste, ich würde ihr nichts abschlagen können. Sie war eine unserer erwählten Frauen, verpartnert mit unserem gewählten Gouverneur, Maxim von Prillon Prime. Sie wurde verehrt und beschützt, an Körper und Geist. Wenn sie mich um etwas bat, konnte ich nicht nein sagen.

„Kannst du es nicht wenigstens versuchen? Ich weiß, so funktioniert das eigentlich nicht, aber trotzdem. Küss doch einfach mal eine von ihnen oder so. Vielleicht springt dann der Funke über."

Meine Bestie schreckte zurück bei der Vorstellung, eine dieser Frauen anzufassen oder gar zu küssen. Aber Rachel, mit ihrem lockigen braunen Haar und der kessen Einstellung, hatte mich voller Hoffnung angeschaut. Diese Frauen von der Erde waren einfach zu optimistisch. Jetzt, da ich hier und von diesen Frauen umringt war, verstand ich, warum sie so klein war. Sie waren alle klein. Trotz allem, was ich an Mängeln auf der Erde entdeckte, blieben die Menschen voller Hoffnung, voller Optimismus. Sie weigerten sich, aufzugeben oder ihre Niederlage einzugestehen.

„Nein." Mehr als dieses eine Wort konnte ich nicht sagen, während ich den Zorn meiner Bestie zurückdrängen musste. Sie war nicht nur desinteressiert, sie war wütend über die Vorstellung, ich könnte sie dazu zwingen, eine dieser Frauen zu küssen, die sie nicht haben wollte. Nicht jetzt. Nicht, solange dieses Fieber uns beherrschte. Es war, als stünde unser Blut in Flammen und ein unnachgiebiger Zorn würde jede Faser unseres Körpers beherrschen, unablässig, jeden Tag. Wie sagten die Menschen? Es hing nur noch an einem seidenen Faden.

„Warum denn nicht? Was hast du zu verlieren? Vielleicht erlebst du ja eine

Überraschung." Rachel war sehr bemüht, mich zu ermutigen und ich bewunderte ihren Unternehmergeist. Aber der wurde gezügelt von ihren beiden prillonischen Gefährten, so wie sie deren Leidenschaft zügelte. Sie zog bei meiner Bemerkung eine Augenbraue hoch. „Ich habe gehört, die Einschaltquoten sind durch die Decke gegangen und alle wollen unbedingt wissen, wie es weitergeht. Das wird wunderbar funktionieren, um Bräute zu rekrutieren."

Ich stemmte meine Hände in die Hüften und atmete tief durch, um nicht die Bestie herauszulassen. Es lag nicht daran, dass das Fieber in mir wütete, sondern daran, dass ich so frustriert war und nichts im Griff hatte. Hier auf der Erde hatte ich keine Kontrolle über irgendetwas. Ich aß, wenn man mir sagte, ich solle essen. Ich schlief, wann man mir sagte, ich solle schlafen. Ich trug, was sie mir zum Anziehen gaben. Ich verbrachte Zeit mit Frauen, die ich ihrer Meinung nach umgarnen sollte. Mein

Ansprechpartner war ein kleiner, grauhaariger Mann mit einem Klemmbrett und Hornbrille. Er war nicht mein Kommandant, kein Atlane. Kein Soldat.

Er war ein Assistent der Geschäftsleitung, was auch immer das sein sollte. Da ich nicht zur Geschäftsleitung gehörte, verstand ich nicht, wieso er mir ständig und überall hin nachlief und mich herumkommandierte wie ein kleines Kind. Manchmal sprach er sogar langsam und laut mit mir, als wäre ich nicht nur mit Hive-Technologie verseucht, sondern außerdem auch noch taub und dämlich.

„Mich interessieren menschliche Quoten nicht", grummelte ich.

„Aber dir liegt doch etwas daran, mehr Bräute in die Kolonie zu bringen", beharrte Maxim. Er hatte recht, daher verkniff ich mir jeglichen Widerspruch. Viele Männer warteten auf eine Gefährtin. Viel zu viele.

Leider kannte ich den Begriff Einschaltquote und auch all die anderen Begriffe, die im Zusammenhang mit dem

Fernsehprogramm auf der Erde standen. „Lindsey wollte, dass ich auf die Erde komme, um denen hier außerirdische Partner schmackhaft zu machen, damit sich mehr Freiwillige für das Bräute-Programm melden. Meinetwegen. Dazu war ich bereit. Es war von Interviews die Rede gewesen. Ein paar Fotos. Eine Rundreise zu den Bräute-Vermittlungsstellen überall auf dem Planeten. Von diesem ... Unterhaltungsprogramm war nie die Rede gewesen."

„Reality TV", erklärte Rachel. An der Art, wie sie sich auf die Lippe biss, war es nur allzu ersichtlich, dass sie ein Lachen unterdrücken musste. Sie war nicht meine Gefährtin, aber ich wollte ihr dennoch gern den Hintern versohlen, weil sie mein Elend so unterhaltsam fand.

In dem Moment, als ich von der Transportplattform herunterstieg und dem Direktor und zwei seiner Schergen gegenüberstand, die mich voller Enthusiasmus und mit großen Augen anstarrten, da lernte ich alles über das Konzept von Reality TV. Es stellte sich heraus, dass man mich nicht als Repräsentant der Kolonie betrachtete, der Fragen über das Leben auf dem Planeten und über Krieger, die Partnerinnen suchten, beantworten sollte. Ich war für sie ein kleines, fettes Tier mit viel Fell. Rachel hatte den Begriff einmal benutzt und ich hatte ihn mithilfe eines dieser primitiven Computer auf der Erde recherchiert und mir das fragliche Tier angeschaut. Offenbar war ich ein Nagetier, das sich kleine Kinder als Haustier hielten. Ein Versuchskaninchen.

„Aber das ist nicht die Realität. Wieso hast du mir nicht gesagt, dass ich Teil eines Unterhaltungsprogramms sein soll, in dem eine Horde Weiber auserkoren wurden, um bei vorgegebenen Aktivitäten Zeit mit mir zu verbringen? Noch dazu sind es Frauen, an denen ich nicht das geringste Interesse habe. Warum hast du mir nicht gesagt, dass ich gezwungen bin, Zeit mit ihnen zu verbringen, bis ich eine ausgewählt habe, die ich als meine Gefährtin an die Kette legen kann?" Ich fragte, ohne zwischendurch Luft zu holen.

„Weil du dann nie hingegangen wärst", sagte Maxim.

„Du denn etwa?", entgegnete ich und sah den prillonischen Gouverneur scharf an. Sein braunes Haar war so dunkel wie seine Stimmung. Als Anführer der Kolonie hatte er eine Menge Verantwortung und schien nur noch zu lächeln, wenn Rachel in der Nähe war. Jetzt lächelte er nicht.

Gut. Er hatte schließlich zu diesem Durcheinander seine Zustimmung erteilt.

„Es war notwendig, Wulf. Die Krieger hier sehen die Übertragung ebenfalls. Und sie lächeln. Lachen. Sie sind deinetwegen ganz aufgeregt. Es gibt Hoffnung."

Der saß. Ich konnte sie nicht enttäuschen und das wusste er. Trotzdem musste ich ihn warnen. „Bei allem Respekt, was passiert, wenn ich versage? Wärst du gern an meiner Stelle?"

Er rutschte unruhig in seinem Stuhl hin und her, seine Wangen röteten sich, etwa so wie meine von dem ganzen Zeug, das das ängstliche Menschenweibchen mir ins Gesicht geklatscht hatte. „Nein. Zum Glück habe ich ja schon eine Gefährtin."

„Ich bin sicher, es gibt jetzt mehr Freiwillige für die Bräutevermittlung. Lass mich das hier beenden. Hol mich endlich hier raus. Ich muss nur bis zum Transportraum gehen und bin weg."

„Das kannst du nicht machen!", rief Rachel. „Es muss gut laufen, was soll denn sonst aus den anderen werden? Ich meine, du bist schließlich nicht der Einzige, der noch eine Gefährtin braucht. Und bisher gab es keinen Zustrom an Freiwilligen in den Bräute-Vermittlungsstellen. Noch nicht. Ich vermute, sie alle warten erst einmal ab, wie die Show ausgeht."

„Mist."

Sie bemühte sich um ein Lächeln, aber ich kaufte es ihr nicht ab. „Denk an die Frauen auf der Erde, die sich freiwillig melden werden, weil sie gesehen haben, wie du live im Fernsehen deine Gefährtin ausgesucht hast. Du siehst gut aus und bist ehrenhaft. Der Traum jeder Menschenfrau. Sie alle werden ihren eigenen Wulf haben wollen."

Ich rollte mit den Augen. Verflucht seien die Götter, ich rollte tatsächlich mit den Augen wie ein Mensch.

„Außerdem ist da immer noch dein Fieber", mahnte Maxim.

Als müsste ich daran erinnert werden. Meine Bestie lauerte immer knapp unter der Oberfläche, bereit, sich loszureißen, meine Haut zu strecken, meine Knochen, meine Größe, und mich zu übernehmen.

Ich musste an all die Krieger in der Kolonie denken, die auf eine Gefährtin warteten. Die meisten waren inzwischen getestet worden, aber die Chancen, einen Partner zu finden, waren gering.

Nur wenige hatten Gefährtinnen gefunden und alle diese Frauen, die passend waren, kamen von der Erde. Maxim war einer der Glücklichen gewesen. Rachel, die Gefährtin, die er sich mit Ryston teilte, hatte sich freiwillig zu einem Test gemeldet und war verpartnert worden, anstatt auf ihrem Heimatplaneten für lange Zeit ins Gefängnis zu müssen. Sie war zu süß und zu nett, um in einer Zelle dahinzuwelken. Sie hatte gemeinsam mit Lindsey, der Gefährtin des Jägers Kjel, an diesem Plan gearbeitet, ebenso wie mit ein paar Leuten, die auf der Erde mit dem Bräute-Programm zu tun hatten. Es bestand die Hoffnung, dass diese Reise zur Erde und mein öffentliches Werben um diese Frauen die Zahl der Freiwilligen erhöhen könnte, was am Ende bedeuten würde, dass meine Freunde Gefährtinnen fanden. Rachel und Lindsey hatten gute Absichten gehabt, aber ich war derjenige, der den Preis dafür bezahlen musste.

Trotzdem konnte ich sie jetzt nicht

im Stich lassen. Weder die partnerlosen Krieger in der Kolonie, noch Rachel oder Lindsey. Oder gar den Gouverneur Maxim, der für uns alle irgendwann einmal gekämpft hatte.

„Ich habe die Hive überlebt, Ich werde auch das hier überstehen." Ich würde die Bestie in mir unter Kontrolle halten bis zum letzten Atemzug. Ich hatte keine Wahl.

„Das ist die richtige Einstellung!" Rachel reckte die Faust in die Luft und klopfte Maxim auf die Schulter. Aber sein Blick hellte nicht auf und ich wusste, er rechnete mit meinen nächsten Worten.

„Ich bin hier geblieben und habe dabei für die anderen mitgemacht. Aber Rachel, nach dieser Episode ist Schluss." Ich würde diese Folge bis zum Ende durchstehen, mich dann bei den beiden verbliebenen Frauen bedanken und gehen, solange ich noch dazu in der Lage war. Bevor ich die Kontrolle verlor. Denn das Fieber in mir tobte.

„Das große Finale!" Sie lächelte und klatschte in die Hände. „Ich weiß. Es ist so aufregend. Ich klebe geradezu am Bildschirm."

Ich runzelte die Stirn und hatte keine Ahnung, wovon sie redete.

„Dich in einem Smoking zu sehen ..., wow, Wulf. Du bist heiß."

Ich blickte an mir herunter und betrachtete das seltsame Outfit. In dem Hemd, der Weste und dem Jackett war mir tatsächlich heiß.

„Wirst du dich für Genevieve oder Willow entscheiden?", fragte sie flüsternd, als ginge es darum, ein Geheimnis zu teilen.

Ich knurrte bei dem Gedanken an die beiden Frauen. Von den ursprünglich 24 Frauen hatte meine Bestie diese beiden am wenigsten verabscheut. Keine der beiden wollte ich jedoch zu meiner Gefährtin nehmen. Meine Bestie hatte nicht das Verlangen, sie für sich zu beanspruchen oder sie zu ficken. Zugegeben, sie waren beide sehr schön. Nett. Aufmerksam. Willig, sich verpartnern zu lassen. Willig, die Erde zu verlassen. Das Paarungsfieber drängte mich dazu, eine Gefährtin zu finden, aber keine der Finalistinnen sprach die Bestie an. Keine von beiden würde die Bestie besänftigen oder gar kontrollieren können. Eine Bestie reagierte nur auf die richtige Gefährtin. Ohne die richtige Frau waren wir verloren.

Es wäre leicht, eine der Frauen auf der Bühne zu wählen. Aber meine Bestie würde sie nicht als Gefährtin akzeptieren, mein Fieber würde nicht besänftigt und ich wäre gezwungen, den Planeten zu verlassen, bevor jemand Schaden nahm, weil die Bestie außer Kontrolle geraten ist. Meine Bestie wollte nicht irgendeine Frau und ich auch nicht. Ich wollte sie. Wer immer sie auch war. Die Eine, die mein Herz in Flammen setzt. Meinen Körper. Mein Schwanz würde immer steif sein bei ihr. Um in ihr zu sein. Sie zum Schreien zu bringen.

Genevieve und Willow erregten mich nicht in dieser Weise.

„Ich werde keine von beiden wählen."

Ihr klappte die Kinnlade herunter. „Was?"

Die Frau mit den Pinseln hatte mir vorhin ein kleines Papiertuch um den Hals gewickelt und ich hatte jetzt das Gefühl, keine Luft mehr zu bekommen. Hier zu sein, die Wahl zu haben – oder vielmehr, keine Wahl zu haben – raubte mir die Luft zum Atmen. Ich riss das Tuch herunter und warf es auf den Tisch vor mir. Zum Glück wurde die Aufzeichnung in der Test-Zentrale gemacht, da es mir eigentlich verboten war, auf dem Planeten herumzulaufen. Es gab ein paar Ausnahmen, für Dates. Diese organisierten Aktivitäten, die ich mit den Frauen absolvieren sollte, hätten ja Spaß machen und romantisch sein sollen. Ich knurrte den Bildschirm an und hoffte, Maxim würde in letzter Minute doch noch Mitleid mit mir bekommen.

Ja, Mitleid, so tief war ich schon gesunken. Immerhin hatte ich so viel Glück, dass man von hier aus kommunizieren konnte, es gab eine Direktverbindung in die Kolonie, nach Hause. Ich hatte versucht, mit Maxim vor der letzten Episode zu reden, aber die würde in wenigen Minuten beginnen.

„Was?", wiederholte Rachel mit einem Anflug von Panik in der Stimme. „Aber du musst eine von ihnen wählen."

„Welche von beiden würdest du denn in der Kolonie haben wollen? Ich weiß, ihr Erdenfrauen steht euch dort sehr nahe. Wen auch immer ich wähle, die müsste in die Gruppe passen. Willow und Genevieve sind nett, aber sie würden dort nicht glücklich werden. Nicht mit mir. Ich müsste sie für den Rest meines Lebens ficken und meine Bestie tobt allein bei dem Gedanken daran. Sie könnte sich weigern, sie anzufassen oder sie zu beanspruchen. Frauen müssen geschätzt werden. Bewundert.

Das kann ich nicht. Meine Bestie weigert sich."

„So schlimm kann es doch wohl nicht sein", sagte Maxim.

Ich sah ihn ernst an. „Mein Schwanz regt sich bei keiner von ihnen. Meine Bestie würde lieber nach Atlan zur Hinrichtung gehen. Sie würde lieber sterben. So sind wir nun einmal. Das ist die atlanische Art."

Maxim räusperte sich angesichts dieser wachsenden Wahrscheinlichkeit. Meine Bestie tobte schon seit langer Zeit, das Fieber drängte mich, eine Gefährtin zu finden. Ich wusste, das war einer der Gründe, warum ich ausgewählt worden war, in der Hoffnung, hier eine Partnerin zu finden, in dieser Reality Show. Die Alternative bedeutete Tod. Das wurde immer wahrscheinlicher.

„Zwei Minuten!" Eine kesse Frau, nicht größer als ein atlanisches Kind, steckte den Kopf ins Zimmer, unterbrach uns und verschwand wieder.

Mist.

„Ich habe das, was sie Dates nennen, mit den Frauen gemacht. Ich war mit ihnen auf einem Boot und habe mir prähistorische Kreaturen mit scharfen Zähnen angeschaut. Ich bin barfuß an einem Strand entlanggegangen. Ich hatte etwas gemacht, das sie Picknick nennen. Ich war sogar schwimmen."

„Immerhin hast du das bei der Gelegenheit von Mikki gelernt."

Ich knurrte und Rachel klappte den Mund zu.

„Ich habe alles getan, was von mir erwartet wurde, inklusive 22 Frauen zum Weinen zu bringen, weil ich sie abgewiesen habe. Ich muss mir keinen Sonnenuntergang auf der Erde anschauen und dabei Händchen halten mit einer Frau, von der ich weiß, dass sie nicht meine Gefährtin ist. Ich finde es erstaunlich, dass die Frauen hier nicht vorab verlangen, getestet zu werden, um solche Aktivitäten zu vermeiden. Sie wissen so doch gar nicht, ob der Mann, mit dem sie Zeit verbringen, es überhaupt wert ist."

„Vergebene Liebesmühe", unterbrach Rachel mich. Aber ich hatte keine Ahnung, wovon sie redete, daher sprach ich einfach weiter.

„Ein Braut-Test ist einfach und schnell und sorgt dafür, dass sie den perfekten Partner finden", seufzte ich, wohl wissend, dass es von männlicher Seite nicht so einfach war. Ich war vor Jahren getestet worden und hatte die passende Gefährtin gefunden. Aber das hatte in einem kompletten Desaster geendet. Seither kämpfte ich gegen dieses Fieber an, war sogar ins All zurückgekehrt und hatte Krieg geführt, um dieses innere Toben zu unterdrücken. Dafür war ich mit Reichtümern und Land belohnt worden. Das alles überließ ich meiner Familie und rückte wieder aus. Ich hatte vor, zurückzukehren und mir auf Atlan eine Frau zu suchen, die mein inneres Wüten besänftigen konnte, aber die Hive hatten mir gründlich einen Strich durch die Rechnung gemacht und mich gefangen genommen. Mich gefoltert. Mich zu dem hier gemacht.

Mir lief die Zeit davon und Optionen hatte ich auch keine mehr. Meine Familie auf Atlan war versorgt. Wenn ich nur ein paar Frauen überzeugen konnte, sich mit den Männern in der Kolonie verpartnern zu lassen, dann konnte ich guten Gewissens nach Atlan zurückkehren. Ich würde die Bestie noch für einen Tag zurückhalten können. Nur noch eine Nacht.

Aber ich war froh, dass mir die Bestie sagen konnte, wer meine Gefährtin war und wer nicht. Ich konnte sie dafür nicht hassen oder es bedauern, dass sie ein Teil von mir war. Sie hatte mich im Kampf gerettet und zahllose Feinde getötet. Sie verdiente Respekt und Aufrichtigkeit. Ich würde die Bestie nicht zwingen, eine Frau zu akzeptieren, die keiner von uns begehrte. Wenn die Bestie den Tod vorzog, dann würde ich ihre Wahl akzeptieren.

„Ich muss los."

„Nein, Wulf, hör zu! Wähle eine aus. Du kannst ihnen nach der Show die Wahrheit sagen", erklärte Rachel.

„Die Handschellen sind in einem Glaskasten auf der Bühne", erinnerte ich sie und deutete auf die geschlossene Tür, die zur Bühne führte. „Man erwartet von mir, dass ich auf die Knie gehe und die Dinger einer dieser Frauen anbiete, während die ganze Welt zuschaut." Ich machte einen Schritt auf den Bildschirm zu und blickte die beiden aus schmalen Augen an. „Ich bin ein Atlane. Ein solches Angebot zu machen, ohne die Absicht, die Frau wirklich zu beanspruchen, ist unehrenhaft. Meine Bestie wird nur vor der einzig wahren Gefährtin auf die Knie gehen, Maxim."

Der Produzent kam durch die Tür. Er war ein kleiner Mensch. Nun ja, sie alle waren klein. Sein Haar war grau und er hörte nie auf zu reden oder sich zu bewegen. Ich wollte ihn am Hals packen, ihn hochheben und ihm sagen, er sollte sich verpissen. „Verabschiede dich von deinen außerirdischen Freunden. Das ist eine Liveshow. Wir gehen in dreißig Sekunden auf Sendung. Beweg dich!"

Ich wollte ihn wirklich erledigen.

„Viel Glück. Wir schauen zu", sagte Rachel, bevor der Bildschirm dunkel wurde.

2

Olivia Mercier,
Test-Zentrale des Interstellaren Bräute-Programms, hinter der Bühne

ICH HÖRTE die Stimme des Außerirdischen durch die Wand dröhnen und strengte mich an, um zu hören, was er sagte. Leider hörte man vom Set vielstimmiges, aufgeregtes Gemurmel. Alle redeten durcheinander, eilten herum wie in einem Wespennest, das angegriffen wurde, Kameras wurden herumgeschwenkt, Mikrofone getestet, ebenso das Licht. Der hektische Wahnsinn einer Liveshow ließ die Leute herumflitzen, als hätten sie sich Kaffee intravenös gegeben.

„Make-up!" Das Geschrei eines der Produzenten der Sendung brachte mich auf Trab.

Ich hatte zwar einen richtigen Namen, aber hier nannte man mich nur Make-up. Ich war eine gesichtslose Angestellte, die ihren Job erledigte, ohne wahrgenommen zu werden.

„Das bin ich. Was brauchen Sie?", fragte ich einen der älteren Herren, der stirnrunzelnd eine der beiden Frauen musterte, die der atlanische Kriegsfürst als Finalistinnen ausgesucht hatte. Ihr Name war Genevieve und sie war wunderschön. Wirklich wunderschön, mit langem blondem Haar, das ihr in perfekten Wellen bis auf die Taille fiel, strahlend blauen Augen, kunstvoll umrahmt von zartem Lavendel und Pink, um die Farbe zu betonen. Sie sah aus wie eine Teilnehmerin beim Wettbewerb zur Miss Amerika. Oder wie eine Barbiepuppe.

„Schau dir das an. Sag du es mir." Der Produzent wedelte ungefähr in die Richtung von Genevieves Gesicht und sie sah mich hilflos an. Ihre Hände zitterten, obwohl es wohl keine alleinstehende Frau auf der Welt gab, die nicht liebend gern ihren Platz eingenommen hätte. Ich hatte mir *Bachelor-Bestie* fast jeden Abend von zu Hause angeschaut und dieser Atlanische Kriegsfürst Wulf?

Gott, er sorgte dafür, dass mein gesamter Körper hellwach war und sehr genau aufpasste. Er war der Schoko-Eisbecher mit der Kirsche auf der Sahnehaube.

Ich wollte einen. Den Eisbecher sowieso. Aber auch einen Gefährten wie Wulf.

Aber ich würde mich niemals für eine Reality Show wie diese qualifizieren. Ich hatte es allerdings auch nie versucht. Ich war groß genug, das war nicht das Problem. Das lag eher auf Hüfthöhe und bestand aus ein paar Pfunden zu viel, nicht nur an den Hüften. Ich war nicht schlank. Die beiden Finalistinnen konnten sich bestimmt in die Hose zwängen, die ich trug. Zusammen. Ich war, was man ein kräftiges Mädchen nannte. Ich war üppig ausgestattet, überall. Meine Güte, ich konnte wahrscheinlich Willows Arschbacken in meinem BH unterbringen.

Ich schnaubte bei diesem Gedanken. Immerhin hatte ich das diesem Hungerhaken voraus. Genevieve hatte keine Oberweite. Gar keine. So sehr ich ihren Supermodel-Körper in anderer Hinsicht auch bewunderte, ich mochte meine großen schweren Brüste. Die waren das Beste an mir.

„Nun?", schrie der Produzent und riss mich aus meinen, wie üblich etwas ausufernden, Gedanken.

„Was?", fragte ich. „Ich finde, sie sieht hinreißend aus."

„Danke, Olivia", sagte Genevieve geduldig und blickte in den Spiegel vor sich am Schminktisch. Wir würden diese Diskussion nicht gewinnen, wenn der Produzent eine seiner Launen hatte. Was sein Dauerzustand war.

„Mit diesen Lippen sieht sie aus wie eine Stripperin. Gib ihr ein blasses Pink. Etwas Natürliches. Wir wollen hier die wahre Liebe verkaufen. Sie muss hier keinen Stangentanz vorführen." Damit stürmte er davon, um sein nächstes Opfer anzuschreien.

Mit einem entschuldigenden Zucken griff ich nach dem Zeug zum Abschminken. „Tut mir leid. Ich muss alles abwischen und von vorn anfangen."

Genevieve seufzte. „Ist schon in Ordnung." Sie lehnte sich zurück und legte den Kopf in den Nacken, damit ich besser an ihr Gesicht kam. „Mir hat das heiße Pink gefallen."

„Mir auch." Und es stimmte. Mit ihrem blassen Teint passte das helle Pink nicht nur zu dem Lidschatten, den ich ihr gegeben hatte, sondern ihre Lippen kamen auch schön zur Geltung, wenn sie errötete.

Ich hatte mir viel Mühe gegeben, die beiden Finalistinnen besonders gut aussehen zu lassen. Das war nicht schwer, da sie beide so aussahen, als kämen sie direkt von einem Pariser Laufsteg. Genevieves Kleid war dunkelblau, weil die Produzenten schwarz für zu deprimierend hielten, aber sie wollten den Kontrast zu ihrem blonden Haar und der blassen Haut betonen. Die andere Mitbewerberin, Willow, war eine schwarzhaarige Göttin. Ich wusste nicht, ob sie vielleicht italienisches, spanisches oder asiatisches Blut hatte. Sie sah zumindest etwas exotisch aus. Schwarzes Haar, mandelförmige Augen, dunkler Teint. Ihr Kleid war elfenbeinfarben. Die Edelsteine um ihren Hals passten perfekt zu ihren bernsteinfarbenen Augen. Die beiden Finalistinnen waren wie Tag und Nacht, wenn sie einander gegenüberstanden. Zu schön, um wahr zu sein.

Genau dasselbe dachte ich auch über

den Außerirdischen, der der Star der Show war. Er war über zwei Meter groß, mit Schultern, die doppelt so breit waren wie meine, und seine Hände hatten die Größe von Serviertellern. Ich habe gesehen, dass er sich ducken musste, um durch eine Tür zu gehen. Jede Talkshow, jede Sendung überall auf der Welt hatte darüber gerätselt, was es mit dieser Bestie auf sich hatte, in die er sich verwandeln würde.

Er war nicht nur ein Typ von einem anderen Planeten, er war ein Veteran. Er hatte gegen diese mysteriösen und gefährlichen Hive gekämpft, war von denen gefangengenommen worden und irgendwie entkommen. Er war eher wie ein Filmheld, nicht wie ein Kandidat in einer Reality Show.

Die Bestie? Die zeigte sich nicht nur in gefährlichen Situationen, sondern auch, um eine Gefährtin zu beanspruchen. Eine umwerfende Frau und die reizvolle Aussicht auf Sex mit einer Bestie? Das war, als ob das Märchen von der

Schönen und dem Biest Wirklichkeit werden sollte. Die Version für Erwachsene. Erst recht, wenn sein Schwanz so groß war wie der Rest von ihm.

Ich wollte mir Luft zufächeln, weil die Vorstellung so heiß war.

Wulf war der Grund, warum die ganze Welt heute dieses Finale anschauen würde und in ein paar Minuten ging es los.

Er war auch der Grund für meine Freude, als Lucy angeboten hatte, für mich zu babysitten, damit ich hierbleiben und die Show sehen konnte. Wir beide waren von Anfang an im Make-up-Team gewesen, als es noch 24 Frauen waren, die geschminkt werden mussten. Ich hatte die Bestie – den Atlane – noch nie in Person gesehen. Meine Aufgabe lag darin, die Frauen zu schminken. Daher war ich immer nur hier in diesem Zimmer gewesen, um sie schön zu machen. Aber jetzt waren nur noch zwei übrig und wir mussten nicht mehr alle hier arbeiten. Lucy und ich hatten für heute getauscht und ich war so aufgeregt, wie es heute weitergehen würde. Direkt hier vor mir. Live. Ich wollte Wulf einmal sehen, bevor er seine Gefährtin wählte und in die Kolonie zurückkehrte.

Wulf kam immer erst kurz vor Beginn herein und da war ich immer schon weg. Ich hatte mir alle Folgen von zu Hause aus ansehen müssen, wie der Rest der Welt.

Lucy meinte, er sei in Wirklichkeit noch viel umwerfender, falls das überhaupt möglich war. Selbst im Fernsehen war er … ich hatte keine passenden Worte dafür. Männlich. Schön. Kantig. Wild. Gefährlich. Ungezähmt. Beherrscht. Potent.

„Zwei Minuten!", schrie jemand von der Crew und alle begaben sich eilig auf ihre Positionen, während ich noch ein wenig zartes Pink auf Genevieves Lippen auftrug. Sie war immer noch wunderschön. Atemberaubend. Ich hoffte, sie würde ihr märchenhaftes Ergebnis bekommen.

Irgendjemand sollte es bekommen. Ich jedoch würde das nicht sein.
„Wo sind meine Mädels? Willow. Gut. Hierher." Dann folgte eine Pause und wir spannten uns beide an, dann schrie der Manager aus vollen Lungen. „Genevieve? Komm endlich! Zwanzig Sekunden!"
Genevieve erhob sich von ihrem Stuhl, ein nervöses Lächeln auf dem Gesicht. Selbst ihre Lippen zitterten.
„Hals- und Beinbruch", flüsterte ich und drückte ihre Hand. „Du schaffst das."
„Danke." Sie eilte auf ihre Position und ich folgte, bis ich am Bühnenrand eine dunkle Ecke fand, in die ich mich drückte, während die Musik bereits einsetzte und der Sprecher, ein arrogantes Arschloch namens Chet Bosworth, eingeblendet wurde. Mit seinen falschen Zähnen, falschem Lächeln und mehr Make-up im Gesicht als die Frauen. Eigentlich bräuchte er das nicht. Er ge-

hörte ebenfalls zu den schönen Menschen.

Er hatte mehrere Millionen Follower in den sozialen Medien, die meisten waren hingerissene Frauen. Ich rollte mit den Augen, als er mit den Hüften wackelte und in die Kamera zwinkerte.

„Hallo da draußen und willkommen zurück zum aufregenden Finale der *Bachelor-Bestie*. Heute wird unser weltberühmter, nein, der im ganzen Universum berühmte" – er kicherte über seinen eigenen Scherz – „und sehr begehrenswerte Bachelor, Kriegsfürst Wulf, ein Atlane, der zurzeit in der Kolonie stationiert ist, endlich seine Braut wählen."

Das Licht flackerte als Signal für das Studiopublikum, laut zu jubeln und zu klatschen, was es sehr enthusiastisch tat. Ich auch.

„Aus 24 sehr begehrenswerten Partnerinnen hat Wulf zwei ausgewählt, die heute hier im Finale stehen. Beide sind wunderschön, klug und sehr willig, seine Braut zu werden. Welche wird er

wählen? Welche wird seine Bestie für sich beanspruchen? Welche dieser beiden wundervollen Frauen wird nicht nur den ersten Preis bekommen, nicht nur die kostbaren außerirdischen Handschellen, sondern auch die unveräußerliche Hingabe einer atlanischen Bestie?"
Die Menge tobte und mein Puls, der ohnehin schon wie wild raste, beschleunigte noch etwas mehr. Er machte seinen Job wirklich gut, Chet Bosworth mit den großen Zähnen. „Wollt ihr es herausfinden?"

Die Frauen im Publikum schrien und ich fing auch an zu klatschen, bis mir bewusst wurde, was ich da tat. Mit einer eleganten Bewegung wirbelte er herum und die Vorhänge öffneten sich, um die beiden Finalistinnen zu enthüllen. Genevieve und Willow hatten beide ein gewinnendes, wenn auch nervöses, Lächeln aufgesetzt.

Chet zwinkerte erneut in die Kamera. „Wen wird die atlanische Bestie wählen? Zeit, das herauszufinden."

Chet redete weiter, um die Spannung zu steigern, als säßen die Menschen rund um den Globus nicht ohnehin schon wie auf heißen Kohlen, während ein Murmeln durch die Reihen der Bühnenmitarbeiter ging. Ich wusste, der Atlane würde von links auf die Bühne kommen und ich hatte mich so positioniert, um einen guten Blick auf ihn zu haben, während ich selbst unentdeckt blieb. Der Produzent hatte nichts dagegen, wenn die Mitarbeiter zuschauten, er fand es sogar gut, weil dann schnell Hilfe zur Hand war, wenn etwas mit dem Make-up oder der Kleidung nicht stimmte. Aber auf der Bühne waren heute nur zwei Frauen und für das Make-up des Atlanen war ich nicht zuständig.

Ich war sehr zuversichtlich, dass die beiden Frauen meine Hilfe nicht brauchen würden. Daher hatte ich genug Zeit, um zuzusehen. Und vergaß das Atmen.

Da war er. Kriegsfürst Wulf. Meine

Güte, war der groß. Ich hatte ihn im Fernsehen gesehen, aber das war kein Vergleich zu der rohen sexuellen Anziehungskraft, die der Außerirdische ausstrahlte, dass mir glatt die Luft wegblieb. Meine Hormone erwachten aus dem Tiefschlaf, als er von links an die Bühne trat, noch außerhalb der Kamera.

Sie hatten den Außerirdischen in einen Smoking gesteckt und der schwarze Stoff saß wie eine zweite Haut. Er bestand nur aus Muskeln. Reine, pralle Kraft. Er musste um die hundertfünfzig Kilo wiegen, aber da war nicht ein Gramm Fett an ihm. Sein Gesicht war ernst und unglücklich. Er fühlte sich nicht wohl, als würde der Smoking ihn einengen.

„Mein Gott." Ich hatte es ausgesprochen, bevor ich es verhindern konnte. Mir war nie in den Sinn gekommen, dass der atlanische Außerirdische vielleicht gar nicht hier sein wollte. Aber er war eindeutig unglücklich. Sicher würde er mit Genevieve oder Willow glücklich werden. Ich hatte die anderen Episoden gesehen. Er war zurückhaltend mit seinen Taten und Gefühlen. Ruhig. Still. Ich hatte angenommen, der Produzent hätte ihm geraten, nicht zu viel preiszugeben. Aber stimmte das? Ich war mir nicht mehr so sicher.

Beide Frauen konnten sich kaum beherrschen. Sie zitterten und hielten sich aneinander fest, als wären sie die Finalistinnen in einem Schönheitswettbewerb, kurz bevor die Gewinnerin bekannt gegeben wurde.

Dieser Mann? Außerirdischer. Was auch immer. Er war ein Gott auf zwei Beinen. Die Frau, die er wählte, musste sich wie eine Königin vorkommen.

„Heute Abend wird Kriegsfürst Wulf endlich seine Braut wählen. Wie es die atlanische Tradition verlangt, wird er vor ihr auf die Knie gehen und sie bitten, seine Paarungshandschellen anzunehmen. Falls sich noch jemand fragt, was das ist, werfen wir doch noch mal einen Blick auf diese kunstvoll gefertigten traditionellen Armbänder, die direkt vom Planeten Atlan geliefert wurden."

Chet Bosworth ging hinüber zu einem großen Glaskasten, in dem zwei Paare breiter Armbänder lagen, ausgestellt wie der gläserne Schuh von Cinderella. Zwei große für ihn, die kleinen für die Braut.

Ich fand es romantisch.

Die Handschellen waren wunderschön. Ich hatte schon früher mal einen Blick darauf werfen können und erfahren, dass sie von einem Atlanen handgefertigt waren. Jede Familie hatte ihr eigenes Design. Die hier ausgestellten Handschellen repräsentierten Wulfs Herkunft. Das zart verwobene Dunkelgrau und Silber war kunstvoller als jeder Keltenschmuck, den ich je gesehen hatte. Sie waren wunderschön. Die atlanische Version eines Eherings, aber sie hatten einen anderen Effekt. Sie drückten die Inanspruchnahme deutlich sichtbar aus.

Kriegsfürst Wulf verzog das Gesicht,

als Chet und die Kamera näher an die Schmuckstücke herangingen, um den Zuschauern zu Hause zu zeigen, wie schön sie waren. Sie machten das jeden Abend und ich wusste, wie das am Fernseher aussah. Ich kannte auch Chets Erklärung, die er mit gespielter Empörung abgab, warum die Atlaner ihrer Braut Handschellen anboten.

„Wie ihr alle wisst, leidet Kriegsfürst Wulf an einer atlanischen Krankheit, die man Paarungsfieber nennt. Alle atlanischen Männer tragen tief in sich eine Bestie, die jeden Gegner zerfetzen und vernichten kann. Aber ab einem gewissen Alter sind sie nicht mehr in der Lage, diese Bestie unter Kontrolle zu halten. Dazu braucht es die zarte Hand einer Frau, einer Gefährtin, um ..., nun, sagen wir, um ihre bestialischen Gelüste zu zähmen."

Sein vielsagendes Kichern weckte in mir das Bedürfnis, ihm eine Ohrfeige zu verpassen. Mein Gott, war der Typ nervig.

Narzissten überall auf der Welt waren sicher stolz auf ihn.

„Wenn Kriegsfürst Wulf heute keine Braut wählt, so wurde mir gesagt – und das ist neu, Leute ..." Chet blieb stehen und bedeutete dem Kameramann mit einer Geste, sich auf die beiden Frauen auf der Bühne zu fokussieren. „Dann wird er nach Atlan zurückgebracht und ..."

Genevieve und Willow sahen einander verwirrt an.

Das war in der Tat neu. Die beiden Frauen wussten eindeutig nichts davon. Man hatte sie alle im Unklaren gelassen. Typisch.

Ich sah Kriegsfürst Wulf an, der noch in den Schatten stand und darauf wartete, auf die Bühne gerufen zu werden. Er hatte die Hände zu Fäusten geballt und die Augen geschlossen, als müsste er sich unter Kontrolle halten.

Mein Gott.

„Ich kann nicht. Ich kann es nicht glauben, Leute."

Chet, ein Meister der dramatischen Pause, wartete, bis das Publikum unruhig wurde, sodass man es auch zu Hause am Fernseher hören würde.

„Wenn Kriegsfürst Wulf heute Abend keine Braut erwählt, gleich hier, dann wird er nach Atlan zurückgebracht. Und. Dort. Wird. Er. Hingerichtet."

Ich schnappte nach Luft, genau wie alle anderen. Das konnte doch nicht stimmen? Oder?

Ich warf einen Blick auf den schönsten und größten Mann, den ich je gesehen hatte. Aber da war kein Entsetzen auf seinem Gesicht. Er nahm einfach hin, was Chet gesagt hatte. Mein Gott.

Nein. Einfach nein.

Er musste eine Braut wählen. Das war es. Er musste. Oder er würde sterben.

Chets Hang zur Dramatik war ausnahmsweise mal nicht fehl am Platze.

Genevieve war wunderschön. Und recht nett. Zu mir war sie immer sehr freundlich gewesen. Willow war etwas extrovertierter, aber ich mochte sie ebenfalls. Sie hofften beide auf die wahre Liebe. Sicher konnte er eine auswählen und so verhindern, hingerichtet zu werden.

Und ich dachte immer, dieses ganze Dating-Zeugs auf der Erde wäre Mist. Aber wenn ich mir nun den armen Atlanen dort drüben anschaute, dann war das noch mal eine ganz andere Nummer. Finde deine Partnerin oder stirb? Ein bisschen übertrieben.

Und was für eine Verschwendung. Er war so perfekt, so umwerfend. So ... sexy.

„Also, bevor wir den Junggesellen der Stunde auf die Bühne bitten, sehen wir uns doch noch einmal die beiden wunderschönen Frauen an, die es bis ins Finale geschafft haben und damit die Chance bekommen, von der *Bachelor-Bestie* gewählt zu werden." Er zwinkerte in die Kamera. „Gleich nach dieser kleinen Werbebotschaft unseres Sponsors."

„Uuuuund wir sind raus", rief der Regisseur. Der ganze Saal brach in lautes Chaos aus, alle diskutierten diese Enthüllung. Ich stand still da und beobachtete aus dem Verborgenen den Außerirdischen, der stocksteif dastand und wartete.

Die Werbepause dauerte einige Minuten, die Produzenten waren daran interessiert, jeden Dollar aus dieser Show zu pressen. Die ganze Zeit über stand Wulf wie versteinert da. Unbeweglich.

Ich wünschte, ich könnte über die Bühne zu ihm hinlaufen und ihn in den Arm nehmen, aber er wusste nicht einmal, wer ich war. Es wäre ziemlich peinlich, um es vorsichtig zu formulieren.

Hi, großer Kerl. Du kennst mich zwar nicht, aber du tust mir leid und ich wollte dich mal drücken.

Er tat mir wirklich leid. Aber immerhin konnte er zwischen zwei der schönsten Frauen wählen, die ich je gesehen hatte. Er würde nicht sterben. Er würde ein tolles Leben in der Kolonie haben, mit einer dieser wunderbaren Frauen.

Ich hingegen würde nach Hause gehen, dankbar dafür, dass meine Dating-Probleme keine atlanischen Ausmaße annehmen würden.

Der Manager gab dem Publikum und Chet ein Zeichen, dass es weitergehen würde. Videos wurden eingespielt. Selbst ich konnte den Blick von den großen Bildschirmen nicht abwenden, auf denen nun eine Zusammenfassung von Genevieves und Willows Werdegang in der Show gezeigt wurden. Ihre Dates mit Wulf. Genau wie ich es in Erinnerung hatte. Er war immer höflich. Respektvoll. Da war ein Interview mit Willow, wo sie sich beklagte, dass sie versucht hatte, ihn zu verführen, aber er hatte sie abgewiesen.

Was sollte das alles? Er war eindeutig ein Mann in der Blüte seiner Kraft. Er hatte sie und Genevieve immer wieder in die nächste Runde gewählt. Wieso griff er dann nicht zu, wenn sie doch willig war? Warum ließ er sie nicht die Bestie besänftigen? Es ergab keinen Sinn.

Jeder Mann, den ich kannte, hätte ihr Angebot angenommen und sie sofort nackt sehen wollen.

Also, woran lag es dann? War er ein Krieger und Mönch? Gab es ein Zölibatsgelübde? Wulf war Sex auf zwei Beinen, ein wandelnder Orgasmus. Und in der Kolonie gab es nicht genug Frauen. Er war doch bestimmt schon dreißig. Vierzig? Schwer zu sagen bei den Außerirdischen. Er war groß und machte mich feucht, mehr als alles, was ich mir seit langer Zeit vorgestellt hatte.

Seit sehr langer Zeit.

Aber ich hatte auch viel um die Ohren in den letzten Monaten. Sex mit einer atlanischen Bestie gehörte aber nicht dazu. Oder mit sonst irgendjemandem. Okay, wenn ich abends im Bett lag, dachte ich an Wulf und wie es wäre, mit ihm zusammen zu sein, aber ich war ein hässliches Entlein im Vergleich zu den beiden Schönheiten, Genevieve und Willow.

Es lag nicht nur an meinem durchschnittlichen Aussehen und meiner kurvigen Figur, was mich so zurückhaltend machte. Mein Leben war ein brennender Müllhaufen. Tränen traten mir in die Augen und ich verlor die Show aus dem Blick, ebenso wie Chets Gerede.

Nein. Ich würde nicht darüber nachdenken, was aus meinem Leben geworden war oder was die Verantwortung anging, die ich mit dem Tod meines Bruders übernommen hatte. Ich wollte jetzt nicht an Tanner und Emma denken. Jetzt und hier wollte ich einen schönen Mann anstarren, der gerade angekündigt worden war, und davon träumen, dass er auf kräftige Frauen mit Kurven stand, vielen Kurven, anstatt auf solche Supermodels mit perfektem pinkem Lippenstift.

„Wir sind zurück bei der *Bachelor-Bestie*", sagte Chet und grinste in die Kamera. „Und hier ist der Außerirdische der Stunde, Kriegsfürst Wulf!"

Das Publikum rastete aus, als Wulf auf die Bühne kam. Er ging zügig und in großen Schritten. Seine Hände waren noch immer zu Fäusten geballt und er blieb vor seinem Platz stehen, als wäre er eine Marionette anstatt ein Kriegsfürst, der die Hive überlebt hatte. Der Stuhl war speziell für seine Statur angefertigt worden, groß und stabil. Sein Blick wanderte zwischen Genevieve und Willow hin und her und er nickte ihnen beiden respektvoll zu. Mehr nicht.

Chet ging zu Wulf hinüber. Der Größenunterschied war beeindruckend, als sie sich direkt gegenüberstanden. Ich hatte Wiederholungen der Show *The Dating Game* aus den 70ern gesehen und dieses Set war ihr nachempfunden, mit dem orangen Teppich und dem weißen Gitter im Hintergrund. Chet wirkte davor nur noch lächerlicher, Wulf hingegen mehr … einfach mehr.

Welche Frau würde da je wieder

einen Mann von der Erde wollen, mit dem Wissen, dass Wulf nicht der einzige Atlane war? Er würde Genevieve oder Willow wählen, aber er war vor allem hier, um Werbung für das Interstellare Bräute-Programm zu machen, wo sich jede Freiwillige einen passenden Gefährten aussuchen lassen konnte.

Ich hatte erwogen, den Test machen zu lassen, aber dann erfuhr ich, dass ich die notwendigen Bedingungen nicht erfüllte, da ich die Vormundschaft für meine Nichte und meinen Neffen hatte. Zwar hatte ich sie nicht auf die Welt gebracht, aber ich war vor dem Gesetz für sie verantwortlich. Ich konnte sie nicht auf der Erde zurücklassen, falls der Test eine Übereinstimmung mit einem heißen Außerirdischen ergeben sollte. Nein. Tanner und Emma bedeuteten mir alles. Ich brauchte keinen Mann, wenn das bedeutete, sie zurückzulassen. Niemals.

„Wir wollen noch einmal zurückblicken auf die Zeit, die der Kriegsfürst hier auf der Erde verbracht hat", sagte Chet.

Das Licht an der Kamera ging aus und ich wusste, dass dem Publikum daheim nun vorab aufgezeichnetes Material gezeigt wurde. Chet legte den Kopf zurück, um zu Wulf aufblicken zu können. „Setz dich doch", sagte er und deutete mit dem Arm die Richtung an. Als wäre es nicht ohnehin offensichtlich, wo er sitzen sollte.

Wulf sagte kein einziges Wort, sondern setzte sich einfach nur in den weißen Ledersitz, der eher aussah, wie ein gewaltiger Thron. Jetzt überragte Chet ihn, was offenbar der Grund für seine Aufforderung gewesen war. Sein Ego war größer als Wulfs Körper.

Ich trat einen Schritt nach vorn, achtete aber darauf, nicht in die Reichweite der Kameras zu geraten oder über die dicken Kabel auf dem Boden zu stolpern. Wulfs Hände umklammerten die Armlehnen seines Stuhls, als würde ihn das davor bewahren, einfach abzuhauen.

Vielleicht lag es daran, dass ich oft in die Gesichter von Leuten guckte, denn ich konnte oft erkennen, was in ihnen vorging. Oder es lag daran, dass Wulf einfach nicht darin war, seine Empfindungen zu verbergen.

Ich begehrte ihn. Sabberte geradezu. Ich träumte von ihm. Aber ich hatte nie darüber nachgedacht, was ihm diese Show abverlangte. Hatte er sich wirklich freiwillig dafür gemeldet? Er sah im Augenblick so begeistert aus wie jemand, der auf seine Darmspiegelung wartete. Stimmte das, was Chet gesagt hatte? Würde er sterben, wenn er weder Genevieve noch Willow wählte? Würde man ihn tatsächlich hinrichten?

War sein Leben so schrecklich, dass er lieber den Tod als eine dieser Frauen wählen würde? In den drei Wochen, die diese Sendung nun schon lief, hatte Chet ihn nicht ein einziges Mal gefragt, was er sich von einer Frau wünschte. Alle, auch ich selbst, nahmen an, dass Wulf einfach seine Favoritinnen herausgefiltert hatte und einer von ihnen dann seine Paarungshandschellen anbieten würde.

Aber jetzt war ich mir da nicht mehr so sicher.

Die Sendung zog sich ein wenig hin, sie mussten eine Stunde füllen, es gab also reichlich Werbepausen, um die Spannung zu steigern. Bis Chet endlich seine ganzen dämlichen Fragen gestellt hatte, wollte ich am liebsten schreien. Aber dann kam er endlich zum entscheidenden Punkt. Die Wahl. Wulfs Entscheidung.

„Und nun ist es soweit. Genevieve, Willow ..." Die Frauen kamen einen Schritt näher. Das Licht wurde gedimmt, nur auf die Handschellen wurde ein einzelner heller Lichtstrahl gesetzt.

Ich ging um eine der Kameras herum, um noch näher heranzukommen, ohne ins Bild zu geraten. Wir befanden uns alle im Schatten, nur die Bühne war noch beleuchtet.

„Kriegsfürst Wulf. Es ist soweit."

Wulf stand langsam auf.

„Wer wird deine Braut werden? Genevieve oder Willow?"

Mary, eine Garderobiere, stellte sich neben mich, stieß mir dabei aber gegen die Schulter und schubste mich aus Versehen nach vorn. Ich schnappte nach Luft und fing meinen Schwung nach vorn ab, voller Panik. Ich war nicht ins Bild geraten, aber mein Herz schlug mir bis zum Hals. Mary legte mir ihre Hand auf die Schulter und formte eine tonlose Entschuldigung mit den Lippen, begleitet von einem kleinen Lächeln.

Ich sah wieder zur Bühne, wo nun das passieren sollte, worauf ich seit der ersten Folge schon wartete. Aber Wulf sah nicht die beiden Frauen des Finales an. Er sah mich an.

Mich.

Oh mein Gott.

War ich doch irgendwie vor die Kamera geraten? Hatte ich Wulf ausgerechnet jetzt abgelenkt? Mist, man würde mich rauswerfen. Ich machte einen kleinen Schritt zurück, aber Mary hielt mich auf.

Genevieve drehte sich in meine Richtung. Willow sah aus schmalen Augen zu mir hin, als wollte sie die Schatten durchdringen. Chets perfekte Fassade fiel etwas in sich zusammen, während er versuchte, an den Kameras vorbei etwas zu erkennen.

Mich. Ich war mir nicht sicher, ob sie mich wirklich sehen konnten oder ob sie nur versuchten herauszufinden, was Wulfs Aufmerksamkeit erregt hatte.

Von der Bühne kam ein Knurren. Chet, Genevieve und Willow sahen sofort zu Wulf hin. Es folgte ein Grollen, das beinahe den Boden zum Beben brachte. Ich spürte es tief in mir und schnappte nach Luft.

Wulfs Blick war noch immer auf mich gerichtet und ich konnte meinen Blick nicht abwenden. Nicht, wenn er immer noch größer wurde. Er wurde tatsächlich größer. Das Publikum fing an zu murmeln. Hinter den Kameras wurde getuschelt. Chet trat einen Schritt zurück. Genevieve nahm Willows Hand und ihre Augen wurden groß.

Das Jackett von Wulfs Smoking platzte an den Nähten auf. Er war nicht länger ein 2,10 m großer Außerirdischer. Er war eine 2,40 m große Bestie. Kantige Züge, angestrengtes Atmen, angespannte Muskeln. Ein stechender Blick. So intensiv, als wäre er auf dem Sprung.

„Meins." Dieses einzelne Wort, tief und grollend, brachte alle zum Verstummen.

Wulf streckte den Arm aus und schob Chet beiseite, als wäre er ein Spielzeug. Mit dem Fuß trat er den Stuhl nach hinten, er flog über die Bühne und landete in der Kulisse.

Die ging dabei zu Bruch und Teile davon fielen auf die Bühne.

Schreie erfüllten die Luft, einige Gäste im Publikum gerieten in Panik, da man nicht wusste, was Wulf tun würde. Drei Wochen lang hatte man die Bestie herausgefordert und jetzt schienen alle überrascht, dass sie sich zeigte.

Ich musste zugeben, ich war ebenfalls in Panik, aber ich konnte mich nicht bewegen. Ich konnte nur hinschauen.

Wulf ging über die Bühne.

„Ähm, Make-up, er sieht dich an", sagte Mary mit Furcht in der Stimme.

„Ausgeschlossen, er schaut dich an", erwiderte ich. Make-up. Genau. Niemand hier benutzte meinen Namen. Ich war unsichtbar. Wie immer. Nur ausgerechnet jetzt offenbar nicht.

Sie machte einen Schritt nach links, um der Bestie aus dem Weg zu gehen. Wulfs Blick folgte ihr nicht. „Nein, er meint dich."

Mist. Er starrte wirklich mich an.

„Ladys und Gentlemen, es sieht so aus, als gäbe es eine kleine Änderung. Offenbar hat Wulfs Bestie sich entschlossen, sich uns zu zeigen. Wir sind live und wie Sie sehen, ist er deutlich gewachsen. Wenn ich es nicht mit eigenen Augen gesehen hätte, würde ich es nicht glauben. Offenbar hat seine Bestie etwas hinter der Kamera entdeckt und lässt sich nicht davon abbringen, es genauer anzuschauen."

„Meins."

Chet geriet ins Stottern. Ich kam mir vor wie ein Reh im Scheinwerferlicht.

Das konnte doch nicht das sein, was ich glaubte, das es war. Dieser riesige, umwerfende Außerirdische sprach doch nicht über mich. Ausgeschlossen.

Ich machte einen Schritt zurück.

Wulfs Brüllen ließ die Leute aufschreien.

Ich schrie nicht. Ich konnte kaum atmen.

Chet hatte seinen dramatischen Ton wieder unter Kontrolle. „Ladys und Gentlemen, was wir hier sehen, ist noch nie in der Geschichte des Fernsehens gezeigt worden. Offenbar hat der Außerirdische Kriegsfürst Wulf sich entschieden, eine Person aus dem Publikum zu seiner Gefährtin zu machen."

Wulf wirbelte herum und schaute

Chet an. Der Mann wurde trotz der dicken Schicht Make-up blass. Als Wulf sich vor ihm aufbaute, schluckte Chet schwer und sein Adamsapfel hüpfte. Wulf riss ihm das Mikrofon aus der Hand und zerdrückte das Metall, als wäre es Alufolie, dann warf er es zu Boden.

Wulf drehte sich wieder um, ignorierte Chet vollkommen und ging wieder in meine Richtung.

„Dreht die Kameras um!", zischte der Produzent.

Die Kamera in meiner Nähe schwenkte herum und ich wollte schon aus dem Weg springen, aber Wulf hielt sie mit einer Hand auf. Der Kameramann brachte sich in Sicherheit und Wulf kippte die schwere Kamera mit einer Bewegung um. Der Krach erfüllte das Studio, aber ich hörte nur sein erneutes „Meins". Der Produzent schrie die anderen Kameraleute an, sie sollten Wulf ins Bild kriegen, während der direkt vor mir stehenblieb und ... schnüffelte.

Ich blickte auf. Sehr weit nach oben. Mein Kopf war so weit nach hinten gelegt, dass eher mein Kinn auf ihn gerichtet war als meine Augen. Mein Mund stand weit offen.

„Ähm ... hi."

„Gefährtin."

„Äh, nein. Nein, nein, nein", stammelte ich.

„Meins."

Er atmete tief ein und knurrte. Männer mit Handkameras umringten uns und nahmen alles genau auf. Was hatte ich an? Meine Güte, ich trug mein weißes T-Shirt mit dem Aufdruck *keck* auf der Brust. Ich hatte länger keine Wäsche gewaschen und es war das einzige, was noch hinten im Schrank gefunden hatte. Mein Haar war zu einem wirren Knoten hochgesteckt und obwohl ich beruflich für das Make-up zuständig war, trug ich selber heute keines. Verdammter Mist, ich war rund um den Globus live im Fernsehen.

Daran durfte ich jetzt nicht denken. Ein atlanischer Kriegsfürst hatte sich vor mir aufgebaut, atmete schwer und sagte „Meins".

„Genevieve oder Willow sind eine gute Wahl für eine Gefährtin. Du solltest eine von ihnen wählen", sagte ich mit zitternder Stimme.

„Nein. Du. Gefährtin."

Ich starrte ihn aus großen Augen an. Man hätte eine Nadel fallen hören können. Und Wulfs schweres Atmen.

„Ich?" Ich legte mir eine Hand auf die Brust und sein Blick senkte sich. Wanderte tiefer, bis hinunter zu meinen Füßen, dann wieder hinauf zu meinem Gesicht. Sein Blick war konzentriert, er blinzelte nicht.

„Du."

„Das ist eine überraschende Wendung, Ladys und Gentlemen", sagte Chet in einem Bühnen-Flüsterton. „Es sieht so aus, als hätte unsere atlanische Bestie uns alle überrascht und seine Gefährtin gewählt. Aber sie ist nicht Teil des Wettbewerbs. Sie ist eine Angestellte des Produktionsteams, sie macht das Make-up, wenn ich mich nicht irre?" Er blickte den Produzenten fragend an und ich hätte dem Idioten gern eine gescheuert.

„Wir wissen nichts über sie, Leute. Ist sie verheiratet? Hat sie Kinder? Einen Freund?" Die letzte Frage hatte er mit einem verschwörerischen Kichern vorgetragen. „Unsere atlanische Bestie wäre nicht sonderlich erfreut darüber, was?"

Wulf drehte den Kopf in Chets Richtung und starrte ihn finster an, bis Chet das freche Grinsen verging, dann blickte er in das neugierige Publikum.

Noch bevor ich reagieren konnte, hob Wulf mich in seine Arme, als wäre ich wirklich seine Braut, und ging mit mir weg. Ging einfach an den Leuten vorbei, auch an Chet Bosworth, der hektisch anfing, etwas zu stammeln, während wir auf dem Weg zum Ausgang waren.

„Warte. Ich ... du ..."

„Meins. Gefährtin. Du."

Ich schüttelte den Kopf, aber ich konnte an nichts anderes denken als daran, wie stark er war, das Gefühl seiner Muskeln, während er mich an sich gepresst hielt. Wie groß er war. Wie hoch oben ich mich über dem Boden befand. Wie heiß seine Brust war, als hätte er ... Fieber.

Oh mein Gott. Der riesige Außerirdische hielt mich für seine Gefährtin.

Mein Körper hatte keine Einwände. Die Realität hingegen schon. Ich konnte nicht die Gefährtin eines Außerirdischen sein. Das ging nicht. Egal wie beeindruckend er war.

Es ging einfach nicht.

3

Im selben Moment, als die Tür seiner Garderobe hinter uns ins Schloss fiel, drehte Wulf sich um und presste mich gegen die Tür. Er hob mich an, als wäre ich leicht wie eine Feder, bis ich auf Augenhöhe mit ihm war. Er starrte und starrte.

Ich starrte zurück, denn er war nur wenige Zentimeter entfernt. Ein perfekter, rasender Außerirdischer, in dessen

Armen ich mich befand. Gefangen von seinem dunklen Blick.

„Meins."

Sein Blick teilte mir mit, dass er es absolut ernst meinte und egal, was die wenigen, noch funktionierenden Gehirnzellen in meinem Kopf auch sagten, ich konnte meinen Blick nicht abwenden. Ich wollte auch gar nicht. Ich hatte noch nie einen Mann getroffen, der mich so ansah wie er.

Als wäre ich wunderschön. Perfekt. Begehrt.

Meine Güte, ich hatte wirklich den Verstand verloren. Innerhalb weniger Minuten war alles außer Rand und Band geraten.

„Du solltest ..., du solltest mich wohl besser absetzen, damit ich zurück an meine Arbeit gehen kann." Nicht, dass ich wirklich gearbeitet hätte, aber was sollte ich denn sonst sagen? Er hatte mir beinahe leidgetan, als ich ihn beobachtet hatte, bevor er auf die Bühne kam, aber jetzt wusste ich nicht mehr, was ich davon halten sollte. Vielleicht war er durchgedreht, denn warum sonst sollte er mich wohl den beiden Schönheiten auf der Bühne vorziehen?

Seine Augen wurden schmal, aber ich hatte keine Angst. Ich war überrascht, ja, das schon, sogar fassungslos. Meine Güte. Aber Angst hatte ich nicht.

„Wirklich, ich sollte jetzt gehen. Sonst wird man mich rauswerfen."

„Nein. Bleib. Meins." Die Bestie in ihm wollte nichts davon hören. Er hob mich mit einem Bein an, ich spürte den harten Oberschenkel zwischen meinen Beinen, wie er gegen meine Mitte drängte, während seine großen Hände zu meinen Seiten wanderten. Jede Berührung setzte mich mehr in Flammen, das Feuer breitete sich aus, als hätte er mich mit diesem Paarungsfieber angesteckt.

Er fuhr mit einer Hand über meine Brust, hinunter zu meinem Hintern. Ich stöhnte auf und schloss die Augen, ohne mir darüber bewusst zu werden. Es war so lange her, dass ich mit jemandem zusammen war, und keiner meiner Liebhaber hatte mich je so berührt wie er. Als wäre ich zart und verletzlich und kostbar. „Du solltest aufhören. Du hast einen Fehler gemacht. Ich bin niemand."

„Gefährtin. Meins."

Ich riss die Augen auf, weil er nicht aufhörte, das immer wieder zu sagen. Er war nicht romantisch. Hier gab es kein Kerzenlicht und keine Rosen. Dies war sehr intensiv. Besitzergreifender ging es nicht. Er hatte mich praktisch entführt. Dieser Umstand erregte mich noch mehr. Aber ich war auch realistisch. Diese Besessenheit der Bestie war falsch. Vielleicht lag es an meinem Shampoo. Der Duft erinnerte ihn vielleicht an den seiner tatsächlichen Gefährtin. „Ich bin es nicht."

Ich möchte zwar gern, denn welche Frau wünscht sich nicht diese Art von Interesse?

„Name." Es war keine Frage, sondern eine Aufforderung. Ich hatte genug von diesen atlanischen Bestien in den

Klatschspalten gelesen, um zu wissen, dass sie nicht in der Lage waren, in ganzen Sätzen zu reden, nicht solange die Bestie die Kontrolle hatte. Vielleicht war der Übersetzungschip, den jeder bei sich trug, der im Weltall unterwegs war, kaputt. Ich erinnerte mich sehr genau, dass Chet in der ersten Episode erklärt hatte, Wulf sei als erste *Bachelor-Bestie* ausgewählt worden, weil er Englisch sprechen konnte. Er konnte es perfekt verstehen, weil er diesen Mikroprozessor im Kopf hatte. Allerdings gab ihm das nicht die Fähigkeit, es ebenso gut zu sprechen. Er musste die Sprache wirklich kennen, um sie selbst sprechen zu können. Er war nicht dämlich. Chet sorgte dafür, dass die Show abwechslungsreich und exotisch war, aber ich konnte kein Atlanisch sprechen und sah mich auch nicht in der Lage, einen Sprachkurs zu machen, um anschließend zu einem anderen Planeten zu reisen und dort an einer Reality Show teilzunehmen.

Mein Gott, ich hatte nie darüber nachgedacht, wie schwer das für ihn sein musste. Und jetzt hatte die Bestie übernommen und knurrte. Kein Wunder, dass er so einsilbig war.

Ich leckte mir über die Lippen und sein stechender Blick folgte der Bewegung. Aus dieser Nähe konnte ich sehen, wie dunkel seine Augen waren, sein kräftiges Kinn, die energische Nase und die dicken Brauen. Alles an ihm war … mehr. Als wären menschliche Typen einfach Flachpfeifen.

„Ich heiße Olivia. Olivia Mercier." Ich musste an Genevieve und Willow denken. In den Episoden hatte man sie immer reden sehen, während Wulf nur zuhörte. Ich dachte, er wäre der stille Typ. Introvertiert. Wie hatten die beiden Finalistinnen ihn denn nur kennenlernen können, wenn er nie redete?

„Hast du Gefährten?"

Das war als Frage formuliert und ich antwortete wahrheitsgemäß, bevor mir einfiel, dass dies meine einzige Chance gewesen wäre, ihn loszuwerden. „Nein, ich bin Single."

Das Grollen in seiner Brust bedeutete wohl, dass er mit dieser Auskunft zufrieden war. Er senkte den Kopf zu meinem Hals und atmete tief ein. Ich erschauerte. Oh. Mein. Gott.

„Meins."

Würde er mich je wieder absetzen? Meine Füße baumelten einen halben Meter über dem Boden. Die Tür in meinem Kreuz schmerzte etwas, aber er war an meiner Vorderseite nicht weniger solide. Ich konnte nicht weg, solange er es nicht zuließ.

„Hör zu, Wulf." Ich wand mich hin und her und legte ihm meine Hände auf die Schultern. *Meine Güte, diese Muskeln.* Der Smoking war halb aufgeplatzt infolge seiner Verwandlung in die Bestie, sodass meine Finger mit seiner Haut in Berührung kamen. Heiße, zarte Haut, die ich nur allzu gern erkundet hätte. *Reiß dich zusammen, Olivia.*

„Es muss sich um ein Missverständnis handeln."

„Gefährtin." Seine Lippen liebkosten meinen Hals und mir wären die Knie weich geworden, wenn ich auf meinen Füßen gestanden hätte. Aber das tat ich nicht. Es wurde zunehmend schwieriger, mich zu konzentrieren. Er roch nach heißem Sex. Wie ein Alphamännchen. Nach Hitze und Haut und etwas, das nur er allein war.

Mein Körper reagierte auf ihn, als hätte er einen eigenen Willen. Eine Art weibliche Bestie. Oder eine Art innere Nymphomanin, denn ich genoss es, von ihm so herumgeschoben zu werden. Ich fühlte mich sicher dabei, wie er das machte, und fürchtete nicht, verletzt zu werden. Ich hatte den Eindruck, es würde ihn schockieren, wenn er mir wehtat.

Ich wollte etwas Kluges sagen, aber dann hob er mich wieder in seine Arme und trug mich zu einem Stuhl mit hoher Lehne, ähnlich dem, den er über die

Bühne getreten hatte. Vielleicht hatte man diesen als Reserve vorgesehen, falls der andere kaputtgehen sollte. Nun, der war kaputt, aber das war jetzt ohne Bedeutung.

Ich dachte, er würde sich hinsetzen und mich auf den Schoß nehmen, aber nein. Er platzierte meinen Hintern auf der hohen Rückenlehne.

„Ähm ... Wulf?"

Die Lehne war so schmal, dass ich nicht bequem darauf sitzen konnte. Ich fühlte mich wie eine Puppe im Regal, aber ich war keine Puppe. Wenn ich abrutschte, würde ich hoffentlich auf dem weichen Polstersitz landen.

Er legte mir eine Hand auf die Brust, direkt unter dem Hals, dann drückte er mich sanft zurück, bis ich mit dem Rücken an der Wand lehnte. Das war doch verrückt! Ich saß auf einer Stuhllehne, mit gespreizten Beinen, meine Pussy offen vor seinem Gesicht. So hoch war das. Mein Rock war bis zur Hüfte hochgerutscht.

„Ähm, Wulf." Das konnte doch nicht wahr sein. Was sollte das alles? Was hatte er vor? Würde ich das wirklich geschehen lassen?

Er legte seine Hände auf meine Oberschenkel und schob den Rock noch höher.

Oh, Mist. Ich glaube schon. Ja. Nein. Vielleicht?

Auch wenn der Sitz des Stuhls sich zwischen uns befand, war er doch in der Lage, mich zu erreichen, wenn er sich vorbeugte. Er ... atmete meinen Duft ein. Ich war feucht. Ich wusste, er konnte das riechen. „Oh Gott."

Moment, welchen Slip hatte ich angezogen? Und meine Schenkel ..., ich konnte die Grübchen von hier aus erkennen.

„Wulf." So wurde das nichts.

Er neigte den Kopf vor und presste seine Lippen auf die Innenseite meines Oberschenkels, direkt über den Falten des dicken Fleisches. Er küsste abwechselnd beide Beine, immer wieder. Es schien ihn nicht zu stören, dass ich nicht die Figur eines Supermodels hatte. Überhaupt schien er außer meiner Pussy nichts von mir wahrzunehmen.

„Ich koste dich jetzt."

Ich koste dich jetzt? Ach du meine Güte. Ich verkrampfte mich, denn ich hatte keine Ahnung, was auf mich zukam. Okay, streng genommen wusste ich es schon, aber mit ihm? Wo saß ich denn hier? Jeden Augenblick konnte jemand hereinkommen. Es wunderte mich in der Tat, dass bisher noch keine Kamera in Nahaufnahme Wulfs Gesicht vor meiner Pussy eingefangen hatte.

Aber trotz meiner Panik war ich so erregt, dass mir die Worte fehlten.

Er hielt plötzlich inne und sah mich an. „Kosten. Ja?"

Er fragte um Erlaubnis. Verdammt, verdammt, verdammt. Wollte ich seinen Mund auf mir? Dort? Ich nickte und biss mir auf die Lippen. „Aber ... andere ..." Ich sah Richtung Tür.

„Verschlossen."

Ich hatte keine Ahnung, wann er das getan haben sollte, aber ich nahm an, es war, als er mich gegen die Tür gepresst hatte. „Dann ja."

Tausendmal ja. Wir befanden uns schließlich nicht in einem keuschen Roman.

Sein Lächeln wirkte gefährlich und wild, als er mir unter den Rock griff und mir mit einem Finger den Slip herunterriss. Er ließ ihn auf den Sitz des großen Stuhls fallen. Die atlanische Bestie interessierte sich nicht für das schwarze Stück Stoff.

Dann schob Wulf meinen Rock über meine Hüfte und küsste meine Oberschenkel. Endlich landete sein Mund auf mir, er saugte und kostete. Ich bog den Kopf nach hinten und versuchte, mich an der Wand abzustützen, suchte nach irgendetwas, woran ich mich festhalten konnte. Aber es gab nichts außer ihm, seinen Kopf, die dunklen Haare, an denen ich mich festklammerte, während ich wimmerte und meine Schenkel noch weiter spreizte.

Er fickte mich mit der Zunge und ich explodierte beinahe, aber es war nicht genug. Noch nicht genug. Ich brauchte mehr. „Ahhh!"

Wulf ersetzte die Zunge mit zwei Fingern. Zwei sehr große Finger öffneten mich, fickten mich, während er mit der Zunge meine Klitoris bearbeitete. Ich hatte immer Probleme gehabt, bei einem Mann zum Höhepunkt zu kommen und mich schon gefragt, ob ich einen Defekt hätte. Jetzt wusste ich, es hatte an den falschen Männern gelegen, denn es dauerte nicht lange, bis die Lust mich überwältigte. Sein Duft war wie eine Droge, seine Hitze umfing mich wie ein Sicherheitsnetz, seine Kraft war die reinste Verführung für eine Frau, die sich so lange allein hatte durchkämpfen müssen. Und seine Zunge ... diese Finger. Geschickt. Rücksichtslos. Unaufhaltsam.

Ich wollte mich ihm hingeben. Ich

fühlte mich richtig weiblich. Sexy. Begehrt. Sicher.

Er umspielte mich mit der Zunge, saugte meine Klitoris in seinen Mund. Fickte mich mit seinen Fingern.

Ich explodierte, mein Körper erschauerte, verlangte aber noch immer nach mehr, der Orgasmus nahm kein Ende.

„Wulf." Sein Name kam mir über die Lippen, aber mehr fiel mir nicht ein. Danke? Hör auf? Mehr? Vor allem wünschte ich mir, dass dieser traumhafte Augenblick nie enden würde.

„Meins."

Er zog seine Finger heraus und ich seufzte bedauernd auf, aber dann wurde ich angehoben und umgedreht. Wieder presste er mich mit dem Rücken gegen die Tür, die kalte, harte Oberfläche war ein richtiger Schock für meinen benommenen, erhitzten Körper. Ich hörte das Geräusch einer Gürtelschnalle und eines Reißverschlusses.

„Wulf", sagte ich erneut und blickte

hinauf an die Decke. Mein Blut rauschte in meinen Adern, meine Muskeln waren vollkommen verkrampft.

Ich spürte ein erstes Drängen, die Spitze seines enormen Schwanzes an meiner nassen Pussy. Meine Vagina spannte sich voller Erwartung an. Seine Finger waren eine Sache, aber allein die Hitze seines riesigen Schwanzes ... Ich seufzte.

„Gefährtin. Jetzt ficken." Er hielt still und wartete erneut auf meine Zustimmung, um in mich zu gleiten und mich erneut zum Höhepunkt zu bringen. Ich war schon fast wieder so weit. Der erste Orgasmus war nur zum Aufwärmen gewesen. Ich wollte mehr. Ich nahm die Pille, seit ich dreizehn war, um meine Periode zu regulieren. Ich würde nicht schwanger werden. Ich würde jede Regel brechen, die mit Dating zu tun hatte. Niemals Sex zu haben beim ersten Date. Und das hier war nicht einmal ein Date. Geh niemals aus mit jemandem, den du nicht mindestens zwei Monate kennst. Niemals.

    Und doch war ich hier, gegen eine Tür gepresst, mit dem Schwanz eines Außerirdischen direkt vor meiner Pussy, bereit, darin zu versinken. Ich hatte das Gefühl, in eine alternative Realität entglitten zu sein. War dies ein Traum? War dieser umwerfende Atlane wirklich dabei, mich zu ficken? Sicher, es war nur ein Quickie. Wir befanden uns in einer Garderobe hinter der Bühne. Aber er hatte mir nicht einfach den Slip heruntergerissen und mich gevögelt. Nein, er hatte es mir zuerst mit dem Mund besorgt und mich zum Höhepunkt gebracht. Ich sah meine Nässe auf seinen Lippen glänzen.

    Er knurrte und veränderte seine Position. Sein Schwanz rieb über meine Klitoris, langsam auf und ab. Verdammt, das war so scharf. Wie konnte ich da nein sagen? Mein Körper würde nicht nein sagen. Ich wollte von einem außerirdischen Schwanz gespreizt und zum

Orgasmus gebracht werden. Das war ich den Frauen auf der Erde irgendwie schuldig, oder?

Wie auch immer, ich war es mir selbst schuldig. Ich war immer artig gewesen und das hatte mir jede Menge Probleme eingebracht. Ich schuldete einem verfluchten Drogendealer Geld, wegen meines bescheuerten – toten – Bruders. Ich war brav gewesen, aber mein Bruder nicht, und deshalb war ich so richtig gefickt.

Nun, ficken wollte ich jetzt auch, aber eben ganz anders. Hart und tief. „Ja."

Sein ganzer Körper erschauerte, als er mich auf sich platzierte. Er war riesig, meine Pussy wurde arg gedehnt, um ihn langsam aufzunehmen, es war beinahe schmerzhaft.

Jemand hämmerte gegen die Tür, ich konnte es an meinem Rücken spüren. Aber das war nur Lärm im Hintergrund, mehr nicht. Mein ganzes Ich war nur auf Wulf konzentriert. Auf seine Hitze. Sein

Körper eng an meinen gepresst. Der Duft seiner Brust direkt vor meinem Gesicht. Der riesige Schwanz, der mich bis zur Schmerzgrenze ausfüllte.

Er war ganz in mir oder zumindest so viel, wie reinpasste. Ich wackelte mit den Hüften, um mich besser anzupassen. Unsere Blicke trafen sich. Hielten einander. Da war diese Hitze. Sein Verlangen. Hier wollte er sein. In mir.

„Seit Wochen. Dieses Verlangen." Die Sehnen an seinem Hals waren angespannt, mit den Händen hielt er meinen Hintern, während er mit dem Becken rollte und anfing, mich zu ficken.

Ich verstand ihn. Er hatte das hier gebraucht, seit er angekommen war. Er hatte sich mit der Show und den Frauen abgeben müssen, aber sie hatten ihn nicht angemacht. Er hatte sich nach dieser Verbindung gesehnt, aber bei keiner von ihnen gefunden.

Aber bei mir.

„Kriegsfürst, öffne die Tür!"
„Olivia, bist du okay?"

Mehr Hämmern, mehr Geschrei. Aber Wulf achtete gar nicht darauf.

„Die Tür ist verschlossen. Jemand soll einen Schlüssel besorgen."

Ich hielt es nicht länger aus. Dieser Sex war mehr, als ich mir je hatte vorstellen können. Besser als jeder Porno, den ich mir im Internet angeschaut hatte. Nur ein paar Zentimeter Metall trennte diesen porno-würdigen Sex vom Rest der Welt. Ich war der Star der Show, die heiße, sexy Frau, die gegen eine Tür gefickt wurde, von dem schärfsten, potentesten Alphamännchen, das dieser Planet je gesehen hatte.

Ich. Pummelig seit der Grundschule. Drei Freunde in meinem ganzen bisherigen Sexualleben. Ich.

Er vögelte mich, als sei es ihm unmöglich, aufzuhören. Als bräuchte er mich mehr als die Luft zum Atmen. Sein Atem kam stoßweise. Er sah mich an, als wollte er sicherstellen, dass jeder Stoß mir Lust bereitete.

„Wulf", sagte ich erneut und klammerte mich an seine Schultern.

„Gefährtin", erwiderte er.

Ich hörte das Rappeln an der Türklinke, jemand drückte gegen die Tür. Wulf lehnte sich noch mehr dagegen und sorgte dafür, dass man sie nicht öffnen konnte.

„Meins", knurrte er, zog sich fast ganz aus mir heraus und stieß dann heftig in mich.

Ich schrie auf.

„Er tut ihr weh! Ruft die Polizei."

„Er ist eine Bestie, was sollen die dann da ausrichten?"

Die Gespräche auf der anderen Seite der Tür drangen an mein Ohr, aber ich konnte mich nur auf Wulf konzentrieren. Er würde mir nicht wehtun. Er würde dafür sorgen, dass ich mich besser fühlte als je zuvor in meinem Leben. Er drückte eine Hand gegen die Tür und hielt sie zu.

Niemand würde an ihm vorbeikommen. Niemand. Er gehörte jetzt mir und ich ihm. Der Gedanke brachte mich einem weiteren Höhepunkt näher.

„Ich komme", sagte ich.

„Ja." Er änderte den Winkel seiner Stöße und rieb über meine Klitoris.

Farben tanzten mir vor den Augen, ich kam erneut, melkte seinen Schwanz, wollte ihn noch tiefer in mir spüren, und hoffte, das Gefühl für immer zu bewahren. „Wulf", schrie ich.

Ein Knurren entrang sich seiner Brust, er fickte mich hart, Fleisch klatschte auf Fleisch.

„Meins, meins, meins", sagte er mit jedem tiefen Stoß, bis er erstarrte. Seine Finger krallten sich in meinen Arsch und er kam.

Ich spürte die Hitze, die sich in mich ergoss. Ich sah ihn an, sah, wie sehr er meine Lust genoss. Ich hatte ihn so werden lassen. Wild. Animalisch. Befriedigt.

Keine der 24 wunderschönen Frauen hatte das bewirken können. Keine außer mir hatte ihn so erlebt. Verletzlich. Verloren. Perfekt.

„Kriegsfürst Wulf. Öffne sofort die Tür. Wir haben nach dem Sicherheitsteam gerufen, man wird dich betäuben."

Wulf bewegte sich nicht. Ich nahm an, dass ihn diese Drohung vom Produzenten nicht im Mindesten beeindruckte.

„Wulf, wir müssen sie reinlassen", sagte ich und strich ihm das verschwitzte Haar aus dem Gesicht. Er war noch immer steif in mir, aber ich spürte, wie sein Samen aus mir heraustropfte.

Es war vorbei. Das hier war vorbei, was immer es auch war. Eine einmalige Sache. Eine wilde, unglaubliche, einmalige Sache.

„Nein."

Ich wartete, bis er mir in die Augen sah. „Wir können nicht für immer hier drin bleiben. Die Show ist ruiniert. Wir müssen uns damit auseinandersetzen."

Ich war mit Sicherheit meinen Job los. Verdammt.

Vorsichtig zog er sich aus mir heraus und stellte mich auf dem Boden ab, während er noch immer mit einer Hand die Tür zuhielt. Er war sehr stark.

Seine Muskeln waren nicht mehr so angespannt, sein Blick nicht mehr so stechend. Das Ficken hatte ihn offenbar ein wenig besänftigt. Das konnte ich nachvollziehen. Nach den zwei Orgasmen hätte ich jetzt auch gern ein Nickerchen gemacht. Aber mir lief außerirdisches Sperma an den Beinen herunter und mein Arbeitgeber hämmerte gegen die Tür in meinem Rücken.

Ich musste außerdem heute noch einen Job für das Arschloch Jimmy erledigen, bevor ich zu Bett gehen konnte. „Wir müssen die Tür aufmachen."

Er nickte, half mir, den Rock richtig anzuziehen und sorgte dafür, dass ich wieder vorzeigbar aussah, wenn auch ohne Höschen. Mit einer Hand schob er seinen Schwanz zurück in die Hose und ich half ihm mit dem Reißverschluss und dem Gürtel. Es war eine sehr intime

Situation und wir schwiegen beide dabei.

Erst als wir richtig angezogen waren – wobei es niemandem entgehen konnte, was wir gerade getan hatten – zog er mich zur Seite und öffnete die Tür.

Zahllose Menschen waren dort und alle riefen durcheinander. Ich wurde von Wulf weggezogen, Kameras wurden mir ins Gesicht gehalten, auch bei Wulf trauten sich das einige. Fragen wurden gerufen und ich wusste nicht, wo ich hinschauen sollte. Oder was ich sagen sollte. Ich wurde durch den Gang gedrängt, hinaus in den Saal, und erhaschte einen Blick auf Wulf, der versuchte, mir nachzukommen.

Es war der reine Wahnsinn. Ich war niemand. Ein schneller Fick mit einem außer Kontrolle geratenen Außerirdischen. Als ich sah, wie Genevieve und Willow in die Garderobe geschoben wurden, um neben Wulf zu stehen, da wusste ich, es war vorbei. Die Kameras liefen noch. Chet der Großartige hatte längst ein neues Mikrofon gefunden.

War das alles ein schlechter Scherz gewesen? Hatte man das so geplant? Für die Einschaltquote? Für den Schock? War das echt gewesen oder eine Inszenierung? Die Medien folgten Wulf wie Bienen dem Duft von Honig. War er eingeweiht gewesen?

Kam es darauf an? Ich musste nach Hause, mich umziehen und das einzige tun, was die Menschen, die mir lieb waren, beschützte. Ich hatte keine Zeit, über das alles hier nachzudenken. Und erst recht wollte ich dabei nicht live im Fernsehen gezeigt werden.

Und da war Chet, ein bisschen verwirrt, aber vor allem aufgeregt, und drängte sich zu Wulf in die Garderobe, Mikrofon voran.

„Kriegsfürst Wulf. Was ist hier gerade passiert? Ich denke, du schuldest Willow und Genevieve eine Erklärung, und unseren Zuschauern ebenso. Was hast du dazu zu sagen? Erkläre es doch deinen bewundernden Fans."

Bewundernde Fans? Mir blieb fast die Luft weg. Aber dann kam mir in den Sinn, dass ich selbst bis heute einer dieser Fans gewesen war. Und was war ich jetzt?

„Gefährtin. Meins." Die Bestie stierte noch immer in die Kamera, aber langsam kehrte Wulfs Verstand zurück. Er war nicht mehr außer Kontrolle.

„Wir verstehen es nicht, Kriegsfürst. Seit Wochen hattest du die Chance, Willow und Genevieve kennenzulernen, ebenso wie die anderen Kandidatinnen. Stimmt irgendetwas nicht mit unseren beiden Finalistinnen? Müssten wir da irgendetwas wissen?" Meine Güte, Chet wollte wirklich eine Schlammschlacht.

Sicher würde dieser Narziss seine Aufmerksamkeit bald auch auf mich richten.

Nein. Auf keinen Fall würde ich vor eine Kamera treten, solange mir atlanisches Ejakulat am Bein herunterlief.

Wulf starrte Chet an, als wäre der ein lästiges Insekt. „Willow. Nein. Genevieve. Nein."

Ich blickte auf, als eine der Kameras im Flur zu mir herumschwenkte und ohne Frage ganz nahe an meine geröteten Wangen, die geschwollenen Lippen und den schuldbewussten Gesichtsausdruck heranzoomte. Ja, das war ich gewesen, die da an der Tür gefickt worden war und einen Orgasmus von Wulfs großem, hartem, außerirdischen Schwanz hatte.

Ich hatte bestimmt zu den Einschaltquoten beigetragen, allerdings auch die Show ruiniert. Sie konnten mich rauswerfen, aber ich wusste, Tanner und Emma würden daheim mit Lucy vor dem Fernseher sitzen und zuschauen. Auf keinen Fall würde ich vor der Kamera über Sex mit Außerirdischen reden. Nein. Kam nicht infrage. Die Befragung, die Chet bestimmt schon sabbern ließ, würde nicht stattfinden.

Zeit, von hier zu verschwinden.

Sonst würde ich einen Zusammenbruch erleiden. Wulfs Blick fiel auf mich, er starrte mich so intensiv an, dass ich nicht wegsehen konnte. Wulf hatte ein Leben in der Kolonie. Ich hatte zwei Kinder, die meine Liebe und Zuneigung brauchten. Ich konnte nicht weg von der Erde. Das stand für mich fest, seit ich erfahren hatte, dass Kinder nicht ins All durften. Es hatte damit zu tun, dass sie in dem Alter keine Entscheidung von so großer Tragweite treffen durften. Was auch immer. Ich hatte mich damit abgefunden. Und Wulf würde das auch tun müssen.

Wir waren zu einem einzigen Quickie verdammt. Zwei Orgasmen war alles, was ich bekommen würde. Wir würden nicht vor den Augen von Kameras zu einem Date gehen. Kein Händchenhalten im Park. Das ging nicht. Ich musste mich mit Jimmy Steel befassen. Und mich vor einer Kamera aufzuhalten war nicht hilfreich, wenn man anonym bleiben wollte. Ich gehorchte oder er würde mir wehtun. Ich hatte es darauf ankommen lassen. Mehrmals hatte ich ihn abblitzen lassen. Aber dann fing er an, die Kinder zu bedrohen und das war zu viel gewesen.

Die letzte halbe Stunde hatte es nur zu deutlich gemacht. Wulf war ein Ehrenmann. Er war den Finalistinnen gegenüber höflich gewesen, auch wenn die Bestie nicht an ihnen interessiert war. Zwar hatte er mich praktisch entführt, um mich hinter der Bühne zu vögeln, aber er hatte um Erlaubnis gefragt. Mehr als einmal. Er hatte mich nicht gefickt, weil ich ein williges Loch hatte. Er hatte wieder und wieder betont, dass ich sein war. Seine Gefährtin.

Meins.

Mochte mein Leben auch kurz zu einer Fantasie geworden sein, er würde es sofort beenden, wenn er erfuhr, dass ich das Gesetz gebrochen hatte, wenn auch gegen meinen Willen. Ich dealte mit Drogen und daran war nichts Ehrenvolles. Er verdiente etwas Besseres. Ja, wirklich. Er verdiente ein umwerfendes, gebildetes Supermodel. Er verdiente ein Leben wie eine Fantasie.

An meiner Existenz war nichts Fantastisches. Nicht mehr. Wild würde die Wahrheit bald erfahren und mir das Herz brechen, wenn er mich verließ. Wenn ich jetzt blieb, würde es das nur schlimmer machen.

Es half, dass ich klein war. So konnte ich unter der Kamera hindurch abtauchen und verschwinden. Ein paar Leute folgten mir, aber ich drängelte mich durch die Menge und verschwand im Meer der Zuschauer, die gerade aus dem Gebäude strömten. Ich hörte ein Brüllen und wusste, dass Wulf mein Verschwinden bemerkt hatte. Mit gesenktem Kopf huschte ich zu meinem Auto.

Irgendwo im Gebäude rastete Wulf aus. Das hatte er schon einmal getan und sie hatten es auf Film gebannt. Sie würden es wieder tun. Ich nahm an, sie wären dieses Mal vorbereitet und hatten ein paar Sicherheitsleute der Testzentrale geholt, große Atlanen wie Wulf selber, um ihn festzuhalten. Die Einschaltquoten gingen sicher durch die Decke. Die Show musste weitergehen. Und mein Leben hier auf der Erde ebenfalls.

    Allein.

4

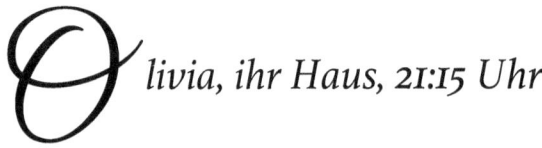

Olivia, ihr Haus, 21:15 Uhr

LUCY MUSSTE meinen Wagen in der Einfahrt gehört haben denn als ich ins Haus kam, stand sie bereits an der Tür.

Ich erstarrte. „Hey."

„Spare dir dein hey." Sie warf die Arme in die Luft. „Was zur Hölle?"

Ich wurde rot und konnte ihr nicht in die Augen sehen. „Ich hatte keine Ahnung, dass so etwas passieren würde."

„Offensichtlich", sagte sie, ihr Ton war eindeutig sarkastisch.

Lucy machte sich für die Arbeit normalerweise sehr schick, mit einem süßen Outfit und viel Make-up, aber jetzt trug sie ihr Haar in einem unordentlichen Knoten und hatte nicht einmal Lipgloss aufgetragen.

Das Haus war still, ich nahm an, dass die Kinder bereits im Bett waren. Es war viertel nach neun, also längst Schlafenszeit für sie. Sicher hatte Lucy sie beizeiten ins Bett gebracht, damit sie in Ruhe die Show anschauen konnte, ohne dass die Kinder auf ihr herumkletterten oder nach Saft fragten.

„Lässt du mich irgendwann auch mal ins Haus?"

Sie ließ die Arme hängen und machte einen Schritt zur Seite, folgte mir dann aber direkt bis ins Wohnzimmer. Das Haus war ziemlich klein, es war also nicht so, dass sie mich hier aus den Augen verlieren könnte. Ich setzte mich auf mein Sofa, das sehr bequem war, wenn auch nicht sonderlich hübsch, und krümmte mich innerlich. Meine Pussy war wund. Ich hatte seit … meine Güte, seit über zwei Jahren keinen Sex mehr gehabt, erst recht nicht mit einer atlanischen Bestie. Im Vergleich zu dem, was ich eben noch in mir hatte, waren die Schwänze meiner Freunde dünn wie Bleistifte gewesen.

Ich war viel zu erregt gewesen, um wirklich wahrzunehmen, wie gut ausgestattet Wulf tatsächlich war. Jetzt fühlte es sich an, als hätte man mich innerlich mit der Faust bearbeitet. Ich biss mir auf die Lippe, um nicht zu grinsen. Bearbeitet? Gepfählt wohl eher.

Zu schade, dass ich es nicht noch einmal mit ihm tun konnte.

„Jetzt rede endlich", befahl Lucy.

„Sah es am Fernseher genau so verrückt aus, wie live vor Ort?", fragte ich. Ich hoffte, dass sie irgendwann aufgehört hatten, mitzufilmen.

Lucy ließ sich auf die Couch fallen

und drehte sich zu mir. Das Licht spiegelte sich in dem kleinen Ring in ihrer Nase. Sie nahm meine Hand und schaute mich voller Neid an. „Schätzchen, er hat die Dekoration umgeworfen, um zu dir zu gelangen. Er hat eine Kamera umgekippt und das Mikrofon dieses Vollidioten zerstört." Sie lehnte sich zurück und ballte eine Hand zur Faust. „Mein Gott, das war großartig. Als er dich davontrug …" Ihre Stimme klang wehmütig und sie blickte mich ernst an. „DU musst mir jede Einzelheit erzählen, was passiert ist, nachdem er die Tür zu dem Zimmer hinter euch geschlossen hatte. Jede. Kleine. Einzelheit."

„Sie haben keine Werbung eingeblendet?", fragte ich und hoffte noch immer, dass es nicht so schlimm war, wie ich befürchtete.

Sie lachte. „Sie haben die Werbung übersprungen."

Ich fuhr mir mit der Hand über das Gesicht. „Oh mein Gott."

„Jetzt rede endlich."

Ich biss mir auf die Lippe. „Er denkt, ich wäre seine Gefährtin."

„Was du nicht sagst. Jeder auf der ganzen Welt weiß das."

Ich ließ die Hand sinken und starrte sie mit großen Augen an. „Auf der ganzen Welt?"

„Es war eine Live-Übertragung in die ganze Welt. Es gibt schließlich mehrere dieser Testzentren und es war vorgesehen, dass er eine Tournee macht, gemeinsam mit seiner Gefährtin, sobald die Sendung vorbei ist." Da ich nicht antwortete, fuhr sie einfach fort. „Ich werde dir deinen Lieblings-Lidschatten wegnehmen und selbst benutzen, wenn du nicht endlich redest."

Ich schnappte nach Luft, denn ich wusste, wie gern sie die Farben in meiner Palette mochte. „Wir ... wir, ähm ... er, mein Gott." Ich wusste, mein Gesicht war inzwischen so rot wie mein Haar geworden.

„Du hattest Sex mit ihm?", quiekte

sie. „Bitte, sag mir, dass du Sex mit ihm hattest."

Ich nickte. Sie konnte sich vorstellen, was sie wollte, aber ich würde ihr nicht sagen, wie er mich auf dem Stuhl positioniert und es mir mit dem Mund besorgt hat. Offenbar gab es nicht mehr viele Geheimnisse zwischen Wulf und mir und der ganzen Welt, aber den heißen Spaß wollte ich lieber für mich behalten.

„Bestien machen es im Stehen", sagte sie, als würde sie aus einem Lehrbuch zitieren.

„Das stimmt. Gegen die Tür, damit niemand hereinkommen konnte."

Sie seufzte und rollte mit den Augen, als würde sie eine sahnige Cremeschnitte kosten. „Gegen die Tür? Das klingt so verdammt heiß."

„War es auch." Meine Pussy verkrampfte sich allein bei der Erinnerung daran.

„Kein Wunder, dass sie nicht zu euch

ins Zimmer gelangen konnten." Lucy schlang sich die Arme um ihre Mitte und lachte hämisch. „Die haben versucht, die Tür einzutreten. Hast du das Hämmern nicht gehört?"

„Ähm, ich war abgelenkt."

„Von einer anderen Art von Hämmern?" Sie wackelte vielsagend mit den Augenbrauen und ich musste lachen.

„So in der Art." Ich legte mir die Hand auf die Augen. Wir führten gerade nicht wirklich dieses Gespräch. Es musste ein Traum sein, ein schlechter Trip von irgendwelchen Pilzen. Jemand musste mir bei der Arbeit etwas in meine Wasserflasche gekippt haben.

„Einzelheiten. Wie groß? Wie steif? Was hat er gesagt? Roch er gut? War er zärtlich? War er es selbst oder die Bestie? Wie groß?"

Ich zog eine Augenbraue hoch. „Das hast du schon einmal gefragt."

„Und? Wie groß?"

„Bestienmäßig groß."

Ihre Kinnlade klappte herunter, während sie offenbar versuchte, sich ihn vorzustellen. Als ich keine weitere Erklärung abgab, benutzte sie ihre Hände als Maßstab.

Ich beantwortete all ihre Fragen, eine nach der anderen, bis sie zufrieden war, aber ein paar Dinge ließ ich aus. Denn auch wenn es unglaublich heiß und total wild war, war es doch auch etwas ganz Besonderes gewesen. Zumindest für mich.

„Und was jetzt?", fragte sie schließlich.

„Jetzt?" Ich nahm eines von Emmas Plüschtieren von der Sofalehne und drückte es an mich. „Jetzt sitze ich hier mit dir und wir reden. Danach werde ich unter die Dusche gehen." Ich blickte auf die Uhr an der Wand und erhob mich vom Sofa. „Mist, ich muss mich beeilen. Ist es okay, wenn du noch eine Weile hierbleibst? Ich muss noch mal für etwa eine Stunde weg."

„Essen ausliefern für ein paar alte Leute?"

Ich biss mir auf die Lippe. Ich log meine beste Freundin nicht gern an, aber mir blieb keine Wahl. Sie war meine einzige Babysitterin und ich brauchte ihre Hilfe, während ich die Lieferungen ausführte. Aber ich würde sie nicht in meine Probleme mit hineinziehen. Ich konnte ihr erzählen, dass ich Sex mit einer atlantischen Bestie live im Fernsehen hatte, aber ich durfte ihr Leben nicht dadurch in Gefahr bringen, dass ich ihr die Wahrheit über meine Drogenlieferungen im Auftrag von Jimmy Steel erzählte. Je weniger sie wusste, desto besser.

Ich war eine schlechte Lügnerin. Am Anfang, gleich nach dem Tod meines Bruders, hatte Jimmy mich zu der Drecksarbeit nur tagsüber gezwungen und da passte meine fadenscheinige Erklärung sehr gut. Spätabends leider weniger.

Ich nickte nur und bewegte mich Richtung Badezimmer.

„Du kannst es mir ruhig sagen, weißt du?" Lucy war nicht blöd und bestimmt hatte sie sich eigene Gedanken gemacht, was ich da trieb. Zumindest ging sie sicher davon aus, dass es nichts Gutes war.

Ich sah sie an und schüttelte den Kopf. „Danke, dass du hier für mich einspringst", sagte ich und wünschte mir, mehr sagen zu dürfen.

Was sie nicht wusste, konnte man ihr auch nicht vorwerfen. Außerdem, sollte ich erwischt werden und ins Gefängnis kommen, musste sich jemand um die Kinder kümmern. Ich hatte niemanden außer Lucy.

„Was wirst du nun wegen Wulf machen?", fragte sie und wechselte zum Glück wieder das Thema. Allerdings war Wulf auch nichts, worüber ich gern reden wollte.

„Nichts", sagte ich und kam mir albern vor, wie ich so dastand. Ich musste mich beeilen, aber die Frage ging vor. Ich hob einen Plastikdino vom Boden auf und warf ihn in die Spielekiste in der Ecke. „Ich habe mich davongeschlichen."

„Ja, das hat man im Fernsehen gesehen. Wulf ist ausgerastet. Noch einmal. Sie haben ihn mit Beruhigungspfeilen beschossen, als wäre er ein Elefant oder so."

Ich machte große Augen. „Mist. Das haben sie nicht getan." Ich habe ihn gehört, sein Brüllen. Dinge sind zu Bruch gegangen. Aber nein. Einfach nein.

„Oh doch. Nach drei Treffern ist er zu Boden gegangen. Als sich ein paar heiße Außerirdische auf ihn stürzten, mussten sie die Übertragung abbrechen. Aber diese Modepuppe, Chet Bosworth, meinte, in der nächsten Episode würden die Zuschauer alles erfahren."

Ich runzelte die Stirn und sah sie an. „Das war das Finale. Es gibt keine weitere Episode."

Sie zuckte mit den Achseln. „Schätzchen, du hast die Sache wieder ins

Rollen gebracht. Jetzt heißt es: die Schöne und das Biest."

„Du willst mich doch verarschen", sagte ich und sammelte ein paar Spielzeugautos ein. „Die Schöne? Ich? Du hast Genevieve und Willow doch gesehen."

Sie stand auf, kam um den Couchtisch herum und nahm ihr Sweatshirt. „Das machst du immer, dich selber klein reden. Du bist wundervoll und der heiße Außerirdische hat das offenbar auch so gesehen, auch wenn du es selber nicht sehen kannst."

Ich blickte an mir herunter.

„Nicht alle Typen wollen eine Bohnenstange vögeln", schimpfte sie. „Fleisch auf den Knochen ist gesund."

Als ob ich nur Fleisch auf den Knochen hätte. Ich hatte dort Kartoffeln und Apfelkuchen, auf den Hüften und am Hintern.

„Es kann trotzdem nichts daraus werden", sagte ich seufzend. „Ich habe Tanner und Emma. Du weißt, dass ich einen solchen Test machen wollte, aber ich habe eben diese Kinder, die von mir abhängig sind. Ich kann sie nicht hier auf der Erde zurücklassen. Und bevor du es vorschlägst, nein, ich kann sie auch nicht mitnehmen. Es ist verboten. Sie sind nicht alt genug, um diese Entscheidung selber zu treffen, daher müssen sie hier bleiben, es sei denn, ich hätte bereits einen Partner."

„Das ist eine bescheuerte Regelung", murmelte sie.

Ich zuckte nur mit den Achseln, denn ich hatte die Regeln ja nicht gemacht. Es wäre zu schön gewesen, von Jimmy Steel wegzukommen. Heute war es soweit, die letzte Lieferung, dann waren Gregs Schulden abgearbeitet. Dann konnte ich anfangen, für die Kinder ein Konto fürs College anzulegen. Oder das Geld einfach für Lebensmittel ausgeben. Die Stadt zu verlassen, war eine Sache, aber gleich den ganzen Planeten, das würde mir den Mistkerl sicher endgültig vom Hals schaffen. Es war endlich vorbei. Einer von Jimmys Schergen hatte das Päckchen in der Nacht zuvor in meiner Garage abgelegt, wie üblich, und dabei befand sich eine Notiz, wo und wann ich es übergeben sollte.

Schon bald würde ich endlich wieder frei sein.

„Tante Wivvy!" Tanner kam ins Zimmer geschossen und umarmte mich, als wäre er ein Affe, der einen Baum hinaufklettern wollte. Mit seinen vier Jahren war er sehr selbstständig, aber er knuddelte gern. Mir war klar, dass das nicht von Dauer sein würde, daher genoss ich jede Sekunde. Ich beugte mich zu ihm herab und schlang meine Arme um seinen kleinen Körper, der momentan in einem niedlichen Pyjama mit Dinosauriern steckte. Er sah seinem Vater so ähnlich, dass es mir das Herz schwer machte.

„Ich dachte, du würdest längst schlafen, Herzchen."

„Ich habe Durst."

„Natürlich, was auch sonst", sagte ich und küsste ihn auf den Kopf. „Wo ist deine Schwester? Schläft sie?"

„Ja, die ist noch ein Baby." Das war richtig. Emma war noch keine zwei Jahre alt und sie schlief wie ein Stein. Tanner hingegen wurde selbst vom Geräusch nackter Füße auf Plüschteppich wach. Ich fragte mich, ob das normal war oder ob es daran lag, dass er solange darauf gelauscht hatte, wenn sein Vater spät nachts heimkam. Ich wusste es nicht, aber seine Eltern würden nun niemals mehr nach Hause kommen.

Ich drückte ihn etwas zu fest und er strampelte sich empört frei.

„Er wird hier auftauchen, verstehst du?", sagte Lucy leise.

Ich blickte zu ihr auf.

„Was?" Sie konnte nichts von Jimmy Steel wissen und ihre Worte brachten mich aus dem Konzept.

„Wulf. Wenn er wach wird, wird er kommen."

Eine Sekunde lang beruhigte sich

mein Puls, beschleunigte dann aber sofort wieder, angesichts der Vorstellung, Wulf könnte bei mir zu Hause auftauchen. Wütend? Verletzt? Keine Ahnung.

„Ein Wolf kommt her?", fragte Tanner und sah bei dieser Vorstellung sehr aufgeregt aus.

„Nein, wird er nicht", sagte ich zu beiden.

Sie nahm mich fest in die Arme. „Doch, wird er. Du bist seine Gefährtin und hast dich davongemacht. Er wird dich finden. Komm, Spätzchen, zurück ins Bett."

„Hurra, wir kriegen einen Wolf!", rief Tanner und rannte zurück zu seinem Zimmer. Dass er etwas trinken wollte, war längst vergessen. Offenbar war das atlanische Haustier wichtiger.

Sie folgte ihm den Flur hinunter, während ich ins Bad ging. Ich schloss die Tür ab und lehnte mich dagegen. Ich musste an eine ganz andere Tür denken, an der ich vor kurzem noch gelehnt hatte. Dieses mickrige Schloss mochte

Tanner und Emma aufhalten, Wulf jedoch nicht. Was war mit dem Schloss um mein Herz herum? Ich befürchtete, dass er das bereits geknackt hatte.

Und ich vielleicht auch.

5

Wulf, Interstellares Bräute-Zentrum, Gefängniszelle

Was stimmte nur nicht mit mir? War ich verletzt? Ich hatte mich noch nie so gefühlt, so schwer, nur als der Hive …

Nein. Daran wollte ich jetzt nicht denken. Nicht, solange ich den Geschmack der Pussy meiner Gefährtin auf den Lippen schmeckte.

Meiner Gefährtin.

Ich blinzelte, öffnete die Augen und versuchte, mich aufzurichten, merkte dann aber, dass mein Körper größer war als sonst nach dem Aufwachen. Wieso war ich denn dann bewusstlos gewesen? Verdammt, ich war nicht ich selbst. Ich hatte nicht die Kontrolle.

Meine Bestie hatte sich noch nicht zurückgezogen. Ich war noch immer im Bestien-Modus.

Langsam richtete ich mich auf, schwang meine riesigen Beine über den Rand es lächerlich kleinen Bettes und sogleich fing die Bestie an zu knurren, denn mir wurde schwindelig und Übelkeit stieg in mir auf. Was war nur los mit mir?

Eine Frau stand im Zimmer und blockierte eine Tür, die so klein war, dass ich nur kriechend hindurch gelangen konnte. Sie räusperte sich. Nein, das war nicht meine Gefährtin. Das war nicht Olivia Mercier. Ich würde ihre Stimme überall wiedererkennen. Ihren Geruch. Ihren Geschmack. Ich hatte Mühe, das Paarungsfieber zu bekämpfen, das mich schüttelte, als mir klar wurde, dass diese

Frau nicht meine Gefährtin war. Sie gehörte mir nicht, warum war sie dann hier?

Sie war entweder ziemlich mutig oder ziemlich dämlich.

„Wirst du vernünftig sein, Kriegsfürst, oder muss ich die Wachen rufen, damit sie dir mehr Beruhigungsmittel in den Hintern jagen, um dich zum Transportraum zu bringen."

Ihre Stimme war sanft, aber darunter lag eine gewisse Härte. Sie hatte hier das Sagen, wo auch immer wir eigentlich waren.

„Gefährtin", antwortete meine Bestie. „Wo?"

„Hier nicht. Sie ist nach Hause gegangen, Wulf." Sie war keine Bedrohung. Sie war klein. Weiblich. Menschlich. Wie unsere Gefährtin. Die weiche, süß schmeckende Frau, die ich gefickt hatte. Ihr Geruch hing noch an mir und verfolgte mich, was vielleicht auch gut so war.

„Wo?"

Die Aufseherin gab ein verächtliches Geräusch von sich. „Man hat dir genug Beruhigungsmittel verpasst, um einen Elefanten ruhigzustellen, für mindestens zwölf Stunden."

„Kein Elefant."

Das brachte sie zum Lachen und ich begrüßte das Geräusch. Meine Bestie sollte sich darauf konzentrieren, dass sie das lustig fand. Dies war keine Schlacht. Wir waren nicht in Gefahr. Aber es bestand dennoch das Risiko, dass ich die Kontrolle über die Bestie verlieren würde. Nur das Wissen, dass mein Schwanz noch nach Olivia roch und ich ihren Geschmack noch im Mund hatte, beruhigte mich ausreichend. Ich brauchte unbedingt die Paarungshandschellen aus dem Glaskasten von der Bühne. Sie gehörten mir. Nein, ein Set gehörte mir, das andere gehörte nun Olivia Mercier und ich würde dafür sorgen, dass sie sie trug. Bis zu meinem letzten Atemzug würde ich mich um sie kümmern.

„Das muss man euch Atlanen immerhin lassen", sagte Aufseherin Egara, noch immer lächelnd. Ich hatte sie schon einmal getroffen, als ich frisch hier auf dem Planeten eingetroffen war. „Ihr habt eine sehr eingeschränkte Wahrnehmung, wenn es um eure Frauen geht." Sie machte einen Schritt ins Zimmer, mehr ins Licht, als sie merkte, dass ich mich nicht in einen rasenden Killer verwandeln würde.

Aufseherin Egara war mir bekannt, sie arbeitete in der Zentrale des Bräute-Programms, wo ich die letzten drei Wochen verbracht hatte. Ihr dunkles Haar, war zu einem strengen Knoten aufgesteckt, sie trug lächerliche Schuhe, die man hier als High Heels bezeichnete und ihre Uniform trug die Insignien des Bräute-Programms der Koalitionsflotte. Sie war intelligent und zeigte sich verantwortlich für das Glück vieler Krieger und Kämpfer der Koalition, denn sie organisierte die weiblichen Freiwilligen auf der Erde. Sie hatte schon oft mit Rachel kooperiert, um Partner für die Kolonie zu finden.

Sie war eine Verbündete. Eine Freundin. Sie würde wissen, wo sich meine Frau befand und wie ich sie finden konnte. Egara wohnte auf diesem Planeten und als Mensch kannte sie die Gewohnheiten und würde mir helfen können, meine Gefährtin aufzuspüren.

Sie musste mir helfen, bevor die Bestie in mir einfach dem Geruch folgen und durch die Straßen streifen würde, um die eine Frau zu finden. Ich wusste, sie lebte in dieser Stadt. Wenn meine Bestie auf die Jagd ging, würden viele Menschen sterben, bevor ich sie fände. Aber finden würde ich sie auf jeden Fall. Aber dann müssten sie mich umbringen, weil ich mich nicht mehr unter Kontrolle würde bringen können. Ich wäre verloren. Die Bestie war schon fast außerhalb meiner Kontrolle, erst recht, da ich nun wusste, dass sie irgendwo da draußen war, getrennt von mir.

Ich war allein. Aber ich sollte nicht

allein sein. Ich hatte meine Gefährtin doch gefunden. Wir sollten nicht getrennt sein.

„Gefährtin", sagte ich erneut, als würde ich nur noch dieses eine Wort kennen. Ich kannte eine Menge Wörter, selbst in der Sprache der Erdenmenschen, dieses Englisch, das wir benutzten, aber dieses eine Wort fasste alles zusammen, was mir im Augenblick wichtig war. Sie. Olivia Mercier. „Meins."

Aufseherin Egara verschränkte die Arme vor der Brust, was mir als ein Anzeichen von Gereiztheit bei Menschen inzwischen vertraut war. Die Menschenfrauen in der Kolonie machten das auch. Sie legte sogar den Kopf schräg und zog eine Augenbraue hoch, so wie Rachel das machte, wenn sie jemanden tadeln wollte. So wie mich vorhin, über den Bildschirm-Chat.

„Hör zu, Wulf, du hast wirklich ein ziemliches Durcheinander verursacht", sagte sie.

„Gefährtin."

Sie hob eine Hand. „Hör auf. Ich weiß, du willst wissen, wo Olivia ist ..."

Olivia. Ihr Name war wundervoll. Weich, wie ihre Brüste. Ihr Bauch. Ihr runder Hintern, den ich mit meinen Händen umfassen konnte. Wenn ich sie gefunden hatte, dann würde ich ...

„Hey." Sie wedelte mit den Händen vor mir herum. „Erde an Wulf. Versuche, mir zu folgen. Du musst dich konzentrieren." Aufseherin Egara machte noch einen Schritt näher, war nun in Reichweite, und schnippte mit den Fingern vor meinem Gesicht herum. Ein Geräusch, dass die Bestie aufmerksam machte. „Konzentriere dich, Wulf. Du willst doch zu deiner Gefährtin, oder? Willst du meine Hilfe, um sie zu finden? Um sie zu überzeugen, dass sie dich und deine Paarungshandschellen annehmen soll? Ja? Ist es das, was du willst?"

„Ja. Meins", knurrte ich. Sie sprach mit mir, als wäre ich ein Kleinkind. Aber das war ich nicht. Ich erwog kurz, mich hinzustellen, um sie zu überragen und zur Zurückhaltung zu zwingen. Aber sie war eine Frau. Klein. Keine Bedrohung. Es wäre unehrenhaft und als Verbündete wollte ich sie nicht verärgern. Das würde mich der Frau, die ich wollte, keinen Schritt näherbringen. Olivia.

„Hör zu", sagte sie etwas lauter. „Hörst du zu?"

„Ja, Aufseherin Egara." Ich musste mich zwingen, meine Bestie zurückzudrängen und ihr klarzumachen, dass dies der einzige Weg war, wie wir beide bekamen, was wir wollten. Raus aus dieser Zelle. Vorbei an den Wachen, ohne einen von denen zu töten. Um ehrlich zu sein, war mir das Töten egal, wenn es mir half, zu unserer Frau zu kommen. Zu unserer Gefährtin. Ich atmete noch einmal tief durch und lockerte mit Mühe meine Fäuste. Dann räusperte ich mich und war endlich wieder ich selbst. Zwar nur knapp, aber immerhin. Mein Körper war wieder auf seine normale Größe geschrumpft. Das Outfit, das man mir aufgezwungen hatte, passte nun wieder, aber der Stoff war zerrissen.

Sie schenkte mir ein schwaches Lächeln. „Gott sei Dank. Du bist wieder da."

Ich blickte in ihre grauen Augen, die voller Mitgefühl waren, aber ohne Mitleid oder Kompromissbereitschaft. Aufseherin Egara hatte hier das Sagen. „Ich bin auf deiner Seite, aber ich kann dir nur raten, die Bestie nicht wieder herauszulassen, bis du die Paarungshandschellen trägst und Olivia deine Gefährtin ist. Hast du das verstanden? Deine Nummer vorhin hat schon jetzt ein Riesendrama ausgelöst."

„Das war keine Nummer", widersprach ich. „Sie ist meine Gefährtin. Die Bestie hat sie erkannt. Ich hatte es nicht unter Kontrolle."

Sie musterte mich. „Du bist ein wandelndes Risiko, Wulf. Der Gouverneur hätte jemand anderes schicken sollen."

Ich nickte. „Sehe ich auch so. Ich war bereit, mich nach Atlan zu meiner Hinrichtung bringen zu lassen. Ich wollte nicht herkommen."

„Zur Erde zu kommen und in eine Reality Show gesteckt zu werden, ist keine akzeptable Alternative."

„Ich hoffe, du denkst nicht, dass ich eine Wahl hatte."

Sie seufzte. „Rachel. Nach allem, was sie durchgemacht hat, ist sie noch immer so optimistisch."

„Ja." The Aufseherin hatte recht. Gouverneur Maxims Gefährtin hatte sich geweigert, ihre Hoffnung auf Gefährtinnen für die Männer in der Kolonie aufzugeben. Dafür liebten wir sie alle. Ihretwegen kämpften wir leidenschaftlicher und hielten länger durch. Weil wir hofften, dass sie recht hatte. Wir hofften, eine Gefährtin wie sie könnte uns retten, so wie sie Maxim und Ryston gerettet hatte.

Die Aufseherin legte ihre kleine Hand auf meine Schulter, aber ich sah ihr nicht in die Augen. Ich wollte kein Mitleid sehen, wo vorher keines war. Der

Tod war ein normaler Bestandteil des Lebens eines jeden Kriegers. Er war unvermeidlich, erst recht für jemanden wie mich, der von den Hive gefangen genommen worden war. Ich hatte deren Folter überlebt. Mir war die Flucht gelungen, aber am Ende würde mich meine eigene innere Bestie das Leben kosten. Ob früher oder später machte für eine Bestie ohne Gefährtin keinen Unterschied. Es gab nur zwei Dinge, auf die wir uns noch konzentrieren konnten, sobald uns das Paarungsfieber erwischt hatte: Kämpfen und Ficken.

Ich hatte Olivia Mercier gefickt, aber sie war nicht bei mir. An unseren Handgelenken befanden sich keine Handschellen. Es gab keine andere lebende Kreatur, auf die meine Bestie noch reagieren würde, jetzt nicht mehr. Nicht einmal auf mich. Kein atlanischer Kommandant oder Kriegsfürst würde es noch wagen, einer Bestie im Paarungsfieber einen Befehl zu erteilen. Meine Bestie würde sich sogar Prime

Nial widersetzen. Die Bestie reagierte auf nichts und niemanden mehr, außer auf die kleine Frau, die jeden Gedanken und alle meine Sinne beherrschte.

Ich gehörte ihr. Olivia hielt buchstäblich mein Leben in ihren Händen. Wenn sie mich tot sehen wollte, dann würde ich sterben. So einfach war das. Und doch so kompliziert. Was sie brauchte, dafür würde ich sorgen. Egal zu welchem Preis.

„Der Tod hat keine Bedeutung, Aufseherin", erklärte ich.

„Für mich schon." Sie drückte meine Schulter, die flüchtige Geste war erstaunlich beruhigend. „Und für die Leute, die du zurücklässt. Olivia Mercier ist deine Gefährtin. Ich freue mich, dass du sie gefunden hast. So sei es. Wir können trotzdem die Sendung retten und anderen die Chance geben, eine Partnerin zu finden. Wir können auch dich retten."

Ich blickte zu ihr auf. „Wie?"

Sie lächelte. „Du wirst zu Olivia nach Hause gehen. Ich gebe dir ihre Adresse."

Meine Bestie war zufrieden und entspannte sich. Sie würde bekommen, was sie brauchte. Egara würde uns sagen, wo wir unsere Frau finden konnten.

Sie hob eine Hand und streckte einen Finger in die Luft. „Du, Kriegsfürst Wulf, wirst dich wie ein Gentleman benehmen, nicht wie eine Bestie. Du wirst ihr anständig den Hof machen, anstatt dich wie ein wildes Tier aufzuführen wie bisher. Hast du das verstanden? Du hast zwei Tage Zeit, sie davon zu überzeugen, dass sie zu dir gehört. Mehr kann ich dir nicht versprechen."

Ich runzelte die Stirn. Zwei Tage? „Ich verstehe nicht."

Sie grinste und zeigte mir einen Gesichtsausdruck, den ich auch von anderen Menschenfrauen schon kannte. Kristen. Süffisant. Spitzbübisch. Gefährlich. Ich beneidete Kristens Gefährten Tyrnan und Hunt kein bisschen, wenn ihre Kampfgefährtin so ein Gesicht machte wie gerade die Aufseherin Egara. „Ich habe ihre Personalakte versteckt. Sie war eine Teilzeitkraft, die einzig und allein für diese Serie angeheuert worden war. Niemand achtet am Set auf die Leute vom Make-up. Außerdem habe ich ihre Chefin, Lucy Vandermark, kontaktiert, damit sie Olivias persönliche Daten nicht an die Medien herausgibt. Auch wenn ihr Gesicht weltweit zu sehen war und in allen sozialen Medien geteilt wird, weiß doch keiner, wer sie ist. Ich habe mit dieser Frau gesprochen und wir waren uns einig, dir ein wenig Zeit zu verschaffen."

Ich kannte diese Lucy nicht, aber ich war ihr sehr dankbar. „Zeit wofür? Ich werde sie für mich beanspruchen, ihr meine Paarungshandschellen anbieten und sie dann mit in die Kolonie nehmen."

„So einfach ist es leider nicht", erwiderte sie und ging langsam in dem kleinen Raum auf und ab. „Trotz deiner ... Szene, hat der Produzent darauf bestanden, dass du im Programm weitermachst wie geplant. Du bist vertraglich verpflichtet, nach New York zu reisen für ein Interview im Late-Night-Fernsehen, mit deiner neuen Braut. Es war vorgesehen, dass du heute Abend eine der Frauen auf der Bühne mit deinen Handschellen beglücken solltest, live vor laufender Kamera. Die Serie basierte darauf, dass du auf die Knie gehen und ihr einen Antrag machen würdest. Es ist bereits die Rede davon, eine neue Staffel der Serie zu produzieren, mit einem anderen Mann aus der Kolonie. Aber dazu müssen sie dem Publikum jetzt erst einmal bieten, wonach es verlangt. Und das bist du, auf den Knien, wenn du Olivia um ihre Hand bittest, vor den Augen der ganzen Welt. Man will dich und deine neue Gefährtin mit verliebten Kuhaugen vor der Kamera sehen."

Ich muss wohl ziemlich verwirrt ausgesehen haben, denn die Aufseherin hob die Hand und wedelte damit herum, als müsste sie ein lästiges Insekt verscheuchen. „Es gibt bereits Memes im Internet. Einige sind sogar recht unterhaltsam."

„Was ist ein Meme? Und wie soll ich denn verdammte Kuhaugen machen? Meine Augen werden sich nicht verändern, Aufseherin. Die wurden von den Hive verseucht."

„Wie dem auch sei. Es wird eine weitere Live-Show geben, dieses Mal in einer Talkshow. Das soll dafür sorgen, dass das Bräuteprogramm in einem positiven Licht erscheint. Dazu muss die ganze Welt dich und Olivia glücklich vereint sehen und damit die anderen Frauen auf der Erde überzeugen, dass sie das auch haben können, wenn sie sich freiwillig melden. Du wirst mit deiner neuen Braut dorthin gehen, dich hinsetzen und Fragen beantworten. Sie wollen, dass die ganze Welt euch beide zusammen sieht. Und es muss dabei sehr deutlich werden, dass du deine Braut verehrst und sie liebevoll umsorgst."

Ich warf mich in die Brust. Umsorgen? Liebevoll? Ich würde sie lieben, bis sie wieder schrie, wie vorhin. Sie wäre befriedigt. Bewundert. Verehrt. Beschützt. Die Bestie meldete sich, bevor ich es verhindern konnte. „Meins."

„Hör auf damit." Die Aufseherin tadelte mich wie ein kleines Kind und die Bestie zog sich grummelnd zurück, widersprach aber nicht. Sie hörte zu. Das Interview im Fernsehen war mir egal, solange Olivia bei mir war und meine Paarungshandschellen trug.

„Ich habe zwei Tage Zeit. Und was dann? Wie soll diese Talkshow ablaufen? Ich verstehe die Sache mit den Kuhaugen immer noch nicht. Wird Olivia wissen, was zu tun ist?" Ich wollte alle notwendigen Informationen, nicht nur ein paar. Ich wollte keine unliebsamen Überraschungen. Und wenn sie nicht wollte, dass meine Bestie die Kontrolle übernahm, dann sollte Aufseherin Egara gefälligst dafür sorgen, dass es diese Überraschungen nicht gab.

Egara kicherte. „Ja, Olivia wird genau wissen, wovon ich rede."

Gut. Das beruhigte mich ein wenig. Ich würde mich nicht noch einmal der Peinlichkeit hingeben und die Aufseherin erneut fragen, wenn meine Gefährtin wusste, was es mit diesen Kuhaugen auf sich hatte.

Egara fuhr fort. „Du hast zwei Tage mit ihr. Ohne die Öffentlichkeit. Danach steigst du mit Olivia in ein Flugzeug nach New York."

„Ein Flugzeug der Menschen?", fragte ich. Ich hatte Bilder davon gesehen und war entsetzt.

Sie nickte. „Ja."

„Nein." Fliegende Todesfallen aus Blech. Primitiv. Die wurden mit fossilen Brennstoffen befeuert. Barbarisch. Zu Fuß wäre es sicherer.

„Ja. Es ist vollkommen sicher und wir wollen einen möglichst normalen Eindruck erwecken."

„Ich bin normal", erwiderte ich.

Sie musste lachen. „Nicht hier auf

der Erde, nein, Süßer. Nicht mal ansatzweise."

Ich überging diese Bemerkung. Sie war eine Verbündete und ich verlor hier Zeit mit Diskussionen über so unbedeutende Dinge. „Zwei Tage. Dann Fernsehen. Danach nach Hause?"

„Nicht so ganz." Sie räusperte sich und wandte für einen Moment den Blick ab. „Du hast es echt versaut, Wulf. Ich will das gar nicht beschönigen. Der Grund, warum Lindsey und ich uns das ausgedacht haben, war, zu zeigen, wie ehrenhaft, stark und hingebungsvoll als Gefährten ihr Männer von der Koalition seid. Der Plan war, Frauen von der Erde dazu zu bringen, sich nicht nur freiwillig als Braut zu melden, sondern vor allem auch, speziell für die Kolonie."

„Die Bräute dürfen einen Planeten auswählen?"

„Ja. Die meisten tun es nicht, aber sie könnten. Da sich in der Kolonie Krieger aus fast allen Welten aufhalten, haben wir diesen Aspekt bei der Werbung für die Show stets betont. Du magst zwar der Star der Show gewesen sein, aber es ist dir dabei doch einiges entgangen. Wir haben dafür gesorgt, dass alle über die Veteranen dort Bescheid wissen. Starke Männer, die eine Gefangenschaft bei dem Feind überstanden haben. Viele von ihnen sind nun von ihrer Heimat verbannt, inklusive einiger Männer von der Erde, die gegen die Hive gekämpft haben und nicht zur Erde zurückkehren durften."

„Das macht uns zu armseligen Dummköpfen."

Sie schüttelte den Kopf. „Nein, glaube mir. Es macht euch verständlich. Liebenswert. Ihr seid auf eine Weise angeschlagen, die bei vielen Frauen auf der Erde das Bedürfnis weckt, euch zu heilen." Sie stemmte die Hände in die Hüften. „Ein Veteran zu sein, macht dich nur noch begehrenswerter. Aber es war vorgesehen, dass du zwischen den beiden Finalistinnen wählst, Genevieve und Willow. Stattdessen hast du die beiden beschämt, einen Kameramann umgeworfen, das Mikrofon des Chefs kaputtgemacht und ihm solche Angst eingejagt, dass er seine Boxershorts wechseln musste."

Sie kicherte, aber ich hatte keine Ahnung, was eine Boxershorts war, daher wartete ich. In der Show waren mir keine Boxer begegnet.

„Und dann hast du eine unbekannte Frau geschnappt und sie irgendwo gegen eine Tür gefickt, während die Kameras noch liefen. Anschließend bist zu einem rasenden Monster mutiert und hast gedroht, jeden im Gebäude umzubringen, als sie versucht hat, sich davonzuschleichen. Man musste dich vor laufenden Kameras betäuben und du bist umgekippt wie ein gefällter Baum." Sie schüttelte den Kopf. „Nicht gerade das Bild eines ehrenhaften, verlässlichen Kriegers, welches wir gern präsentieren wollten."

So wie sie es sagte, hatte sie wohl recht. Mein Verhalten war nicht hilfreich für die verseuchten Krieger in der Kolonie auf der Suche nach einer Braut. Ich wollte es wiedergutmachen. „Ich muss mich entschuldigen für das, was ich angerichtet habe. Sag mir, was ich tun soll, um es wiedergutzumachen. Aber ich kann nur wiederholen: Olivia Mercier gehört mir. Ich werde nicht ohne sie von hier verschwinden."

„Wir beide wissen das, aber Olivia weiß das nicht. Der Präsident der Vereinigten Staaten weiß das auch nicht. Der Kongress weiß es nicht. Die Bevölkerung insgesamt weiß es auch nicht."

„Die interessieren mich auch alle nicht."

„Das sollten sie aber, denn Olivia hat sich nicht freiwillig für das Interstellare Bräute-Programm gemeldet. Sie hat keinen Vertrag als Teilnehmerin für die *Bachelor-Bestie* unterschrieben. Soweit es unsere Zuschauer betrifft, ist sie eine Bewohnerin der Erde und steht damit unter dem Schutz unserer Gesetze, nicht denen der Koalition. Sie muss dich wählen, Wulf. Zunächst hast du jetzt zwei Tage Zeit, sie davon zu überzeugen, mit dir im Fernsehen aufzutreten und der Welt zu zeigen, dass ihr beide total verliebt ineinander seid."

„Sie gehört mir."

„So funktioniert das hier nicht."

Ich holte Luft, um zu widersprechen, aber sie hob einen Finger und ich wartete ab.

„Zwei Tage bis zur Talkshow in New York. Danach muss sie sich freiwillig dazu entscheiden, den Planeten mit dir zu verlassen. Freiwillig. Nach New York – und je nachdem, wie es bei ihr zu Hause läuft – bleiben dir sieben Tage Zeit, bevor du diesen Planeten verlassen und zur Kolonie zurückkehren musst. Hast du das verstanden? Sieben Tage, inklusive der Zeit in New York."

„Das reicht nicht."

„Pech für dich. So lautet das Gesetz hier auf der Erde. Die Koalition hat hier nichts zu sagen. Deine Aufenthaltsgenehmigung hier auf der Erde läuft in genau neun Tagen aus." Sie blickte auf ein kleines Gerät an ihrem Handgelenk und verzog das Gesicht, als müsste sie angestrengt rechnen. „Ja, neun Tage, drei Stunden und siebenundzwanzig Minuten, bis ich dich von hier fortschaffen muss."

„Sie gehört mir. Sie wird mit mir kommen."

„Wir wollen hoffen, dass du recht hast, Wulf. Aber ich will es ganz deutlich sagen: Sie ist keine Freiwillige. Du musst sie davon überzeugen, alles, was sie bisher kannte, zurückzulassen und mit dir zu gehen. Ich kann sie nicht fortbringen lassen, solange sie nicht deine Paarungshandschellen trägt."

„Ich sollte dreißig Tage haben, für meine Brautwerbung. So steht es in den Verträgen der Bräute."

Sie schüttelte den Kopf und erklärte es noch einmal. „Hörst du mir nicht zu? Sie. Ist. Keine. Braut. Sie hat keinen Vertrag unterschrieben. Geht das nicht in deinen Kopf? Sie ist eine ganz normale

Bewohnerin dieses Planeten und hat sicher noch nie einen Gedanken daran verschwendet, von hier fortzugehen. Deine Aufenthaltsgenehmigung läuft in neun Tagen ab. Du hattest dreißig Tage Zeit, um eine Braut zu finden. Du hast drei Wochen, 21 deiner kostbaren Tage, in dieser Show verbracht. Die Tatsache, dass du keine der Bewerberinnen ausgewählt hast, ist eine reine Formsache, die die Regierung nicht interessieren wird. Du hast noch neun Tage Zeit und dann, Braut hin oder her, wirst du von diesem Planeten fortgebracht."

„Mist."

„Jetzt hast du es wohl kapiert."

„Wie mache ich das denn, dass eine Menschenfrau mich wählt?"

Sie lächelte schwach. „Jede Frau ist da anders, Wulf."

„Das hilft mir überhaupt nicht."

Sie seufzte. „Sei ehrlich. Sei du selbst. Du bist ein ehrenhafter Mann. Das wird sie erkennen. Ich gebe dir einen Vorsprung von zwei Tagen. Mehr kann ich nicht tun. Danach werden die Paparazzi euch finden und dann lebt ihr wie unter einem Vergrößerungsglas. Die Medien werden sich auf euch stürzen."

„Was ist Paparazzi?"

„Das sind Leute die Berühmtheiten folgen. Für Geld. Sie spionieren ihr Privatleben aus, machen viele Fotos. Schreiben über sie. So wie Lindsey in der Kolonie, aber nicht so nett. Je schockierender und skandalöser, desto mehr Geld können sie damit machen. Ein paar Promis wollen diese Aufmerksamkeit. Andere nicht. Es ist kompliziert."

„Nein, ich brauche keine Aufmerksamkeit. Sie werden meine Gefährtin nicht verfolgen." Das hörte sich gar nicht gut an. Ich kannte die Gefährtin von Jäger Kjel, die Menschenfrau namens Lindsey. Sie erzählte Geschichten über die Krieger in der Kolonie. Gab uns das Gefühl, wertvoll zu sein. Nicht übersehen zu werden. Nicht vergessen. Das hier klang vollkommen anders. „Wenn sie sich meiner Gefährtin nähern, werde ich sie zerquetschen."

„Wenn du unbedingt in ein Gefängnis auf der Erde gesteckt werden willst."

„Meine Bestie würde sich menschlichen Autoritäten niemals beugen."

„Genau. Daher wäre es sinnvoller, das Zerquetschen von unangenehmen Menschen auf ein Minimum zu beschränken, okay?"

Meine Bestie knurrte, aber dieses Mal lachte die Aufseherin nicht.

„Ich bringe dich in den Umkleideraum, da kannst du duschen."

„Ich will den Geruch meiner Gefährtin aber nicht verlieren", erwiderte ich sofort.

Sie musterte mich. „Vertrau mir, Kriegsfürst. Geruch oder nicht, du musst duschen. Deine Gefährtin wird wollen, dass du sauber bist. Und im Augenblick bist du das nicht. Anschließend bringe ich dich zu Olivia."

„Ich werde ihr meine Handschellen anlegen", gelobte ich.

Sie seufzte schwer. „Das ist auch so ein Punkt. Die Show hat deine Handschellen."

Ich stand auf und bellte: „Was?"

„Du hast das Set zerlegt und zwei Wochen sorgfältiger Planung zunichtegemacht. Verstehe mich nicht falsch, die sind begeistert von dieser Wendung, aber sie werden nicht zulassen, dass du deiner Gefährtin die Dinger anlegst, wenn keine Kamera dabei ist."

„Sie gehören mir. Die haben kein Recht dazu."

„Die Handschellen sind bereits auf dem Weg nach New York, bereit für das Interview. Da kannst du sie deiner Gefährtin live vor Publikum anlegen."

Die Vorstellung war grauenvoll. Man hatte meine Handschellen als Geiseln genommen für etwas, das sie Einschaltquoten nannten. Ich hatte keine Wahl. Ich musste nach New York, um die Show anständig zu beenden, vor allem für meine Kampfgefährten. Und ich brauchte meine Handschellen, um sie Olivia Mercier anzulegen. Nur darauf kam es an.

„Das gefällt mir nicht", sagte ich.

„Ja, das dachte ich mir schon." Sie winkte mich zu sich. „Komm schon. Erst duschen, dann zu deiner Gefährtin."

Ich blickte an mir herunter. Die zerfetzte Kleidung. Meine Hände waren schmutzig und ich sah aus, als wäre ich über den schmutzigen Fußboden gezerrt worden. Vielleicht war es so gewesen. Wenn ich meine Gefährtin wiedersah, musste ich einen guten Eindruck machen. Alles war besser, als der erste. Außer, schmutzig zu sein.

6

ulf

Aufseherin Egara fuhr mich persönlich in einem kleinen Fahrzeug aus Metall und Plastik zur Unterkunft von Olivia Mercier. Es war nicht so einfach gewesen, wie es sich zunächst angehört hatte. Ich war deutlich größer als die meisten Menschen, daher fiel ich sofort auf. Da ich gerade erst so ein Chaos vor laufender Kamera angerichtet hatte, war ich noch berühmter als vorher. Daher war ich froh, dass es draußen dunkel war, was mir immerhin etwas mehr Anonymität verschaffte.

Die Sache mit der Berühmtheit gefiel mir ganz und gar nicht. Oder dass meine Gefährtin von diesen ... Paparazzi verfolgt werden könnte. Es machte mich sehr unruhig, dass meine Gefährtin und ich im Fokus der Öffentlichkeit stehen würden. Sie spekulierten offenbar alle gern über mich. Wie Aufseherin Egara es erklärt hatte, wollten alle auf der Erde wissen, wie es mit mir weiterging.

Das machte es schwierig, das Testzentrum zu verlassen, ohne bemerkt zu werden. Jeder würde mich erkennen. Wenn Aufseherin Egara mir zwei Tage lang die Produzenten und alle anderen vom Hals halten wollte, dann musste ich unauffällig sein. Da Anonymität keine Option war, musste ich eben abtauchen.

Zunächst einmal würde die Aufseherin mich in ihrem eigenen Fahrzeug wegbringen. Aber ich war zu groß, um auf dem Rücksitz geduckt zu liegen, während sie an den Horden wartender Leute vorbeifuhr, die vor dem Eingang darauf hofften, einen Blick durch die Fenster der Zentrale auf mich zu erhaschen. Seit Beginn der Show lagerten sie dort. Sie warteten Tag und Nacht, einige sogar in Zelten. Ich fand das alles sehr beunruhigend.

Aufseherin Egara hatte ein Fahrzeug aufgetrieben, das sie als Van bezeichnete. Es war größer als ihr kleiner Wagen und hatte hinten keine Fenster. Darin konnte ich mich verstecken, während der fünfzehnminütigen Fahrt zu Olivias Haus. Ich hatte einiges von dem Planeten zu sehen bekommen, während der geplanten Aktivitäten mit den Bewerberinnen. Ich hatte diese Dates hingenommen, aber interessiert hatte mich das alles nicht. Jetzt wollte ich nur noch Olivia sehen, dieser Ort namens Florida interessierte mich überhaupt nicht. Es roch nach Sumpf und abgestandenem Wasser. Viel zu viel Wasser.

Es erinnerte mich daran, dass die

Hive für ihre Integrationszentren Orte mit Wasser bevorzugten. Dieser Gedanke brachte die Bestie in mir derart auf, dass sie knurrte, bevor ich sie wieder unter Kontrolle bringen konnte.

„Beruhige dich", sagte Aufseherin Egara auf dem Sitz vorne. „Ich biege in die Einfahrt ein."

Olivia. Ich brauchte sie. Dringend. Sofort. Absolut jetzt sofort.

Nicht zum Ficken. Sondern um nicht den Verstand zu verlieren.

„Tut mir leid, Aufseherin Egara", murmelte ich. Ich wusste ihre Hilfe sehr wohl zu schätzen. Sie tat weit mehr, als ihre Aufgabe vorsah, und ganz sicher war das nicht im Sinne ihres Programmchefs.

„Angenommen. Ich weiß, du sitzt wie auf heißen Kohlen, Wulf, aber ich gehe ein großes Risiko ein mit dem, was ich hier tue. Es wäre vernünftiger gewesen, dich erneut betäuben und zum Transportraum bringen zu lassen."

„Warum hast du es nicht getan?" Ich

meinte es ernst. Sie hatte ja recht. Das wäre die vernünftige Lösung gewesen.

Sie hielt den Van an und saß einen Moment schweigend da, bevor sie antwortete. Ich nutzte die Zeit, um die Bestie an seinen Platz zurückzudrängen und wieder meine normale Größe anzunehmen.

„Weil du etwas Besseres verdient hast, Kriegsfürst. Du hast genug Opfer gebracht. Du hast genug gelitten. Du verdienst es, glücklich zu sein."

Damit öffnete sie die Tür, stieg aus und kam nach hinten um den Wagen herum. Als sie die Tür öffnete, wartete ich, bis sie mir signalisierte, dass ich aussteigen sollte. Mit steifen Knochen tat ich das.

„Ich komme mir vor wie eine Mutter, die ihren Sohn zum Schulball bringt."

Je mehr Zeit ich auf der Erde verbrachte, desto mehr wurde mir bewusst, wie wenig ich von den Menschen und ihren Ritualen hier wusste. „Was ist ein Schulball?"

„Eine schicke Tanzveranstaltung, wo sich die Teenager hübsch machen und flirten und tanzen und …" Sie verstummte und schüttelte den Kopf. „Ist auch egal, es ist eine Art Ritual des Erwachsenwerdens. Der Werbung. Es gehört dazu, wenn man größer wird."

„Ich werde nicht mehr größer, als ich es schon bin. Dieser Schulball wird mir nichts nützen."

„Ich weiß. Es geht mehr darum, gut auszusehen und das Mädchen – oder den Jungen – an dem du interessiert bist, zu beeindrucken."

Ich begann zu verstehen. „Es ist ein Paarungsritual?"

„Ja, so in der Art." Sie deutete auf das kleine Haus. „Hier wohnt Olivia."

Ich wünschte, ich hätte meine Paarungshandschellen dabei. Ohne sie fühlte ich mich verletzlich. „Danke."

„Viel Glück. Es ist schon spät, Wulf. Beinahe Mitternacht. Sie schläft wahrscheinlich schon. Also tritt nicht ihre Tür ein. Klopf leise an. Erschrecke sie nicht zu Tode. Denk immer daran, dich wie ein Gentleman zu benehmen. Werbe um sie."

Gentleman. Umwerben. Den Hof machen. Ich nickte. „Ich werde nicht versagen."

„Gut. Dann schnapp sie dir." Aufseherin Egara stieg wieder in ihren Van, während ich mir die Tür näher ansah, auf die sie gezeigt hatte. Die Quartiere waren kleine Kästen mit rechteckigen Öffnungen in den Wänden und einem etwas größeren Eingang. Ähnliche Kästen standen die Straße entlang, soweit das Auge reichte. Dazwischen wuchsen Pflanzen, üppig und tropisch, ähnlich wie auf Viken. Die Unterkünfte sahen alle sehr ähnlich aus, bis auf die goldenen Zahlen an der Vorderseite.

Ich stand vor einer schwarzen Tür mit der Zahl 432. Aufseherin Egara winkte mir zu und wünschte mir Glück zu meinem ersten Date, dann fuhr sie davon, als wäre jemand hinter ihr her.

Ich hatte keine Ahnung, was sie

meinte, denn ich hatte ja schon gezwungenermaßen Dates mit Menschen gehabt, für diese Show. Aber ich war nervös. Meine Handflächen waren feucht, ich wischte sie an der Hose ab. Ich war allein. Die Luft war von den Lauten kleiner Tiere erfüllt, aber ansonsten war es sehr still.

Wenn Olivia mich nicht in ihr Haus ließ, hatte ich keinen Ort, wo ich hingehen konnte. Die Aufseherin hatte recht damit, mich vorhin zu tadeln. Olivia mochte wohl zugelassen haben, von meinem Mund und meinem Schwanz Befriedigung zu empfangen, aber sie hatte sich weder als Kandidatin für die Fernsehshow gemeldet, noch war sie eine Freiwillige im Bräute-Programm. Sie hatte einfach nur ihre Arbeit gemacht und ich hatte sie vor den Augen des gesamten Planeten weggeschleppt, gekidnappt, während dieser Übertragung per Fernkommunikation.

Ich bereute mein Handeln keineswegs. Ich war aufrichtig gewesen in meinem Begehren. In meiner Besessenheit von ihr. Aber jetzt würde ich es anständig machen und ihre Zustimmung gewinnen, meine Handschellen zu tragen. Ihre Unterkunft war klein. Ich war froh, dass wir nicht dauerhaft hier leben mussten. Ich war zu groß. Es war zu heiß. Es gab zu viel Wasser. Die Unterkünfte in der Kolonie würden ihr gefallen, sie boten mehr Platz und waren trockener.

Ich würde keinen Sumpf ertragen müssen. Luftverschmutzung. Wasser, Schimmel und diese klebrige Feuchtigkeit, die in der Luft hing wie eine unsichtbare Decke.

Ich klopfte an die Tür. Kräftig.

Zwei Tage. Ich musste zwei Tage warten, bis Aufseherin Egara zurückkehrte.

Ich atmete tief durch und wartete.

Schreie ertönten hinter der Tür. Schließlich wurde sie geöffnet. Ich erwartete, Olivias Gesicht zu sehen, aber die Frau vor mir war nicht meine Gefährtin.

Mit gerunzelter Stirn betrachtete ich die rothaarige Frau mit dem Ring in der Nase, als wäre sie vom Planeten Trion.

„Du bist nicht Olivia Mercier."

Ihre Kinnlade klappte herunter, als sie mich sah. „Du bist Kriegsfürst Wulf. Oh mein Gott."

Weitere Schreie ließen die Bestie in mir knurren. Ich schob die Frau sanft beiseite, zog den Kopf ein und betrat das Haus, denn ich befürchtete, irgendjemand würde meiner Gefährtin etwas antun.

Sobald ich im Haus war, erstarrte ich. Zwei kleine Menschen rannten mit wedelnden Armen um eine Couch herum. Von ihnen kamen die Schreie, die mir innerlich Schmerzen bereiteten. Als sie mich sahen, blieben sie abrupt stehen und starrten mich an.

Ich starrte zurück.

Der ältere der kleinen Menschen war ein Junge, das andere war ein Mädchen. Beide hatten blondes Haar und volle Wangen. Sie waren eindeutig verwandt.

Sie trugen das, was die Menschen als Pyjamas bezeichneten. Bei dem Jungen waren sie mit Bildern von seltsamen Tieren verziert, der des Mädchens zeigte kleine Blumen. Auf dem Rücken trugen sie breiten Stoff, dessen Bänder am Hals verknotet waren. Keine Ahnung, wofür die sein sollten. Wenn Menschen ähnlich alterten wie Atlanen, dann mussten diese beiden um die zwei und vier Jahre alt sein.

„Du bist groß", sagte der Junge.

Er hatte keine Angst vor mir, sondern war nur vorsichtig, was mich überraschte. Ich verängstigte normalerweise auch erwachsene Männer, aber dieses Kind war einfach nur neugierig.

„Meine Mutter hat mir nährstoffreiches Essen gegeben, als ich in deinem Alter war."

Er zog eine kleine Augenbraue hoch. „Wie Brockowie?"

„Ist das nährstoffreich?"

Der Junge legte den Kopf auf die Seite. „Wuucy, ist Brockowie nährstoffich?", fragte er, bemüht, das unbekannte Wort richtig auszusprechen.

„Ja."

Er machte große Augen und musterte mich von Kopf bis Fuß. Nachdem ich geduscht hatte, hatte Aufseherin Egara mir neue Kleidung gegeben, eine Hose und ein Hemd, beides zwar in der Größe angepasst, aber im Stil eher dem der Menschen entsprechend.

„Wenn ich das esse, werde ich so groß wie er?" Er deutete auf mich, fragte aber die Frau.

„Kann sein", sagte sie.

„Ich will Brockowie zum Knabbern vor dem Schlafen! Ich will riesig werden!", schrie er und lief um mich herum. Das kleine Mädchen, dass die ganze Zeit still gewesen war, sah ihrem Bruder zu. Da er nicht ängstlich oder beunruhigt wirkte, folgte sie seinem Vorbild.

Ich sah die Frau an, die der Junge Wuucy genannt hatte, während mir die Kinder um die Beine rannten. „Wo ist Olivia Mercier?", fragte ich.

„Sie hatte etwas zu erledigen und wird bald wieder da sein", erwiderte sie. Das reichte mir als Erklärung jedoch nicht.

„Etwas zu erledigen? Es ist schon spät. Was sollte das denn sein, das nicht warten konnte? Es ist für meine Gefährtin nicht sicher, so spät noch draußen zu sein. Sie sollte zu Hause sein. In Sicherheit. Mit ihrem Gefährten, der sie beschützt."

Sie zog eine Augenbraue hoch und verschränkte die Arme vor der Brust. Da war wieder diese aufmüpfige Geste einer Menschenfrau. „Ja, es ist spät", gab sie zu. „Aber du bist trotzdem einfach hergekommen. Ein Fremder, der an die Tür hämmert. War es klug, dich hereinzulassen?"

Ich starrte sie an, meine Bestie war schockiert. „Ich würde niemals einer Frau wehtun. Oder einem Kind."

Die Kinder wurden langsamer und ich nahm an, sie würden gleich umfallen, weil ihnen schwindelig war.

„Es ist dennoch sehr spät, Kriegsfürst. Und ich kenne dich nicht."

„Doch, tust du", widersprach ich. „Du hast meinen Namen genannt."

Sie klappte geräuschvoll ihren Mund zu.

„Ich werde warten."

„Natürlich." Sie lächelte über das ganze Gesicht. „Du solltest dich hinsetzen, sonst bekomme ich einen steifen Nacken."

Sie war ein kleiner Mensch, genau wie Olivia, aber schmal wie ein männlicher Mensch. Sie hatte keine deutlichen Kurven, ihre Gestalt war nicht üppig, anders als bei meiner Gefährtin. Meine Bestie war an dieser Frau nicht interessiert, sie war zu dürr, nicht weich genug beim Ficken.

Ich betrachtete die verschiedenen Sitzgelegenheiten und entschied mich für die Couch, weil die Wahrscheinlichkeit geringer war, dass sie unter mir zusammenbrechen würde.

„Lasst Wulf sich hinsetzen", sagte

Wuucy und die Kinder blieben stehen, als wären sie von einem Ionen-Geschoss getroffen worden.

Ich nutzte die Chance, ging zur Couch und setzte mich. Ich musste den niedrigen Tisch davor wegschieben, um Platz für meine Beine zu machen.

„Bist du der Wolf?", fragte der Junge.

„So heiße ich", erwiderte ich.

„Ich heiße Tanner. Ich bin ein Superheld." Er zog an dem Stoff, der ihm über den Rücken hing.

Ich sah Wuucy an.

„Er trägt ein Cape", erklärte sie, auch wenn es dadurch nicht verständlicher wurde.

„Ich auch! Emma!", sagte das kleine Mädchen und klopfte sich gegen die Brust.

Die beiden erinnerten mich an die Kinder in der Kolonie.

„Hallo Tanner und Emma", sagte ich und blickte zu Wuucy. „Du hast ... nette Kinder."

Sie lachte. „Meine sind das nicht. Sie gehören zu Olivia."

Mein Blick wanderte zurück zu den Kindern. Meine Gefährtin hatte Kinder? Das hieß ... „Sie sagte, sie hätte keinen Gefährten."

Wuucy schüttelte den Kopf, dass die roten Locken nur so hüpften. Dann setzte sie sich in den Stuhl neben der Couch. „Sie hat keinen Gefährten. Die beiden sind ihre Nichte und ihr Neffe. Die Eltern sind v.e.r.s.t.o.r.b.e.n." Sie buchstabierte das letzte Wort.

Es dauerte einen Moment, bis ich verstanden hatte, was sie meinte, vor allem in einer für mich fremden Sprache, aber dann verstand ich, warum sie das Wort nicht einfach ausgesprochen hatte.

„Das ist t.r.a.u.r.i.g", erwiderte ich.

„Kann ich bei dir sitzen, Wolf?", fragte Tanner und stellte sich neben mein rechtes Bein. Emma hielt sich dicht bei Wuucy, als würde sie mir nicht ganz trauen.

„Ja", sagte ich. Ich war es gewohnt, dass die Kinder in der Kolonie auf mir herumkletterten, aber die meisten waren zwischen riesigen Kriegern aufgewachsen und kannten es nicht anders. Wyatt, der Sohn des Jägers Kjel, war schon etwas älter gewesen, als er in die Kolonie kam, aber er war sehr schnell so furchtlos geworden wie sein Vater. Ich nahm an, ich war der erste Krieger, den diese Kinder zu sehen bekamen, daher war es erstaunlich und herzerwärmend, dass er keine Angst hatte.

Ich war mir nicht sicher, ob es mich erfreuen oder besorgt machen sollte, dass diese Kinder einem Fremden gegenüber so vertrauensselig waren.

Tanner kletterte auf mein Bein und setzte sich auf meinen Oberschenkel. Auf meinen Schoß. Nicht neben mich, wie ich es erwartet hatte. Ich legte einen Arm um ihn, damit er nicht herunterfallen würde und sich den Kopf an der Tischkante aufschlug. Kinder waren zerbrechlich und brauchten Schutz, egal auf welchem Planeten.

„Also, Wulf", sagte Wuucy.

„Wuucy", sagte ich.

Sie lachte und warf den Kopf in den Nacken. „Mein Name ist Lucy." Sie nickte Richtung Tanner. „Er hat noch Schwierigkeiten mit einigen Lauten. Das L macht ihm sehr zu schaffen."

Ich blickte auf Tanner hinunter, der mich ehrfürchtig anstarrte. „Ich finde Wuucy besser", sagte ich zu ihm, als teilten wir ein Geheimnis.

Er kicherte.

Das setzte Emma in Bewegung. Sie kam auf meine andere Seite und versuchte, auf mein Bein zu klettern, war aber zu klein. Ich fasste sie an der Hüfte und hob sie hoch, damit sie auf meinem anderen Bein sitzen und sich an mir abstützen konnte.

„Du solltest bleiben und Pferdchen spielen", sagte Lucy.

Ich hatte keine Ahnung, wovon sie

redete, daher konzentrierte ich mich auf wichtigere Dinge. „Olivia."

„Deine Gefährtin?", fragte Lucy mit hochgezogener Augenbraue. Sie wirkte keineswegs überrascht. Dann fiel mir wieder ein, dass ich den Namen schon einmal gehört hatte. Diese Frau musste diejenige sein, mit der Aufseherin Egara gesprochen hatte. Lucy Vandermark. Sie war eine Verbündete. Eine Freundin. Ihr hatte ich diese Gnadenfrist zu verdanken, um Olivia umwerben zu können.

„Du bist ihr Boss. Du schützt ihre Privatsphäre."

Sie nickte. „So ist es. Ich habe die Show gesehen. Ich wusste, du würdest herkommen. Olivia verdient jemand Besonderes, dem wirklich etwas an ihr liegt. Der sie liebt."

Ich versteifte mich. „Das werde ich. Du weißt, dass es mit sehr ernst ist mit Olivia."

„Ja, das weiß ich. Deshalb helfe ich dir", sagte sie. „Allerdings wüsste ich gern, was dein Erscheinen hier tatsächlich bedeutet. Denn Olivia ist meine Freundin. Sie ist nett und lieb und hat ein großes Herz. Wenn du also nur an mehr ... Tür-Action interessiert bist und ihr das Herz brechen willst, dann kriegst du es mit mir zu tun. Kapiert?"

„Mit dir zu tun?", fragte ich. „Ich bin nicht daran interessiert, mit dir auszugehen. Ich will nur Olivia. Sie gehört mir. Sie ist meine Gefährtin. Ich würde ihr niemals wehtun. Ich würde jeden töten, der das versucht."

Sie musterte mich einen Moment und ich saß da und ließ es geschehen. Ich spürte, dass ihre gute Meinung absolut notwendig war, um Olivia für mich zu gewinnen. „Meinst du das ernst?"

„Ja."

„Perfekt." Sie lächelte und lehnte sich deutlich entspannter zurück. „Sie wird deine Bestie brauchen. Sie denkt, ich bin blöd, aber das bin ich nicht. Sie ist in irgendeine krumme Sache mit bösen Leuten verstrickt."

Ich runzelte die Stirn und knurrte.

„Ihm knurrt der Magen", sagte Tanner und klopfte mir gegen die Brust.

Ich ignorierte ihn, denn das Thema war zu wichtig. Ich spürte, dass Lucy sich Sorgen machte. „Ist es das, wo sie gerade ist? Bei diesen bösen Leuten?"

Sie biss sich auf die Lippe. „Ich glaube schon."

Ich wäre sofort aufgesprungen, aber ich war bevölkert von Kindern. Sehr kleinen, zerbrechlichen Kindern, die Olivia gehörten. Die nun auch zu mir gehörten. Der kleine Junge, der mich die ganze Zeit tätschelte, und das kleine Mädchen, das, wie ich nun feststellte, in meinem Arm eingeschlafen war.

Ihr Vertrauen in mich war groß. Ich war gerührt.

Meine Bestie war jedoch nicht erfreut über das, was Lucy gesagt hatte. Wieder drang ein leises Knurren aus meiner Kehle, gefolgt von einem lauteren, bedrohlichen Knurren von dem kleinen Tanner.

Er kicherte, wurde dann aber schlagartig ernst. „Böse Leute haben meine Mommy und meinen Daddy getötet. Ich hasse die bösen Leute."

Seine Worte entsetzten Lucy, ihr stand der Mund offen.

Ich war beeindruckt. Er war jung. Ein junger Krieger. Obwohl er von zwei Frauen behütet wurde, hatte er die Wahrheit erkannt. Vielleicht war er sogar von allein drauf gekommen.

„Woher weißt du das, Tanner?", fragte Lucy, beugte sich vor und stützt die Ellbogen auf ihre Knie. Ich sah, dass sie sehr besorgt war. Die Kinder bedeuteten ihr viel, als wären sie ihre eigenen. „Wo?"

Er stellte sich aufrecht auf meinen Oberschenkel und ich hielt ihn mit einer Hand im Rücken fest. „Ich habe gehört, wie Tante am Telefon darüber gesprochen hat. Ich bin schon groß. Ich weiß, was passiert ist. Ich weiß es."

Emma regte sich und fing an zu weinen. Jammern wäre besser ausgedrückt. Ich spürte geradezu ihre Reaktion auf die Worte ihres Bruders. Lucy machte Anstalten, sie von meinem Bein zu nehmen, aber die Kleine gehörte nun mir, ich würde sie beschützen. Damit fing ich sogleich an und zog sie an mich, um ihr meine Stärke und Geborgenheit zu geben.

„Emma", sagte ich mit meiner tiefsten, sanftesten Stimme. Sie sah mich an und ich blickte ihr in die verheulten Augen. „Ich werde von nun an auf dich und deine Tante Olivia aufpassen. Niemand wird ihr oder dir oder deinem Bruder jemals wieder wehtun. Jemals. Verstehst du das?"

„Du bist jetzt unser Wolf?", fragte Tanner. Ich sah zu ihm hinüber, seine Augen waren groß, voller Hoffnung und Erwartung. „Ich habe gehört, wie Wuucy und Tante sich darüber unterhalten haben, dass wir einen Wolf bekommen."

Ich sah Lucy an, die errötete.

„Vierjährige haben keine Filter im Kopf", murmelte sie.

Interessant. Ich fragte mich, was

genau meine Gefährtin wohl mit ihrer Freundin besprochen haben mochte. Sie wandte den Blick ab, während ich Tanner ebenso an mich zog wie Emma. Sie war so klein, so perfekt. Sie war unschuldig und brauchte mich. Ebenso wie Tanner. „Ja, ich bin jetzt euer Wulf."

Seine Augen leuchteten auf, er grinste so breit, dass es wehtun musste. „Können wir dich behalten?"

„Ich schätze, das musst du wohl deine Tante fragen, Tanner." Lucy stand auf und ging im Zimmer auf und ab, versuchte aber nicht, die Kinder von mir wegzunehmen. Ich wollte ihr gern widersprechen, aber ich wusste, das konnte ich nicht. Noch nicht.

„Mir bleiben nur zwei Tage allein mit Olivia, um sie zu umwerben."

Sie drehte sich zu mir um und machte große Augen. „Sie zu umwerben? Nach dem, was du da vorhin im Fernsehen gemacht hast?"

Ich war nicht gewillt, hier vor den

Kindern übers Ficken zu reden, daher hielt ich mich zurück. „Ja."

Langsam breitete sich ein Grinsen auf ihrem Gesicht aus. „Das ist großartig."

Ich war innerlich erleichtert, dass sie das so bereitwillig akzeptierte. „Ich bin froh, dass du das so siehst."

Sie presste sich eine Hand an die Brust. „Ich bin deine Verbündete bei der Mission, Olivia einen Gefährten zu verschaffen."

Es dauerte einen Moment, bis der Neuroprozessor in meinem Kopf das richtig übersetzt hatte.

Mein ratloses Gesicht ließ sie offenbar nach einer Erklärung suchen. „Olivia ist meine beste Freundin. Sie verdient jemanden, der ..." Sie räusperte sich. „Der die Dinge zum Besseren wendet."

„Ich werde es nicht hinnehmen, wenn ihre Sicherheit in Gefahr sein sollte."

„Gut. Hast du eine Waffe?"

Die Frage war lächerlich. „Ich brauche keine primitiven Waffen von der Erde, um meine Familie zu beschützen."

Sie verzog den Mund und musterte mich. „Okay. Nach dem, was vorhin passiert ist, wissen wir immerhin schon, dass du ... du weißt schon, ... ihre Welt aus den Angeln heben kannst."

„Ich mag Angeln", sagte Tanner und Lucy lachte.

„Es würde helfen, wenn sie hier wäre", sagte ich und verspürte wachsendes Verlangen in mir. Auch wenn ich hier Fortschritte mit ihrer Freundin und den beiden Kindern machte, um die ich mich nun kümmern würde, so sehnte ich mich doch nur nach Olivia. „Erzähl mir mehr darüber, wo meine Gefährtin sich gerade aufhält. Wieso ist sie nicht bei den Kindern?"

„Das wird sie dir selber erzählen müssen. Ich weiß nicht alles, aber ich schätze, jemand von deiner Statur und mit deinem Hintergrund könnte da hilfreich sein. Glaube mir, die Kinder sind hier besser aufgehoben." Sie legte sich eine Hand auf den Mund, um ihr Gähnen zu verbergen. „Sie wird sehr erfreut sein, dich hier zu sehen, wenn sie nach Hause kommt. Schockiert, aber erfreut."

„Meinst du wirklich?", fragte ich und machte nun selbst große Augen. Ich schöpfte wieder Hoffnung, obwohl sie vor mir weggelaufen war. Ich war verletzt und verwirrt gewesen, dass sie vor mir davongelaufen war. Vor mir. Als hätte ich ihr etwas angetan. Als hätte ich ihr Angst gemacht. Ich war so vorsichtig gewesen. Meine Bestie hatte ihren Geruch genossen, ihre weiche Form, ihre sanften, lustvollen Schreie. „Sie ist vor mir weggelaufen. Ich befürchte, ich könnte ihr Angst eingejagt haben." Ich wollte nicht darüber nachdenken, dass ich ihr vielleicht Schmerzen bereitet haben könnte. Ich konnte es nicht einmal aussprechen.

Lucy schüttelte den Kopf. „Sie hatte keine Angst. Glaube mir. Du hast sie überrascht. Ich meine, du hast die ganze Welt überrascht. Sie verdient die Aufmerksamkeit eines Atlanen." Sie ließ ihre Augenbrauen spielen, so wie Rachel es heute am Bildschirm getan hatte. Tanner kicherte, Emma wurde davon sofort angesteckt.

„Wie ist sie denn so? Erzähl mir alles über Olivia, was du weißt. Ich muss mehr über meine Gefährtin wissen", sagte ich eifrig.

Sie wedelte mit der Hand vor sich herum, als wollte sie meine Worte beiseite wischen. „Oh nein. Das musst du sie schon selber fragen. Aber eines sage ich dir: Was du vorhin getan hast? Tu es wieder. Und wieder." Sie zwinkerte mir zu.

„Nacknack", sagte Emma und klatschte in die Hände.

Lucy blickte sie aus schmalen Augen an. „Du, mein kleiner Käfer, müsstest längst im Bett sein, aber ganz gewiss keinen Snack mehr essen."

„Brockowie", sagte Tanner und brachte Lucy zum Lachen.

„Na gut. Bleib du hier bei ihnen, ich mache Brokkoli." Lucy verließ das Zimmer und ich nahm an, dass sie in einen Raum namens Küche ging. Dies war ein primitiver Planet und es gab keine S-Gen-Geräte. Daher brauchten sie einen kompletten Raum, um Nahrung herzustellen. Ich hatte mehrere Wochen gebraucht, um mich an diese schlichte Lebensweise zu gewöhnen.

„Kannst du so tun, als wärst du ein Wolf, so wie dein Name es sagt?", fragte Tanner. Da er auf meinem Bein stand, befanden wir uns beinahe auf Augenhöhe.

Ich hob im Aufstehen beide Kinder an, ging in die Mitte des Zimmers und drehte mich vorsichtig im Kreis. Sie kicherten. Dann legte ich mich auf den Bauch und ließ sie auf mir herumklettern.

Ich würde mit den Kindern spielen, bis Olivia nach Hause kam. Dann würde ich sie Lucy überlassen, damit ich meine Gefährtin umwerben und sie hoffentlich noch einmal gegen eine Wand ficken konnte. Meiner Bestie gefiel diese Vorstellung.

„Wolf!", sagte Emma und kletterte auf meinen Rücken.

7

DER EINGANG zur Bar befand sich nicht an der Hauptstraße, sondern in einer dunklen, bedrohlichen Seitengasse, die nach Müll, Pisse und Zigarettenqualm stank. Sie sah aus wie jede andere versiffte Bar, in die Jimmy mich geschickt hatte. Ich wusste, er verkaufte auch an anderen Orten Drogen, die weitaus besser waren als das hier. Gehobene Restaurants in der Innenstadt. Salons.

Spas. Überall dort, wo Leute mit Geld es gewohnt waren, das zu bekommen, was sie verlangten. So lief es eben auf der Welt. So war es schon immer gewesen.

Mir war schon nach dem zweiten Auftrag von Arschloch Jimmy klar geworden, dass er mich an diese versifften Orte schickte, weil es ihm gefiel, mich im Dreck zu sehen. Ich wirkte so süß und unschuldig, auch wenn dieser äußere Eindruck täuschte. Mein Leben war schlicht und sollte es auch bleiben, denn die Alternative – das hier – würde ich niemals in Erwägung ziehen.

Da war schließlich auch noch mein Bruder und der Rest meiner verkorksten Familie.

Es gab einen guten Grund, warum Lucy auf die Kinder aufpasste und nicht eine der zahlreichen Cousinen, die ich in dieser Stadt hatte. Meine Familie, oder das, was von ihr übrig war, war vergiftet. Von Anfang bis Ende. Drogen vor allem. Alkohol. Affären. Drama. Immer gab es irgendein Drama. Streitereien.

Schlägereien. Irgendeiner war immer gerade im Gefängnis oder wurde daraus entlassen.

Ich hatte genug davon gehabt. Und Gregs Kinder, Tanner und Emma, sollten damit niemals in Berührung kommen. Ich würde den ewigen Kreislauf aus Elend und Zerstörung durchbrechen, damit sie davon verschont blieben. Auf ewig. Daher hatte ich die Verbindung zu meiner Familie gleich nach Gregs Tod gekappt. Ich hatte keinerlei Kontakt mehr zu ihnen. Hatte mir sogar ein neues Handy besorgt. War umgezogen. Ich hatte mich von dem, was meinen Bruder das Leben gekostet hatte, ferngehalten und war sehr glücklich damit gewesen. Bis Jimmy eines Tages an meine Tür geklopft und mich in den Schlamassel hineingezogen hatte.

Die Tür, an die ich klopfen sollte, war verrostet und die graue Farbe platzte ab. Die Straßenlaterne am Ende der Gasse war kaputt. Natürlich. Ich ging ganz selbstverständlich davon aus, dass es hier auch keine funktionierenden Überwachungskameras gab. Ich zog die Windeltasche höher auf meine Schulter, als würde sie mich irgendwie beschützen können.

Mit der Faust hämmerte ich laut gegen die Tür und hoffte, anschließend nicht eine Tetanusspritze zu brauchen. Die Musik in der Bar war so laut, dass ich befürchtete, niemand würde mein Klopfen hören.

Aber das war ein Irrtum. Die Tür ging langsam auf und ein großer tätowierter Türsteher musterte mich von Kopf bis Fuß mit einem Blick, der mir ganz und gar nicht behagte. Er war groß, aber schwabbelig. Das schmierige Haar hing ihm ins Gesicht und er hätte sich dringend rasieren müssen. Er sah aus wie eine hässliche, eingefallene Version von Wulf. Aber vor Wulf hatte ich keine Angst gehabt, vor diesem Typen jedoch schon. Er hatte keinen Funken Anstand in sich.

„Ich habe ein Paket für dich", sagte

ich, denn ich wollte es schnell hinter mich bringen und sofort wieder verschwinden.

„Ach ja, Schätzchen? Ich habe auch etwas für dich." Er griff sich in den Schritt und schob sein Becken nach vorn. Sein Lachen bereitete mir Übelkeit, aber ich bemühte mich, auf ihn herabzustarren, obwohl ich kleiner war als er. Es war ratsam, auf solche Sachen von diesen Typen gar nicht erst einzugehen. Wenn sie merkten, dass man Angst hatte, dann würden sie es sofort ausnutzen. Das hatte ich schon mit sechs oder sieben gelernt.

Ohne ein weiteres Wort ging ich an ihm vorbei in das Hinterzimmer der Bar. Ich war schon einmal hier gewesen und begab mich direkt in das kleine Büro, das sich hinter einer Reihe von Eisengittern befand. Ich wusste nicht, wer sich auf der anderen Seite befand und wollte es auch gar nicht wissen. Ich wollte einfach nur Jimmys Drogen loswerden und dann von hier verschwinden. Die

Schulden waren beglichen. Meine Zeit war um. Dies war die letzte Lieferung. Mit diesem Paket hatte ich die Schulden meines Bruders bei Jimmy Steel abgeleistet.

Ich griff in Emmas Windeltasche und holte aus der Innentasche ein Paket, das in braunes Papier eingewickelt und mit Klebeband verpackt war. Ich hatte jedes Paket von Jimmy gewogen. Dies war das Schwerste. Etwa acht Pfund. Was drinnen war, wusste ich nicht. Ich wollte es auch gar nicht wissen. Ich war fertig damit.

F.e.r.t.i.g. Fertig.

Ich legte das Paket auf ein schmales Brett und schob es unter den Gitterstäben hindurch, bis zwei Hände auftauchten und versuchten, es mir wegzuziehen, aber ich hielt es noch fest. Auch diese Lektion hatte ich auf die harte Tour gelernt. „Ich will eine Quittung", sagte ich.

Die Stimme, die mir antwortete, klang nach einem halben Päckchen Zigaretten und keinerlei Geduld. „Ich werde es ihn wissen lassen, dass du geliefert hast."

Ich schüttelte den Kopf. „Das reicht mir nicht. Ich will eine Quittung."

Das folgende Seufzen klang er wie ein Rülpsen, als ob mich das abgeschreckt hätte. Versuchs noch mal. „Niemand haut Jimmy übers Ohr. Er hat Verbindungen, okay? Du versuchst, Jimmy abzuzocken? Dann stirbst du. Und keiner wird je deine Leiche finden. Kapiert? Hast du eine Ahnung, wer Jimmy ist?"

„Ich weiß, wer er ist." Er war ein Drogendealer, ein rücksichtsloser Mistkerl, der mir mein Leben zur Hölle gemacht hatte. Das war er. Ich war hier fertig. „Ich will trotzdem eine Quittung."

„Du hast ja keine Ahnung." Einen Moment später schob er mir eine Visitenkarte unter den Stäben hindurch, mit dem Namen der Bar vorne drauf, dazu ein Datum, mit Uhrzeit und Initialen auf der Rückseite. „Reicht das?"

Meine Antwort bestand daraus, die Karte zu nehmen, das Päckchen loszulassen und raketenartig das Gebäude zu verlassen. Der Typ mit den Tattoos interessierte sich nicht mehr für mich. Er hatte einen Job zu erledigen und ich gehörte nicht mehr dazu.

Ich rannte mehr oder weniger zu meinem Auto und fuhr praktisch im Blindflug nach Hause. Ich erinnerte mich später nicht mehr, wo ich entlanggefahren war, aber ich kam schließlich bei mir daheim an. Ich lehnte die Stirn gegen das Lenkrad und versuchte, meine Atmung unter Kontrolle zu bekommen. Einfach nur durchatmen. Es war vorbei. Ich hatte es geschafft. Ich hatte Gregs Schulden bei Jimmy abgearbeitet, die Polizei hatte mich nicht geschnappt, die Kinder waren in Sicherheit. Wir konnten nun endlich ein normales Leben führen. Ruhig. Friedlich. Ohne Drama. Ohne Verbrecher. Ich war frei. Ich lächelte innerlich und es war ausnahmsweise aufrichtig gemeint. Von Herzen.

Ich musste dringend duschen, um mir das alles abzuspülen. Jedes Mal, wenn ich das hinter mir hatte, fühlte ich mich so schmutzig, als hätte ich tagelang nicht geduscht, obwohl ich das noch schnell erledigt hatte, bevor ich losgefahren war. Ich hasste es, die Windeltasche dafür zu benutzen, aber Jimmy bestand darauf. Und nun? Nun würde ich das Ding in den Müll schmeißen und mir eine neue kaufen. Ich wollte die Tasche nie wieder anrühren, denn ich hatte das Gefühl, meine kleine Nichte sonst damit zu besudeln. Angst war anstrengend. Je näher ich den Übergabepunkten kam, desto mehr geriet ich immer ins Schwitzen. Kalter Schweiß klebte mir auf der Haut. Ich fühlte mich immer erst erleichtert, wenn ich im Auto auf dem Weg nach Hause war.

Ich war für diese Lieferung nur eine halbe Stunde fort gewesen und langsam ließ das Adrenalin nach. Stattdessen war ich erfüllt von Unruhe und Übelkeit. Beim letzten Mal hatte der Typ sich vierzig Minuten verspätet. Natürlich war es ihm egal, dass ich zwei kleine Kinder hatte, die mich bei Sonnenaufgang auf Trab bringen würden. Den interessierte nur, dass ich gefälligst tat, was man mir befohlen hatte.

Greg war seit einem Jahr tot. Abgesehen davon, dass ich mich unvermittelt mit einer eigenen Familie auseinandersetzen musste, tauchte da plötzlich eben noch dieser Dealer auf, bei dem mein Bruder angeblich Schulden hatte. Zwar hatte ich nicht das Geringste damit zu tun gehabt, aber dennoch hatte Jimmy eines Abends plötzlich vor der Tür gestanden. Höchstpersönlich. Ich musste 20.000 Dollar abbezahlen, zum Teil von meinem hart verdienten Geld, zum Teil als Drogenkurier.

Und all das nur wegen Greg. Mein Bruder war beim Militär gewesen und hatte zwei Touren nach Afghanistan hinter sich gebracht. Seine Frau Sally hatte die Kinder unterdessen allein aufgezogen. Als er zurückkam, war er zwar körperlich gesund, aber geistig instabil. Da unsere Familie so kaputt war, bot sie ihm keine Hilfe, sondern eher im Gegenteil. Er folgte dem Beispiel anderer und fing an, Drogen zu nehmen, um das Hirn zu betäuben. Die Folge davon waren Schulden.

Ich sah eher aus wie eine Fußballmutti als ein Drogendealer, was sicher der Grund dafür war, dass Jimmy mich dafür hatte einsetzen wollen. Man sah es mir nicht an. Und ich hatte es die ganze Zeit geschafft, nicht aufzufallen. Meine Nerven waren jedoch am Ende. Zum Glück passte Lucy auf die Kinder auf. Es wäre undenkbar gewesen, die beiden Knirpse mit in eine schmierige Bar zu nehmen, um Kokain, Ecstasy oder sonst etwas abzuliefern. Daher hatte ich sie angelogen. Tat es immer noch.

Allerdings hatte ich den Verdacht, dass sie etwas ahnte, mich aber nicht bedrängte, darüber zu reden. Was ich sehr zu schätzen wusste. Je weniger sie wusste, desto besser.

Ich hasse Greg dafür. Aber dann wiederum hasste ich mich dafür, ihn zu hassen. Er war tot und ich hatte deswegen Schuldgefühle. Aber warum musste er sich auch unbedingt mit einem Kerl wie Jimmy Steel einlassen? Er hätte zu mir kommen sollen. Er hätte Ärzte aufsuchen sollen, um Hilfe zu bekommen. Die hätten ihm zwar auch Drogen verschrieben, aber eben legale. Aber nein. Er hatte dafür einen hohen Preis bezahlt.

Wegen all dem fühlte ich mich besudelt. Auch jetzt, als ich hier in meinem Wagen saß. Ich war immer ein guter Mensch. Ich fühlte mich krank, weil ich daran dachte, wie die Drogen, die ich ausgeliefert hatte, in die Hände anderer Menschen gerieten und ihr Leben ruinierten. Menschen würden an diesen Drogen sterben. Oder sie würden dumme Dinge anstellen und damit ihr Leben ruinieren. Ich fragte mich, wie viele andere wie Greg es gab, die Jimmy etwas schuldeten.

Ich dachte immer, er hätte nie Drogen genommen, zumindest hatte ich mir das eingeredet. Er war psychisch angeschlagen heimgekehrt und hatte falsche Entscheidungen getroffen. Und für diese Entscheidungen hatte ich nun den Preis zu zahlen.

Aber damit war nun Schluss. Ich war fertig damit. Als ich ging, schwatzte Tanner vom Bett aus noch mit Lucy. Er und Emma sollten eigentlich längst schlafen, aber es war durchaus denkbar, dass sie inzwischen wieder wach waren. Ich wusste, Lucy ließ sie lange aufbleiben und ich wollte ihnen den Spaß nicht nehmen, auch wenn es ihren Schlafrhythmus durcheinanderbrachte und sie am nächsten Tag nörgelig waren. Die Kinder brauchten noch viel mehr Spaß.

Ich blickte in den Rückspiegel und richtete meine Frisur. Emma und Tanner mochten zwar noch sehr klein sein, aber sie waren gute Beobachter. Sie merkten schnell, wie meine Stimmung war und ob ich einen schlechten Tag hatte. Ich würde versuchen, sie mit einem falschen Lächeln zu täuschen. Ich setzte das falsche Lächeln auf, rollte mit den Augen und stieg aus dem Wagen. Dann holte ich die Windeltasche vom Rücksitz, stellte sicher, dass sie wirklich leer war und warf sie in den Mülleimer neben der Garage.

Dann öffnete ich die Tür und rechnete damit, von lauten Rufen begrüßt und von stürmischen Umarmungen von den Beinen geholt zu werden. Stattdessen war das Haus vollkommen still, als ich eintrat. Ich legte meine Schlüssel und die Handtasche auf das Tischchen neben der Tür, dann drehte ich mich um und erstarrte.

Mein Herz drohte mir aus der Brust zu springen bei dem Anblick, der sich mir bot. Dort auf meiner alten, zerschlissenen Couch lag Kriegsfürst Wulf und schlief. Auf ihm drauf, wie zwei niedliche Kletten, lagen Emma und Tanner und schliefen ebenfalls. Emma lag quer auf seiner Brust, Tanner an seiner Seite, den Kopf auf Wulfs Brustkorb gebettet.

„Oh mein Gott", flüsterte ich und hatte das Gefühl, meine Eierstöcke würden explodieren. Solche Bilder hatte man in der Show nicht gesehen. Sonst würde die Schlange der Freiwilligen bei der Bräutevermittlung einmal um den ganzen Block gehen.

Schlafend sah Wulfs Körper sehr entspannt aus. Keine angespannten Muskeln. Kein ernster Blick. Keine geballten Fäuste. Einfach … sanft, aber das würde ich dem riesigen Mann sicher nie ins Gesicht sagen.

Was machte er hier und wieso lagen die Kinder schlafend auf ihm drauf?

Es war offensichtlich, dass er schon eine Weile hier war. Wie üblich lag Spielzeug herum. Der Couchtisch war beiseite geschoben worden, ich nahm an, das hatte mit seinen langen Beinen zu tun. Wenn er sie auf den Tisch gelegt hätte, wäre der bestimmt davon kaputtgegangen.

Lucy kam aus der Küche und hielt sich einen Finger an die Lippen.

Ach nein, wirklich? Ich hatte sicher nicht vor, sie zu wecken.

Ich ging auf Zehenspitzen an ihnen vorbei, den Flur entlang und ins Schlafzimmer. Lucy folgte mir und schloss die Tür hinter sich.

„Ich hasse dich so sehr", flüsterte sie.

Mein Herz schlug so heftig, dass ich annahm, sie müsste es sehen können. Kriegsfürst Wulf war hier. Meinetwegen. Hier! Meinetwegen!

„Was macht er hier?", flüsterte ich, auch wenn ich mir die Frage schon selbst beantwortet hatte.

„Er macht es dir."

Ich rollte mit den Augen.

„Woher wusste er denn überhaupt, wo ich wohne?" Ich presste eine zitternde Hand an meine Brust. „Oder wer ich bin?"

Sie lachte auf. „Ist das dein Ernst? Sie mussten ihn betäuben, damit er dir nicht folgte. Hast du wirklich gedacht, er bleibt weg? Die Adresse herauszufinden, dürfte wohl nicht schwierig für ihn gewesen sein."

„Was hast du ihm erzählt, wo ich wäre?", fragte ich eilig. Was, wenn er erfuhr, wo ich gewesen war und was ich getan hatte?

Ihre Augen wurden schmal. „Dass du etwas zu erledigen hättest."

Jeden Augenblick würde ich vom Blitz getroffen. Oder erschlagen. Irgendetwas Schlimmes jedenfalls. Denn ich hatte meiner Freundin Lügen aufgetischt.

„Mehr nicht?" Meine Stimme klang schrill. „Er hat nicht nachgefragt?"

„Oh, er hat jede Menge Fragen gestellt. Aber hätte ihm die Antwort etwas genützt?"

Nein. Da hatte ich meine Antwort. Dem Himmel sei Dank für Lucy. Sie ließ mich einfach tun, was zu tun war. Und jetzt? Ich war frei und auf meiner Couch schlief ein Außerirdischer, der meinetwegen hergekommen war.

„Nur damit du es weißt, das war das letzte Mal, dass ich als Ehrenamtliche unterwegs war."

Ihre Augen wurden noch schmaler. „Verstehe."

„Was mache ich denn jetzt mit Wulf?" Ich gab mir Mühe, weiterhin leise zu sprechen, damit die drei nicht aufwachten. Ich brauchte eine Minute für mich. Oder auch zwei. Ich rang die Hände und biss mir auf die Lippe.

Auf meiner Couch lag ein Außerirdischer. Ein Außerirdischer, mit dem ich vor ein paar Stunden noch Sex gehabt hatte. Ein Außerirdischer, der behauptete, ich wäre seine Gefährtin.

„Hab Sex mit ihm, du Dummerchen. Oh, warte. Soweit wart ihr ja schon." Sie grinste und ich wurde rot.

„Ich habe zwei kleine Kinder. Wie soll das überhaupt gehen? Wie machen Eltern das nur, wenn sie schon Kinder haben? Verstecken sie sich dafür im Schrank oder wie?"

Sie zuckte mit den Schultern und öffnete die Tür hinter sich. „Du wirst es schon herausfinden. Ich weiß, ich würde es."

Sie schlüpfte aus dem Zimmer und ich folgte ihr bis zur Haustür. Als ich sie leise hinter ihr geschlossen hatte, drehte ich mich um. Wulf starrte mich an.

Er war wach.

Ich starrte zurück. Er starrte immer noch. Langsam und mit einer Behutsamkeit, die ich jemandem seiner Größe nicht zugetraut hatte, hob er Emma von seiner Brust und platzierte sie neben sich auf der Couch. Dann zog er vorsichtig seinen Arm unter Tanner weg und legte ihn ebenfalls hin. Ich verzog das Gesicht, denn sicher würde Tanner nun aufwachen. Aber das tat er nicht. Ich nahm an, er war zu erschöpft, vom langen Aufbleiben und Toben mit einem Atlanen.

Ich schluckte schwer, als er aufstand und sich zu seiner vollen Größe aufrichtete, allerdings ohne Bestien-Bonus. Hier in meinem kleinen Haus fiel erst richtig auf, wie groß er war. Die Zentrale des Bräute-Programms war riesig und hatte ihn entsprechend groß wirken lassen, aber nicht so. Er musste sich wohl unter dem Eingang hindurch gebückt haben, als er hereingekommen war.

Er sagte nichts, sondern sah mich nur an, dann nahm er meine Hand und führte mich den Flur entlang, genau wie Lucy eben.

Aber das hier war Wulf, nicht Lucy. Mein Herz schlug mir zwar gerade nicht bis zum Hals, aber ich war sehr kribbelig. Allein von der Berührung unserer Finger. Ich war gleichermaßen in Panik und ruhig. Aufgeregt, aber entspannt.

Ich kannte diesen Mann. Nun, ich kannte ihn, als er in Raserei gewesen war, als Bestie. Jetzt war er entspannt, als müsste sich die Bestie nicht zeigen. Er wusste, wer ich war. Er wusste, dass er genau hier sein wollte.

Ich verstand es nicht unbedingt, aber nach allem, was Lucy mir erzählt hatte, was in der Show passiert war, nachdem ich abgehauen war, ergab es immerhin einigermaßen Sinn.

Er duckte sich unter dem Türrahmen des Schlafzimmers hindurch und ich schloss hinter uns die Tür.

„Ist alles in Ordnung mit dir?", fragte ich. Genau wie vorhin sprach ich möglichst leise. „Ich habe gehört, man hat dich betäubt."

„Du hast mich verlassen", erwiderte er.

Ich kam mir schäbig vor. Der riesige Außerirdische war ein totaler Softie und ich hatte ihm offenbar wehgetan. Ich wusste zwar nicht, wie das möglich war, aber so fühlte es sich zumindest an.

„Es tut mir leid. Es war einfach zu verrückt, als auf einmal all die Leute und die Kameras auftauchten. Ich meine, wir waren im Fernsehen."

„Es war nicht optimal, aber es ist mir egal, wo wir sind, solange wir nur zusammen sind."

Mir klappte die Kinnlade herunter. Hatte er das wirklich gerade gesagt? Er kannte mich wie lange? Fünfzehn Minuten? Und davon hatten wir die meiste Zeit mit ..., nun ja. Besser jetzt nicht dran denken, auch wenn mein Körper keine Einwände gehabt hätte. Es war, als wäre mein Körper abhängig, nachdem er einmal einen atlantischen Schwanz gehabt hatte.

„Sei die Meine, Olivia Mercier. Komm mit mir nach New York. Lass mich dir meine Paarungshandschellen geben."

„Fragst du mich ernsthaft, ob ich deine Gefährtin sein will?"

Er nickte. „Ich habe es sehr deutlich gemacht, wie ich für dich empfinde. Dass meine Bestie dich immer und überall erkennt. Du gehörst zu uns. Ich kann ohne dich nicht leben."

Ich hatte immer davon geträumt, dass ein Mann mal so etwas zu mir sagt. *Ich kann ohne dich nicht leben.* Aber die Männer auf der Erde meinten das nicht wörtlich. Wulf hingegen schon. Wenn er keine Gefährtin nahm, würde er am Paarungsfieber sterben.

Ich starrte in Wulfs Gesicht. „Das ist verrückt. Ich bin nicht ..., ich kann nicht deine Gefährtin werden."

Er runzelte die Stirn. „Warum nicht?", fragte er leicht schnippisch. Ich zerstörte seine Ruhe.

Auch ich runzelte nun die Stirn. „Warum ich? Ich meine, da waren 24 umwerfende, nette Frauen, die gern deine Gefährtin werden wollten."

Er schüttelte energisch den Kopf. „Meine Bestie hat keine von ihnen begehrt."

„Aber sie begehrt mich?", fragte ich und warf vollkommen verwirrt die Arme in die Luft.

„Ich dachte, das wäre offensichtlich gewesen. Brauchst du eine zweite Demonstration? Ich wäre überglücklich, es dir noch einmal zeigen zu dürfen."

Oh, ja. Sehr gern. Ich hätte zu gern eine weitere Demonstration. Aber darum ging es gerade nicht.

„Wulf, sieh mich an." Ich wedelte mit den Händen vor ihm herum. „Sieh mich richtig an."

Er tat es. Sein düsterer Blick glitt über mich, von den Füßen bis zum Scheitel. Ich hatte mich für Jimmys Auftrag nicht in Schale geschmissen, aber ich sah auch nicht schlampig aus. Stiefel. Jeans. Dunkles T-Shirt. Das war mein übliches Outfit, um niemandem ins Auge zu fallen, auch wenn man damit mehr Haut bedeckte, als es in Florida erforderlich war.

„Tue ich."

„Ich bin keine schlanke Frau. Sicher möchtest du eine, die größer ist? Nicht so üppig? Ich kann es mit Genevieve und Willow nicht aufnehmen. Die solltest du begehren. Sie sehen aus wie Models und … du bist … umwerfend." Bitte, ich hatte es gesagt. Seine Augen wurden noch dunkler, offenbar hatte ihm gefallen, was er hörte. „Du könntest praktisch jede Frau auf dem Planeten haben. Du solltest dir ein Model oder eine Schauspielerin aussuchen. Eine richtige Schönheit."

„Ich begehre diese Frauen aber nicht", erwiderte er, noch immer mit gerunzelter Stirn. „Du bist sehr schön. Meinst du nicht? Bist du der Ansicht, ich sollte Frauen begehren, die nur aus Haut und Knochen bestehen? So wie Wuucy? Ich meine, Lucy?"

Ich musste mir bei diesem Namen das Lachen verkneifen. Ein Punkt für Tanner. Aber es war mir ernst. Männer wie er standen nicht auf Frauen wie mich. Ich war nicht mal in der Nähe des weiblichen Ideals. Seit der Schulzeit machten sich manche schon über mein Übergewicht lustig. Es war undenkbar, dass mir das hier passierte, während es gleichzeitig zwei Dutzend schöne Frauen gab, die ihn in den letzten drei Wochen regelrecht umgarnt hatten.

„Ich denke, du hast dich geirrt", wiederholte ich.

Er schüttelte langsam den Kopf, aber sein leidenschaftlicher Blick glitt noch immer über mich. „Du bist weich. Überall."

Ich nickte. Endlich kapierte er es. Da half auch kein Sport, um daran etwas zu ändern. Mal abgesehen davon, dass mich niemand dazu bringen würde, in ein Fitnessstudio zu gehen. Ich würde lieber Nägel und Schuhsohlen essen, als mich in so einer Tretmühle quälen zu lassen. Ich mochte frische Luft und wollte mich nicht martern. Wenn ich Kekse essen wollte, dann würde ich verdammt nochmal Kekse essen.

„Die sind so dünn." Er deutete mit der Hand eine winzige Größe an. „Zerbrechlich. Ich würde sie kaputt machen."

Nun musste ich aber lachen, wenn ich mir vorstellte, wie er in seinem Bestien-Modus versuchte, Willow zu vögeln. Okay, das war vielleicht keine gute Idee. Ich war eifersüchtig. Böse Gedanken.

„Du hast dicke Oberschenkel und ich habe mich an deinem weichen Fleisch festhalten können, während ich deine Pussy geleckt habe. Ich habe dich an deinem breiten Hintern auf meinen Händen gehalten, um dich gegen die Wand zu drücken und dich zu ficken. Und ich werde mein Gesicht zwischen deinen üppigen Titten vergraben und mich darin verlieren, sobald ich die Gelegenheit dazu bekomme."

„Oh mein Gott", hauchte ich und machte einen Schritt zurück, stieß dabei aber gegen die geschlossene Tür. Ich war sofort feucht und geil. Er war wie ein Liebesroman auf zwei Beinen. Ich hätte ihm den ganzen Tag lang zuhören können, wenn er davon sprach, Sex mit mir zu haben.

„Ich ... also, okay. Mehr Sex klingt ziemlich gut und so, aber ich werde nicht deine Handschellen tragen."

Er machte einen Schritt auf mich zu und ich musste den Kopf in den Nacken legen, um ihn anschauen zu können.

„Du bist meine Gefährtin."

Langsam schüttelte ich den Kopf. „Ausgeschlossen."

Er hielt inne. „Du glaubst mir nicht."

Ich würde nicht noch einmal meinen Kopf schütteln, daher hielt ich einfach den Mund und presste meine Hände gegen die Tür.

„Ich bin nicht hier wegen der Show. Hier sind keine Kameras. Kein Chet Bosworth."

Ich musste auflachen. Ich konnte mir gut vorstellen, was der größenwahnsinnige Typ zu sagen hätte, wenn er uns hier sehen würde. Wie ein Sportkommentator würde er es kommentieren, während er durch einen Spalt im Kleiderschrank spähte.

„Ich werde es dir zeigen."

Er neigte den Kopf zu mir herab. Langsam, mit offenen Augen. Ich sah die Bewegung und wusste, der Kuss wäre unausweichlich. Dieses Mal hatte jedoch nicht die Bestie die Kontrolle, es war Wulf, der mich küssen würde. Er konnte in ganzen Sätzen sprechen und seine Atmung kontrollieren. Und alles andere.

Ich würde ihm den Kuss sicher nicht

verweigern, denn mein Körper schrie schon jetzt nach mehr.

Wir würden diese ganze Sache mit der Gefährtin später klären. Erst Sex, dann reden.

Unsere Lippen trafen sich, er legte mir seine Hand in den Nacken. Seine Berührung war sanft, seine Haut fühlte sich warm auf meiner an.

Auch seine Lippen waren sanft. Ziemlich überzeugend.

Ich wimmerte leise angesichts des Kontrasts zu unserem ersten Kuss.

„Die Kinder ...", flüsterte ich an seinem Mund.

Er sagte nichts, sondern griff einfach an mir vorbei und schloss die Tür ab. Jemanden wie Wulf würde die nicht aufhalten, aber sie würde die Kinder lange genug bremsen, bis ich mir etwas angezogen hatte.

Er küsste mich erneut. Seine Zunge leckte über meine geschlossenen Lippen und ich öffnete sie für ihn.

Ich hatte keine Ahnung, wie lange

wir dort standen und wie Teenager knutschten, ich war ganz darin verloren. Als er anfing, von meinem Ohr zum Hals zu küssen, legte ich den Kopf schief, damit er mehr Platz hatte.

„Keine Gefährtin. Nur Sex", sagte ich und dann ließ ich alle anderen Gedanken fallen.

8

Sie glaubte mir nicht. Selbst als ich ihr zart mit den Lippen über die Haut strich und mit dem Rest meiner Willenskraft die Bestie in mir niederrang, weigerte sich meine Gefährtin, sich mir hinzugeben, ihren eigenen Wert und ihre Schönheit zu erkennen. Sie wollte nicht glauben, dass ich ohne sie nicht überleben konnte.

Ich küsste sie sanft und zärtlich, denn sonst hätte die Bestie mich verzehrt. Sie. Uns beide. Bei unserem ersten Sex hatte die Bestie die Kontrolle. Ich konnte es nicht richtig auskosten, konnte nicht herausfinden, was sie erregte, stöhnen ließ oder atemlos machte. Jetzt konnte ich das. Ich wollte mir für jede üppige Kurve Zeit nehmen. Um die weichen Brüste und die rundliche Hüfte zu erkunden. Ich wollte spüren, wie ihr Körper unter mir schmolz, wenn ich sie nahm.

Daher kämpfte ich mit mir, mit der Bestie, auch als ich versuchte, sie zum umgarnen. *Lass dir Zeit.* Die Warnung der Aufseherin Egara klang mir noch im Ohr. Das alles war noch neu für meine Partnerin. Nicht der Sex, sondern unsere frisch geknüpfte Verbindung. Sie hatte keinen Gefährten gesucht. Sie war keine Freiwillige.

Nach den Gesetzen der Erde gehörte sie mir nicht, was meiner Brust ein Grollen entrang.

Als sie den Kopf auf die Seite legte und mir ihren verwundbaren Hals anbot, knurrte ich beinahe vor Hunger und im Siegestaumel. Sie gehörte mir. Sie unterwarf sich mir. Sie würde sich mir hingeben, wenn ich die Bestie unter Kontrolle halten konnte.

„Warte."

Das eine Wort ließ meinen ganzen Körper erstarren, meine Lippen an ihrer Wange, meine Hände hielten ihren weichen, runden Hintern. Ich wollte sie an die Tür drängen und sie zum Aufschreien bringen wie vorhin. Aber ich hielt ganz still.

„Die Kinder", sagte sie noch einmal. „Wir müssen sie zu Bett bringen. Wenn sie allein im Wohnzimmer aufwachen, werden sie Angst bekommen."

Ihre kleinen Hände drückten gegen meine Brust und ich machte einen Schritt zurück, erfreut, dass sie sich so um die Kinder sorgte. Sie würde eine ausgezeichnete Mutter werden. Meine Bestie entspannte sich zum ersten Mal, seit sie durch die Tür gekommen war. Zufrieden wie schon seit Jahren nicht mehr.

Das Gefühl war ein Schock, aber ich versuchte nicht, die Bestie zu reizen. Wir beschützten diejenigen, die uns lieb waren und sorgten für ihre Sicherheit und ihr Wohlergehen.

Ich folgte meiner Gefährtin einfach ins Wohnzimmer und hob Tanner auf meine Arme, sorgsam darauf bedacht, ihn nicht zu wecken, während sie die kleine Emma in das Schlafzimmer gegenüber ihres eigenen Zimmers brachte.

Olivias Lächeln in dem dunklen Zimmer war zärtlich und innig. Die Aufgabe, die Kleinen ins Bett zu bringen, war neu für mich, etwas, das ich in Zukunft sehr gern tun würde. Dies war das Gegenteil vom Kämpfen, von Tod und Zerstörungswut und blutgetränktem Horror. Dies war Unschuld und Licht, der Grund, warum Krieger kämpften und starben. Dies war das Leben, nicht der Tod, und ich wollte mehr davon. Wollte sie. Wollte ein Kind *von* ihr.

Für immer.

Ich legte Tanner auf das schmale Bett und zog eine Decke über ihn, die mit allerlei Tieren bedruckt war: Häschen, Hundewelpen und Kätzchen – weiche, flauschige Tiere, die Menschen oft als Haustiere hielten. An der gegenüberliegenden Wand stand ein noch kleineres Bett, die Matratze reichte mir gerade einmal bis an die Wade. Olivia bettete Emmas Kopf auf das Kissen und das kleine Mädchen kuschelte sich in eine flauschige Decke, die mit gezeichneten Figuren bedruckt war: ein runder Bär in einem roten Hemd, ein sehr dünner gestreifter Tiger, der offenbar sprechen konnte, ein grummelig aussehender Hase und ein dunkelgraues, pferdeartiges Tier, dessen Ohren traurig herabhingen. Ohne die Augen zu öffnen, griff Emma nach einem kleinen Kuscheltier, einem Exemplar des Bären im roten Hemd.

Als Olivia bemerkte, dass ich die seltsame Zusammenstellung von Tieren betrachtete, lächelte sie. „Tanner liebt Tiere. Alle Tiere. Er sagt, er will später mal Tierarzt werden. Und Emma ..." Ihr Lächeln ließ mein Herz noch mehr dahinschmelzen, als sie sich herabbeugte und mit dem Finger über die Stirn des kleinen Mädchens strich. „Sie liebt *Winnie Puuh*. Wie man sieht."

Ich wusste nicht, was *Winnie Puuh* war, aber ich sagte nichts, denn ich war wie hypnotisiert von Olivias Augen, als sie die beiden Kinder ansah. Ihr Blick wurde voller, zärtlicher. Die Sorgenfalten verschwanden und ihr gesamtes Gesicht entspannte sich voller Zufriedenheit.

Liebe. So sah die Liebe auf Olivia Merciers Gesicht aus. Und ich hungerte danach, mit diesem Blick bedacht zu werden. Ich brauchte es, mehr als ich die Luft zum Atmen brauchte, mehr als das Gefühl, meinen Schwanz in ihr zu versenken und sie vor Lust aufschreien zu lassen. So brauchte ich sie. Sanft und zärtlich. Hingebungsvoll und zufrieden. Liebevoll.

Ohne ein Wort zog ich sie an mich und hielt sie einige Minuten schweigend in meinen Armen. Sie fing an, sich langsam hin und her zu wiegen, ich bewegte mich mir ihr, streichelte ihren Rücken, mein Kopf war zu voll von Dingen, die mir bewusst geworden war, um sie aussprechen zu können, daher berührte ich sie einfach und betete, dass meine Hände und mein Herzschlag unter ihrer zarten Wange ausreichen würden. Damit sie spürte, was ich empfand, auf diese seltsame Art, wie Frauen offenbar Dinge erfassten, denn ich war mir selbst nicht sicher. Es war zu frisch, zu neu, um es zu beschreiben. Es zu benennen. Zu kontrollieren.

Nach dem ganzen Chaos rund um die *Bachelor-Bestie*, fand ich hier einen Moment des Friedens. Als ich von der

Kolonie hergebracht worden war, hatte ich nicht damit gerechnet, das hier zu finden: einen Menschen für mich und Kinder.

Ich konnte den Schmerz in der Brust nicht unterdrücken. Aber das war nicht der Schmerz einer Wunde. Dies war anders. Schwelend. Der Schmerz breitete sich aus, wanderte vom Herzen zur Lunge, bis sogar das Atmen wehtat, meine Kehle war wie zugeschnürt, ich konnte nicht mehr sprechen, auch mein Gesicht schmerzte, meine Augen, wo der Schmerz sich in nicht willkommenen, salzigen und ungeweinten Tränen sammelte.

Selbst als die Hive mich gefangen hielten, hatte ich nicht so empfunden.

Ich weinte nicht, hatte noch nie geweint, soweit ich mich erinnern konnte. Jedenfalls nicht mehr, seit ich ein kleines Kind gewesen war, auf den Knien meiner Mutter. Aber jetzt konnte ich die Tränen nicht zurückhalten, als Olivia mir die Arme um die Taille legte und sich an mich lehnte, gegen mich schmolz, als wäre sie genau dort, wo sie sein wollte. Bei mir. Meins.

Die Bestie schnüffelte und beruhigte sich, denn die einzige Frau, die uns gehörte, befand sich in unseren Armen. Die Kinder, die zu ihr – und damit auch zu mir – gehörten, schliefen fest und waren hier sicher, wo ich sie im Blick behalten konnte.

Sehnsucht. Das war es. Verzweifelte, verletzliche Sehnsucht. Die Sehnsucht danach, ein Teil ihrer Familie zu sein, so geliebt zu werden wie die beiden kleinen Menschen hier, endlich jemandem wichtig zu sein, was über den Einsatz in einem Schlachtschiff im Krieg hinausging. Ich sehnte mich danach, als das akzeptiert zu werden, was ich jetzt war, verseucht und angeschlagen, kaum in der Lage, meine Bestie zu kontrollieren. Ich sehnte mich danach, ihr zu gehören. Nur ihr. Ich wollte ein Zuhause und genau das war sie nun, für mich und für meine Bestie.

Ich erschauerte, rein instinktiv, nicht in der Lage, es zu kontrollieren. Diese Zurschaustellung meiner Gefühle ließ sie den Kopf heben und zu mir aufblicken. Ihre Augen weiteten sich voller Entsetzen. „Weinst du etwa?"

„Nein." Ich weinte nicht. Salzwasser war mir aus dem Auge getreten und lief mir nun die linke Wange hinunter.

Sie hob die Hand und wischte mir die Nässe vom Gesicht. „Warum weinst du?", fragte sie flüsternd.

Ich schüttelte den Kopf und drehte den Kopf, um die Innenseite ihrer Hand zu küssen. „Du bist so schön, Gefährtin. Zu perfekt, um wahr zu sein."

„Ich bin nicht ..."

Ich legte ihr einen Finger auf die Lippen, um ihren Protest zu unterbinden. Ich hatte schon alles gehört, was sie über ihre fehlerhafte Selbstwahrnehmung zu sagen hatte. Sie verglich sich mit anderen Frauen, was lächerlich war. Es zählte nur meine Meinung zu dem Thema, daher sagte ich ihr erneut, wie ich es sah. „Du bist perfekt. Schön. Weich. Etwas anderes will ich nicht hören, sonst lege ich dich übers Knie und versohle dir den Hintern dafür, dass du dich selbst kleinredest."

Sie zog angesichts dieser Drohung die Augenbrauen hoch, aber in ihren Augen erkannte ich ein Lachen. „Ist das so?"

„Ja." Ich beugte den Kopf herab und vergrub ihn an ihrer Halsbeuge, atmete sie ein, tauchte in ihr Wesen ein. „Bei den Göttern, Olivia, du bist alles für mich."

Sie erschauderte in meinen Armen und ich fragte mich, welches Gefühl das wohl ausgelöst haben mochte. Ich hoffte, sie empfand dasselbe wie ich. Sehnsucht. Verlangen. Begehren.

„Komm mit. Lass uns gehen, bevor wir die Kinder aufwecken." Ihre Stimme war so leise, dass ich froh darüber war, wie gut meine Bestie hören konnte.

Ich folgte ihr ohne zu fragen, wie ich es von nun an immer tun würde. Diese Erkenntnis war irritierend und beängstigend, die Bestie hatte sich vollständig auf ihr Kommando eingestimmt. Sie hatte längst entschieden, dass sie Olivia gehörte. Die Bestie hatte sich ihr bereits vollständig hingegeben und das Fehlen der hitzigen Aggressivität in mir war ein echter Schock.

Olivia schloss die Schlafzimmertür hinter uns und führte mich zurück ins Wohnzimmer. Ich hatte keine Ahnung, was sie vorhatte, aber ich war zufrieden damit, ihr die Entscheidungen zu überlassen, solange sie nicht aufhörte, mich anzufassen. Wir konnten schlafen. Wir konnten ficken. Wir konnten die ganze Nacht reden. Ich konnte sie stundenlang im Arm halten und wäre zufrieden. Ich gehörte ihr.

Ich hatte es zuvor schon ausgesprochen und auch so gemeint, aber erst jetzt verstand ich die unausweichliche Realität. Ich gehörte ihr. Sie war nicht meine Gefährtin. Sie gehörte nicht mir. *Ich gehörte ihr.* Ich würde sie beschützen, sie ficken, für sie töten und wieder beschützen. Ich gehörte ihr.

„Komm her, Kriegsfürst."

Sie zog mich zur Couch hinüber und lud mich mit einer Geste ein, neben ihr Platz zu nehmen. Ich lehnte mich in die Kissen und unterdrückte ein Grollen, als sie mir ihre kleine Hand entzog. Ich sollte sie mit meinem Verlangen besser nicht verängstigen. Nun, dafür war es wohl zu spät. Ich war vorhin wie von Sinnen und unersättlich gewesen. Sie wusste, worauf sie sich einließ. Dennoch war sie hier.

Ich konnte sie überwältigen, die Situation kontrollieren, aber ich musste sehen, was sie wollte, was sie begehrte. Sie sollte die Führung übernehmen und ich würde ihr überallhin folgen.

Ich war hier der Schwache, der Bedürftige. Sie war stark. Unabhängig. Sorgte für zwei Kinder, die nicht ihre eigenen waren. Sie arbeitete und versorgte sie.

Allein. Sie war allein. Wie ich.

Die Lichter waren gelöscht, bis auf eine Lampe auf der anderen Seite des Zimmers. Das schwache Licht verlieh ihrem Gesicht einen innigen Glanz, als säße sie an einem nächtlichen Lagerfeuer. „Du bist wunderschön, Gefährtin."

Sie blinzelte langsam, wandte sich aber nicht ab. „Fang nicht wieder davon an, Kriegsfürst. Ich möchte wissen, warum du wirklich hier bist. Wieso bist zu in meinem Haus? Ich bin keine Braut. Du solltest nicht bei mir sein."

Mein ganzer Körper erschauderte, während ich die Bestie zurückhielt. Ohne ihre Berührung fiel es mir schwer, die Kontrolle zu behalten, erst recht, wenn sie solche Sachen sagte. Vielleicht war ich doch nicht so zufrieden wie gedacht. Ein weiterer Schauer überlief mich und meine Kiefer spannten sich an, als ich die Zähne zusammenpresste, um gegen die Verwandlung anzukämpfen.

„Was ist?" Sie runzelte die Stirn und blickte mich fragend an. „Was stimmt nicht mit dir?"

Ich wollte meine Gefährtin nicht anlügen, die Wahrheit war ohnehin sicherer. „Meine Bestie ist nicht glücklich darüber, dass du uns losgelassen hast. Es fällt mir schwer, sie zurückzuhalten."

„Was?" Sie rutschte näher heran und zog ihre süße Nase kraus. „Du willst also meine Hand halten?" Sie nahm meine Hand zwischen ihre beiden kleinen Hände.

„Die Bestie braucht die Berührung, Gefährtin", erklärte ich. „Sie ist nicht menschlich. Ich bin kein Mensch."

Sie lachte kurz auf. „Oh, glaube mir, das weiß ich." Ich hoffte, ihr Ton bedeutete, dass sie amüsiert war, aber solange ihre Hände meine drückten, war ich beruhigt. Die Bestie ebenfalls. „Besser?"

Eine kleine Unwahrheit konnte vielleicht nicht schaden. „Die Bestie wäre ruhiger, wenn du auf meinem Schoß sitzen würdest."

„Ich bin zu breit für ..."

Ich wollte nichts mehr über ihre angeblich zu breiten Hüften hören, daher hob ich sie einfach auf meinen Schoß und lehnte ihren Hinterkopf an meinen Oberarm, sodass sie mich ansehen konnte. Ich wollte ihre Augen sehen, ihre Lippen. Das Heben und Senken ihrer Brüste. *Sie spüren.*

„Oh!" Sie rutschte etwas herum, aber als mein Schwanz unter ihrem prallen Hintern steif wurde, hielt sie still und ihr Atem ging schneller. „Ich schätze, das ist besser."

„Viel besser." Ich legte meine andere Hand an ihren Hals, auf die Wange. Mit dem Daumen strich ich über die Konturen ihrer Lippen. „Du bist perfekt und ich muss dich jetzt küssen."

„Okay."

Ich erstarrte. Wenn ich sie nun küsste wie in ihrem Schlafzimmer, dann würde ich mehr wollen. Ich sagte ihr das.

Sie lächelte. „Ja, das ist mir bewusst. Ich möchte das auch. Du bist tödlich, Wulf."

„Ja, Gefährtin? Oder nicht?"

Anstatt mit Worten zu antworten, ahmte sie meine Gesten nach und strich mir über Hals, Wangen und Lippen. Ihr Blick verdunkelte sich und sie zog meinen Kopf zu sich heran. „Ich glaube, ich brauche auch mehr Küsse."

Ich ließ es zu, dass sie meinen Mund an ihren zog. Als ich ihr so nahe war, dass ich die Hitze zwischen uns spüren konnte, flüsterte sie: „Wir sollten wirklich erst reden."

„Morgen, Gefährtin", versprach ich. „Heute machen wir das hier."

„Ich bin nicht deine ..."

Ich presste meine Lippen auf ihre und wollte ihre Weigerung nicht mehr hören. Sie gehörte mir. Meine Gefährtin. Ich kannte die Wahrheit, ebenso wie meine Bestie. Wir mussten Olivia einfach nur von unserer Hingabe überzeugen und ich wusste nichts, was dafür besser geeignet war, als ihr Lust zu bereiten.

9

ulf

Der Kuss wurde gierig, ich nahm, was sie mir anbot. Ihren Mund. Ihre Zunge. Einfach sie. Wie sie schmeckte, wie sie sich anfühlte, wie sie atmete.

Sie saß auf meinem Schoß, ich hob ihre Beine an, um sie in der Kniekehle streicheln zu können, hinauf zum Oberschenkel, über ihren weichen runden Hintern, die Wölbung ihrer Hüfte, ihrer Taille, entlang ihrer Brust. Ich verschlang sie beim Streicheln, lernte gewissenhaft jedes Detail über ihre weiche Gestalt, genoss die Art, wie ihr Körper sich an meinen anpasste, sich an mich schmiegte, als würde sie leere Stellen mit ihrer Wärme ausfüllen.

„Wulf, die Kinder." Ihr Flüstern war kaum zu hören, aber ich erkannte die Hitze in ihrer Stimme, die Verlockungen des Verbotenen. „Was, wenn sie aufwachen?"

„Dann wirst du eben leise sein müssen, wenn ich dich zum Höhepunkt bringe."

Ihre Antwort war ein durchtriebenes und sehr weibliches Grinsen an meinen Lippen. „Das kriege ich hin."

„Wirklich? Da hast du meiner Bestie eine ziemliche Herausforderung präsentiert. Wir werden sehen."

Sie bewegte sich schnell und setzte sich rittlings auf mich, sodass wir uns anschauten. „Zieh dein Hemd aus", befahl sie. „Ich hatte vorhin keine Gelegenheit, dich richtig anzuschauen."

Ich kicherte, erfreut darüber, dass sie so erpicht darauf war, das zu beanspruchen, was ihr gehörte. Daher zog ich mit einer raschen Bewegung mein Hemd aus. Als ich sie wieder ansah, starrte sie mich wie gebannt an. „Du bist unmöglich real."

Ich blickte an mir herab, um sicherzugehen, dass alles in Ordnung war. Anders als einige andere Krieger der Kolonie hatte ich keine sichtbaren Ergänzungen. Ich hatte reichlich, aber sie waren alle von Haut bedeckt. In mir drin.

„Ich bin sehr real." Ich nahm ihre beiden Hände und legte sie mir flach auf die Brust. Die Hitze ihrer Berührung beruhigte und reizte mich gleichermaßen. „Ich bin real und ich gehöre dir."

Sie schüttelte den Kopf, als sei sie anderer Ansicht, aber ihre kleinen Hände bewegten sich dennoch und ich lehnte den Kopf zurück, um die erste richtige Berührung meiner Frau zu genießen. Die Bestie in mir richtete sich stolz auf, begierig darauf, hervorzukommen und zu spielen, sich ihr zu präsentieren, gestreichelt, berührt und akzeptiert zu werden. Aber ich drängte sie zurück mit einer Rücksichtslosigkeit, die mich selbst schockierte. Die Bestie hatte Olivia bereits gehabt, an der Tür im Testcenter. Die Bestie hatte Olivia bereits gefickt. Sie für sich beansprucht. Dafür gesorgt, dass sie vor uns weggelaufen war.

Jetzt war ich an der Reihe. Ihre Berührung? Gehörte mir.

Ihre kleinen Hände wanderten über mich, ich sog gierig jeden noch so winzigen Blick auf, jedes atemlose Geräusch ihrer Erregung.

„Ich dachte, du hättest Cyborg-Teile, aber ich kann nichts entdecken. Sind die Roboterteile in deinen Beinen? Oder woanders?" Schamröte stieg ihr ins Gesicht und färbte ihre Wangen in hübschem Pink.

Ich schüttelte langsam den Kopf und musterte sie. „Nein, Gefährtin. Ich und ein paar andere wurden nur mit Nanopartikeln verseucht. Die leben in meiner Haut, in meinen Muskeln und in den Knochen. Man kann sie mit bloßem Auge nicht sehen, aber sie machen mich stärker und schneller, sie machen es schwerer, getötet zu werden, sind aber sehr effektiv, um zu töten."

Sie runzelte die Stirn und ließ ihren Blick über meine Brust schweifen. „Unsichtbar?" Sie legte mir eine Hand auf die Schulter und strich über das Fleisch, als fände sie die Vorstellung faszinierend. „Warum? Ich verstehe es nicht. Warum wollte man dich überhaupt verändern? Du bist perfekt. Wieso bezeichnest du dich als verseucht?"

Ich hielt ihren Blick fest, um ihre Reaktion genau beobachten zu können, dann erzählte ich ihr von meiner Schande. Von meinem Versagen. Von meiner Niederlage. Wenn sie damit nicht zurechtkam, wäre sie nicht in der Lage, mich zu akzeptieren. „Ich habe in vielen Schlachten gegen die Hive gekämpft. Zu viele, um sie noch zählen zu können." Ich atmete tief durch und fuhr fort. „Aber in der letzten Schlacht geriet ich gemeinsam mit einer kleinen Zahl von atlanischen Kriegsfürsten in Gefangenschaft."

„Das tut mir so leid." Sie beugte sich vor und küsste mich mitten auf die Brust. Ich rang nach Luft und brauchte einen Moment, bevor ich wieder sprechen konnte.

„Die meisten Atlanen wehren sich gegen die Integrationseinheiten, das sind Wissenschaftler der Hive, die gefangene Krieger zu ihren neuesten Fußsoldaten umfunktionieren."

„Das klingt wie ein Albtraum aus *Star Trek*. Du weißt schon, wie die Borg."

Schon wenige Tage nach meiner Ankunft auf der Erde hatte man mich nach diesen fiktiven Kreaturen befragt und ich hatte mit den primitiven Computern hier recherchiert, worum es sich dabei handelte, worauf sie anspielte. Ich schüttelte den Kopf.

„Nein. Ich habe mir diese Sendung angesehen und das, was du Borg nennst. Die Hive sind weitaus fortschrittlicher. Die fliegen nicht mit würfelförmigen Raumschiffen herum und müssen nicht wie Batterien an eine Ladestation. Die Hive integrieren mit biologischen Mitteln auf zellularer Ebene. Es gibt keine Vorrichtungen, die zusätzlich angebaut werden. Die Hive werden zu dem, was sie in sich aufnehmen, in diesem Fall Kämpfer der Koalition, die in Gefangenschaft geraten sind. So wie ich jetzt Teil der Hive bin. Daher bezeichnet man die Integration der Kämpfer als Verseuchung. Das meiste der Hive-Technologie wird ein Teil von uns. Man kann es nicht entfernen. Man sieht es nicht, aber es ist da."

Sie drückte mir die Schulter. „Tut es weh?"

Von wegen wir müssen nicht reden. So sehr ich mir auch wünschte, ihre Lippen wieder auf meinen zu spüren, sie wollte lieber mehr Erklärungen und ich würde sie ihr geben. Ich würde ihr alles geben.

„Jetzt nicht mehr." Sie musste keine Einzelheiten hören über den schmerzhaften Prozess, bei dem die mikroskopisch kleinen Invasoren über endlose Stunden hinweg in meinen Blutkreislauf eingeführt wurden. Der Schmerz und das Brennen in jeder Zelle meines Körpers, als die Hive mich auf zellularer Ebene in Stücke rissen, nur um mich anschließend mit neuen Teilchen zu heilen. Mit Partikeln der Hive.

„Ich verstehe es immer noch nicht." Ein Runzeln verschandelte den Anblick ihrer schönen Stirn. „Du bist entkommen. Du siehst normal aus. Wieso kannst du nicht nach Atlan zurückkehren? Warum werden all diese Veteranen in diese Kolonie verbannt?"

Ihre Hände wanderten von meiner Schulter zur Taille, die unschuldige Berührung erschien mir von ihrer Seite ganz und gar unbewusst. Meine Bestie fühlte sich jedoch davon verhöhnt und mein Schwanz war so steif, dass ich das Gefühl hatte, gleich zu platzen. Meine Gefährtin saß auf meinem Schoß, die Beine gespreizt, die Stimme und ihre Berührung zart und einladend. Jede Zelle meines Körpers wollte ihr die Kleidung vom Leib reißen und tief in sie eindringen. Aber noch nicht. Noch nicht.

Ich nahm ihre Hände, um sie stillzuhalten und legte sie mir auf das Herz. „Die Technologie der Hive infiltriert auch den Geist. In der Kolonie sind wir vor ihren Kommunikationsfrequenzen geschützt. So wie in den Gebieten, die von der Koalition kontrolliert werden. Wir sind eine Gefahr für unsere eigenen Leute, denn es besteht das Risiko, dass wir wieder in den Einflussbereich der Hive geraten. Daher entscheiden die meisten von uns sich dazu, nicht wieder in die Heimat zurückzukehren."

„Aber du könntest? Wenn du wolltest?"

„Ja. Das ist nun möglich, seit Prime Nial eine Frau von der Erde zur Gefährtin genommen hat. Sie war Soldatin. Sie hat ihn überzeugt, das Gesetz zu ändern, dass unsere Rückkehr in die Heimat das Risiko wert wäre. Prime Nial ist selbst ebenfalls ein verseuchter Krieger."

„Und warum kehrst du dann nicht in die Heimat zurück?"

„Ich bin eine Gefahr für mein Volk, Olivia. Ich wirke im Augenblick vielleicht ruhig, unter deiner Berührung. Aber die Bestie lauert unter der Oberfläche, bereit, jederzeit hervorzubrechen und zu kämpfen oder zu ficken. Ich kann sie nicht immer kontrollieren."

Sie war wieder rot geworden und biss sich auf die Unterlippe. „Ich weiß."

Instinktiv verspannte ich mich. „Hat sie dir wehgetan?"

Sie wurde knallrot, was mich noch besorgter machte. Ich könnte nicht damit leben, wenn ich ihr in irgendeiner Weise etwas angetan hätte.

„Nein."

In mir kicherte die Bestie, als der Geruch weiblicher Erregung all meine Sinne überströmte. Ich ließ ihre Hände los und nahm ihre Taille. Ich brauchte ihre Haut. Das weiche Gefühl an mir. Ich musste meinen Schwanz tief in ihrer feuchten Hitze vergraben. Ich hatte ihr alles erzählt. Sie wusste nun, wer und was ich war, aber sie hatte keine Angst und verließ mich auch nicht. „Macht die Bestie dir Angst?"

„Nein."

Den Göttern sei Dank.

„Ich möchte es wieder mit dir tun, Olivia. Ich will meinen Schwanz in dir vergraben und dir Lust bereiten. Ich brauche das Gefühl deiner Haut. Ich brauche dich. Jetzt."

Sie erschauderte wie bereits zuvor, der Tremor lief von ihren Schultern in die Arme und Beine. Sie richtete sich auf ihre Knie auf und beugte sich vor, um mich zärtlich zu küssen. Dann zog sie sich ein winziges Stück zurück und antwortete mit einem heißen Flüstern an meinen Lippen. „Ja, ich will dich."

Mit einer schnellen Bewegung hob ich sie von meinem Schoß, stellte sie vor mich und zog ihr sämtliche Kleidung aus, bis sie nackt und wunderschön vor mir stand, im schwachen Licht der Lampe. Jede üppige Kurve, jedes Stück blasse Haut, alles war erkennbar. Zuvor hatte ich nicht alles von ihr sehen können. Nur ihre Beine, ihre cremeweißen Oberschenkel und ihre rosige, feuchte Mitte. „Du bist wunderschön, Olivia."

„Schsch." Sie trat einen Schritt nach vorn und legte mir einen Finger an die Lippen. „Zieh dich aus, Kriegsfürst. Wenn ich nackt bin, dann musst du das auch sein."

Mit einem Grinsen hob ich mein Becken von der Couch und zog mir die Hose bis zu den Knien herunter. Schnell entledigte ich mich meiner Schuhe, strampelte mich aus der Hose und zog sie an mich, um sie zu küssen.

Sie schmolz gegen mich, ihre Weichheit war nichts, was ich je in meinem Leben erfahren hatte. Ich hatte gekämpft und gewütet, hatte meine Muskeln und meine Knochen bis zur Schmerzgrenze getrieben, in Kämpfen reiner Willenskraft, aber auch in brutalem Gemetzel von zerstörerischer Kraft. Das hier war vollkommen anders.

Olivia war Weichheit und Hingabe. Alles an ihr umfing mich wie eine warme Decke. Es gab keinen Kampf, keinen Krieg, nur Trost und Lust. Göttliche, weibliche Verführung. Jede Berührung ließ mich nach mehr verlangen. Die Schwere ihrer Brust in meiner Hand, der Duft ihrer feuchten Begierde, die Gier in ihrem Kuss. Wie ihr der Atem stockte und ihr Puls beschleunigte.

Meine Bestie grollte, drohte, sich aufzurichten, es war mir unmöglich, sie zu küssen, sie mit meiner Zunge und mit meinem Schwanz zu ficken und die Kontrolle zu behalten. Ich hob sie an, drehte sie mit dem Gesicht von mir weg und setzte sie wieder ab, mit meinem harten Schwanz unter ihrer feuchten Mitte.

„Was tust du da?", fragte sie und versuchte, mich anzusehen.

Sie protestierte nicht, als ich ihre Beine nach außen schob und mit eifrigen Fingern ihre Pussy öffnete. Ich streichelte zunächst ihre Oberschenkel, neckte sie, genoss es, wie sich ihre Brust hob und senkte, während sie vor Lust keuchte. Ich konnte alles von ihr sehen.

„Versuche, nicht die Kinder zu wecken, Gefährtin", ermahnte ich sie. Endlich war sie nackt und offen und empfänglich.

Ohne eine weitere Warnung zog ich an einer Brustwarze und schob zwei Finger tief in ihre Pussy, rieb mit dem Daumen über ihre Klitoris, bis sie den Rücken durchbog und leise aufschrie.

„Schsch", murmelte ich in ihr Ohr. „Wird es gehen? Soll ich aufhören?"

War diese verspielte Stimme wirklich meine? Ich hatte diesen Ton noch nie gehört, zumindest so lange nicht, dass ich längst vergessen hatte, dass er existierte.

„Hör nicht auf." Sie lehnte sich zurück und drehte den Kopf, um meinen Körper mit ihren Lippen zu erreichen. Ich konnte diese Ablenkung jedoch gerade nicht gebrauchen. Dieser Moment gehörte mir, nicht der Bestie. Wenn die sich hervordrängte, würde ich aufstehen und Olivia gegen die Tür drängen. Gegen die Wand. Würde sie über den Küchentisch beugen und sie rammeln wie das wilde Tier, das sie war. Ich aber wollte sie so wie jetzt. Auf meinem Schoß, die Beine weit gespreizt. Offen. Hingebungsvoll. Jeder Teil von ihr verschmolz mit mir.

„Hebe deine Arme, Olivia. Lege sie mir um den Hals."

Sie tat ohne zu zögern, was ich verlangt hatte und meine Bestie richtete sich stolz auf, weil sie sich uns unterworfen hatte.

Ich bearbeitete ihre Klitoris, glitt mit den Fingern rein und raus, bis sie kurz davor war zu kommen, aber ich ließ es nicht zu. Wieder und wieder brachte ich sie so weit, bis sie sich auf meinem Schoß wand und bettelte.

Mit einem Ohr immer Richtung Kinderzimmer gerichtet – ich würde meine Gefährtin damit aufziehen, sie aber niemals dieser Peinlichkeit aussetzen – hob ich sie an und positionierte ihre feuchte Mitte auf meinem Schwanz.

„Ja. Tu es. Gott. Tu es." Sie zappelte und ich ließ es zu, dass sie sich selbst auf mich senkte, sich dehnen und ausfüllen ließ. Sich vervollständigen ließ.

Als ich ganz in ihr war, umklammerte ihre Pussy mich wie eine Faust. Ich verkniff mir ein Stöhnen, während sich ihr Mund zu einem stummen Schrei öffnete.

OLIVIA

So voll. So eng. So unglaublich eng.

Seine Hände waren überall. Auf

meiner Klitoris. Spielten mit meinen Brustwarzen. Legten sich mir sanft um den Hals, sodass meine versaute Seite innerlich in Flammen stand.

Mein Orgasmus erschütterte mich, als er mich ausfüllte. Dick. Hart. So groß. Ganz mein.

Meine Pussy war noch von vorhin geschwollen, als die Bestie mich gegen die Tür genommen hatte. Und jetzt war er hinter mir, der Winkel seines Schwanzes in mir war direkter, tiefer. Ich war gespreizt wie eine Opfergabe auf seiner Brust und liebte es. Ich war verrückt danach.

Er rammte mit dem Becken nach oben und in mich, einmal. Zweimal.

Die Anspannung nahm zu, ich konnte mein Stöhnen nicht länger zurückhalten, als meine Pussy erneut von Krämpfen erschüttert wurde. Ich dachte, was wir vorher getan hatten, wäre schon unglaublich gewesen, aber das hier … eine völlig andere Seite an Wulf.

„Komm, Gefährtin. Komm auf

meinem Schwanz", befahl er mit einer Hand an meiner Kehle, einer besitzergreifenden Geste, die mich verletzlich machte, gleichzeitig aber auch ein Gefühl der Sicherheit vermittelte. Mit der anderen Hand rieb er meine Klitoris, bis ich wimmerte, während er mich weiterhin fickte. Hart. Schnell. Langsam. Tief.

Ich kam erneut. Meine Pussy war so angeschwollen und empfindlich, dass allein das Zusammenziehen meiner inneren Muskeln mir immer neue Wellen der Lust verschaffte.

„Wulf." Sein Name hing mir auf den Lippen, während seine Hitze an meinem Rücken aufflammte. Meine Pussy pulsierte heftig, die Heftigkeit des Orgasmus ließ meine Zehen verkrampfen, mein Herz raste, bis ich kaum noch Luft bekam. „Wulf."

Ich wusste nicht einmal, was ich wollte. Ich brauchte einfach. Mehr. Weniger. Ihn.

„Gefährtin."

Seine Berührungen wurden sanfter, die heftigen Stöße seines Schwanzes wurden zärtlicher. Umsorgender. Ein Streicheln. War dies Liebe? Fühlte es sich so an, wenn man Liebe machte?

Ich war nie wirklich verliebt gewesen. Nicht ein einziges Mal, daher hatte ich keine Ahnung. Ich wusste nur, dass dies die Erfüllung war, dabei kannte ich ihn gerade erst ein paar Stunden. Er hatte sofort gewusst, dass ich ihm gehörte. War da etwas in mir, ein Instinkt, der wusste, dass er ebenso mir gehörte? War das möglich?

Seine Hände wurden ebenfalls zärtlicher, die groben Hände strichen andächtig über meine Haut. Provozierend langsam. Jede Bewegung war eine zarte, präzise Erkundung.

Ich glitt mit meinen Fingern in sein Haar und hielt mich dort fest, während er meinem Körper huldigte. Sein Schwanz füllte mich mit einem sanften Gleiten, das gern für immer so hätte weitergehen können.

„Wulf." Sein Name klang nun wie ein Gebet und ich war froh, dass er mein Gesicht nicht sehen konnte.

„So weich. So schön. So perfekt. Bei den Göttern." Er stöhnte und sein Schwanz schwoll noch mehr an, während er bemüht war, nicht in mir zu kommen.

„Ja." Ich drückte ihn mit meinen inneren Muskeln, drängte ihn absichtlich näher an den Abgrund seines eigenen Höhepunktes. Ich wollte, dass er dasselbe fühlte wie ich. „Komm in mir."

Mit einem Schauder legte er eine Hand auf meine Klitoris, streichelte erst zärtlich, dann immer schneller, während er gleichzeitig sein eigenes Tempo erhöhte.

Er hielt durch, bis ich erneut explodierte, mein Körper war kurz vor dem endgültigen Zusammenbruch. Ich wusste, meine Pussy würde wund sein, aber das war mir egal. Ich wollte nicht, dass es je endete.

Sein heißer Samen füllte mich und

das Geräusch, das er von sich gab, klang beinahe schmerzvoll. Ich genoss das Wissen, dass er mir gehörte – *mir!* – und dass ich ihm solche Lust bereitet hatte. Ich hatte ihn zu dem gemacht, was er nun war.

Er sagte, er gehörte mir, flüsterte es mir ins Ohr, als wir uns hinlegten, während der Schweiß auf unserer Haut abkühlte und unser Atem wieder gleichmäßiger ging. Kurze Zeit später trug er mich zum Bett und legte sich so neben mich, dass es für uns beide bequem war. Als er mich an sich zog, kuschelte ich mich an ihn, als gehörte er mir. Für heute Nacht würde ich so tun, als wäre es so, auch wenn ich wusste, dass ich ihn nicht behalten konnte.

10

Dieser Tag ... Gott, dieser Tag war wie ein Traum, von Anfang bis Ende. Ich war in Wulfs Armen eingeschlafen. Streng genommen bin ich auf ihm eingeschlafen, weil mein Bett für seine unfassbare Größe zu schmal war. Er schlief in der Diagonale, aber selbst dann hingen seine Füße noch über den Rand. Sein Körper war wie ein Ofen. Die Klimaanlage würde viel zu tun haben. Da wir das

Bett bei unserem wilden Liebesspiel komplett zerwühlt hatten, schliefen wir lediglich mit einer einzigen Decke. Der Rest des Bettzeugs war mit unserer Kleidung überall auf dem Boden verstreut.

Vielleicht lag es an den Orgasmen. Oder es lag daran, dass ich mit Jimmy Steel fertig war. Oder es war Wulfs schützende Umarmung, jedenfalls schlief ich friedlich und fest. Kurz nach sechs rüttelte jemand an die Tür.

„Tante! Wieso ist die Tür abgeschlossen? Ich möchte Saft haben!", rief Tanner.

„Ich auch!", rief Emma gleich darauf.

Ich schrak auf und musste mich orientieren. Ich lag nackt auf einem ebenso nackten Außerirdischen. Nicht die beste Ausgangslage bei Kleinkindern. Sie würden Fragen stellen, sehr viele Fragen. Anschließend würden sie es jedem erzählen, vom Kassierer im Supermarkt bis zu Mr. Zajak am Ende der Straße.

Wulf war nicht in Panik geraten, was vielleicht daran lag, dass er mit dem ungefilterten Geplapper von Kindern nicht vertraut war. Er küsste mich auf den Kopf, dann stand er auf und zog seine Hose an. Ich war kein Morgenmensch, aber ich war es gewohnt, dass die Kinder mich frühzeitig weckten. Ich war immer wieder erstaunt, wie munter die beiden immer waren. Als hätten sich ihre Batterien auf 100 % aufgeladen und sie konnten es kaum erwarten, wieder loszulegen. Ich brauchte mindestens eine Tasse Kaffee, um überhaupt funktionieren zu können.

„Tante!", rief Tanner erneut und rüttelte noch mehr am Türgriff.

Wulf blickte auf mich herab und sein Blick wurde hitzig. Er sagte nichts, sondern ging einfach barfuß und ohne Hemd hinüber zur Tür und öffnete sie. Sein großer Körper versperrte den Kindern den Blick auf mich, wofür ich sehr dankbar war.

„Was ist denn mit dem Saft?", fragte er, duckte sich unter dem Türrahmen hinweg und schloss die Tür hinter sich.

„Wolf! Du bist hier. Schläft Tante noch? Hast du dein Hemd verloren?", fragte Tanner.

Ich hörte sie den Flur entlang gehen, ein Paar schwere Schritte und das Getrappel von zwei weiteren Paar Füßen. Ich nutzte die Gelegenheit und zog mir schnell ein Nachthemd über. Keine Ahnung, wie lange es dauern würde, bis sie hereinplatzten, aber passieren würde es, daher wollte ich wenigstens bekleidet sein. Ich hatte ihnen beigebracht, was eine geschlossene Badezimmertür anging, daher konnte ich wenigstens in Ruhe pinkeln gehen. Aber diese Regel galt bisher noch nicht für das Schlafzimmer.

„Ich habe es verloren." Wulfs Stimme, zwar gedämpft, war aber dennoch leicht zu hören. „Ich denke, wir werden uns wohl auf die Suche danach begeben müssen. Nach dem Frühstück zeige ich euch, wie ein Everianer jagt."

Ich war froh, dass das Haus so klein war und ich ihr Gespräch mithören konnte. Ich wollte wissen, wie Wulf mit den Kindern umging. Bisher hatte ich sie nur auf ihm schlafen sehen. Es war so niedlich, dass ich lächeln musste.

Emma erinnerte sich nicht mehr an ihre Eltern. Sie würde niemals mehr darüber wissen als das, was ich ihr sagte oder was man auf Fotos erkannte. Tanner erinnerte sich an sie, allerdings würden diese Erinnerungen bald verblassen. Außerdem war Greg meistens gar nicht zu Hause gewesen, sondern einen Großteil von Tanners Leben bei Einsätzen im Ausland. Beide hatten keinen männlichen Einfluss in ihrem Leben, daher nahmen sie Wulfs Aufmerksamkeit auf wie Schwämme.

„Was ist ein Verianer?", fragte Tanner.

„Das ist eine Person von einem Planeten namens Everis. Sie sind sehr gut darin, Dinge aufzuspüren."

„So wie verloren gegangene Hemden?"

„Ganz besonders verloren gegangene

Hemden, denn die sind sehr wichtig. Ich kann ohne eines nicht vor die Tür gehen."

„Du würdest einen Sonnenbrand bekommen", erklärte Tanner.

Ich legte mir die Hand auf den Mund, um ein Lachen zu unterdrücken. Den dreien zuzuhören – nun, vor allem Tanner und Wulf, aber ich nahm an, Emma würde jedem ihrer Worte genau folgen – ließ mir das Herz aufgehen. Wie konnte jemand, der so groß war, gleichzeitig so sanftmütig sein? Ich dachte dabei nicht nur an seinen Umgang mit den Kindern, sondern auch mit mir letzte Nacht. Ich wusste, er würde wild und leidenschaftlich sein. Ungezügelt. Und dennoch konnte er beinahe … ehrfürchtig mit mir umgehen.

Ich hörte Schranktüren klappern. „Wo ist denn der Saft?"

„Da!", sagte Emma.

„In dieser großen Kiste? Da ist es kalt drin. Wie interessant."

„Tante!", rief Emma.

„Tante ist müde. Wir drei haben gestern Abend miteinander gespielt, bevor sie nach Hause kam. Und nachdem ihr beide zu Bett gegangen seid, haben Tante und ich noch ein bisschen weitergespielt."

Mir klappte die Kinnlade herunter und ich wurde rot, als ich daran dachte, was genau wir *gespielt* hatten.

„Ich wollte noch weiterspielen", sagte Tanner und ich konnte den schmollenden Unterton in seiner Stimme hören.

„Aber sie war dran mit spielen. Als kleiner Krieger weißt du doch sicher, dass man sich auch mal abwechseln muss."

„Klar weiß ich das", sagte Tanner.

„Ich auch", sagte Emma.

„Gut. Ich bin stolz auf euch. Eure Tante arbeitet hart und braucht heute etwas mehr Schlaf. Wir können Rücksicht darauf nehmen und etwas leiser sein."

Ich habe Wulf nie gesagt, womit ich

meinen Lebensunterhalt verdiene, aber er musste wissen, dass ich für die Kinder sorgte.

„Schsch!"

„Ganz genau, Emma", lobte Wulf. „Schsch." Ich konnte mir vorstellen, wie er sich einen Finger an die Lippen legte, genau wie Emma das oft tat.

Ich ließ mich wieder auf das Bett fallen, schloss die Augen und hörte den dreien zu, während ich mir vorstellte, wie es wäre, wenn ich Wulf für mich haben könnte. Er war ... perfekt. Kinder waren eine Bürde. Eine *echte* Bürde. Typen, die im vergangenen Jahr Interesse an mir gezeigt hatten, konnten gar nicht schnell genug verschwinden, sobald sie erfuhren, dass ich mich um zwei Kinder kümmern musste. Sicher, es mochte auch Männer da draußen geben, die anständig waren und mich mitsamt der Kinder nehmen würden, aber ich hatte bisher keinen gefunden.

Nun, vielleicht doch, mit Wulf. Aber

das waren nur Mädchenblütenträume. Süß, aber vergänglich.

Ich musste wohl wieder eingeschlafen sein, denn ich schrak von dem Geräusch von Getrappel und Geflüster auf. Ich rollte mich auf die Seite, beugte mich über das Bett und blickte in drei Gesichter. Alle drei waren auf Händen und Knien unterwegs und trugen Umhänge. Emma und Tanner hatten ihre Lieblingsdecken unter dem Kinn zusammengebunden. Wulf trug ebenfalls eine, ein Bettbezug mit LKWs, den er offenbar von Tanners Kinderbett abgemacht hatte.

„Tante!", sagte Tanner und blickte vom Boden auf. Er hatte einen Saft-Bart auf der Oberlippe. „Wir sind Verianer!"

Emma sprang auf die Füße und stellte sich grinsend neben ihn.

Ich blickte sie genauer an. Sie trugen Gummistiefel und hatten die Hosenbeine ihrer Pyjamas hineingestopft.

„Sind das die Gardinenbänder aus dem anderen Zimmer?", fragte ich.

Tanner und Emma trugen grüne Bänder als Schärpe. Die passten exakt zu den Vorhängen im Wohnzimmer. An ihren Schärpen waren Notizzettel mit Büroklammern angebracht.

Wulf blieb auf Händen und Knien, was sie alle drei auf ungefähr eine Höhe brachte. Er sah sie mit offener Bewunderung an. Ich hingegen blickte voller Bewunderung auf seinen nackten Oberkörper. Als er mit hitzigem Blick zu mir aufsah, liebte ich die Vorstellung, dass er mit den Kindern so fürsorglich sein konnte, gleichzeitig in intimerem Rahmen aber auch sehr kühn. Wild.

„Olivia, das sind Chefjäger Tanner und Jägerin Emma."

Tanner tippte auf den türkisen Notizzettel. „Das ist mein Jagdgürtel mit meinem Jagdabzeichen. Das ist in Verianisch geschrieben!"

Emma hockte sich hin und griff nach Wulfs Hemd. „Gefunden! Ich bin Jägerin!"

„In der Tat! Du hast es gefunden,

Emma!", lobte Tanner, tätschelte ihre kleine Schulter und reichte Wulf das Hemd. „Warum ist es in Tantes Zimmer?"

Wulf hockte sich auf den Hintern, löste seinen Umhang vom Hals, dann zog er sich das Hemd über den Kopf. Tanner und Emma warfen sich auf ihn und er kitzelte sie, bis sie sich kringelten und quiekten, was sie glücklicherweise Tanners Frage vergessen ließ. Ich lächelte bei dem Anblick. Die drei so zusammen zu sehen, ließ mich vergessen, warum ich nicht seine Gefährtin sein konnte.

―――

ZWEI STUNDEN SPÄTER, nach dem Frühstück, das aus gegrilltem Käse und – auf Wunsch der Kinder – Brokkoli bestand, trugen sie ihre Badeanzüge und rannten im Garten unter dem Sprinkler herum. Wulf und ich saßen auf den Gartenstühlen auf der überdachten Terrasse und sahen ihnen dabei zu. Selbst im Schatten erschien immer wieder Schweiß auf Wulfs Stirn und er wischte ihn sich mit einem Küchenhandtuch weg.

„Ist es heiß in der Kolonie?", fragte ich. Ich war mir nicht sicher, wie er mit der Hitze in Florida zurechtkommen würde.

Er wandte den Blick von den Kindern zu mir. „Man kann die Luft dort kaum atmen, daher leben wir dort unter kontrollierten Bedingungen."

„Ihr geht nicht raus?", fragte ich verblüfft.

„Jede Basis ist unter einer Kuppel untergebracht. In deiner Sprache nennt man es wohl eine Blase. Da ist es nicht heiß. Trion hingegen, ein Planet weit entfernt von der Kolonie, ist teilweise sehr heiß. Wüstenartig und trocken. Dir wird es dort gefallen. Nicht auf Trion – na ja, dir würde es dort vielleicht gefallen, aber ich meinte eigentlich die Kolonie."

Ich griff nach meinem Glas mit Eistee, um Zeit zu gewinnen. Ein Tropfen kalten Kondenswassers fiel auf meinen Oberschenkel. „Ähm, bestimmt würde es das", sagte ich möglichst neutral.

Ich wusste, dass in der Kolonie viele Veteranen von zahlreichen Planeten der Koalition lebten, die Erde eingeschlossen, die zuvor von den Hive gefangen und gefoltert worden waren. Ich wollte ihn nicht beleidigen, indem ich irgendetwas Unpassendes darüber sagte, nach allem, was er und seine Freunde durchgemacht hatten.

„Wenn du meine Handschellen trägst ..."

„Ich kann deine Handschellen nicht tragen ..."

Wir sprachen beide gleichzeitig und verstummten auch gleichzeitig.

Ich seufzte. „Wulf, ich kann nicht deine Gefährtin sein."

Sein Körper war wieder angespannt, nicht so, als wäre die Bestie zurück, aber er war eindeutig unzufrieden mit meiner

Aussage. Ich konnte ihm das nicht verübeln, nicht nach allem, was er mit dem Hive und hier auf der Erde schon erlebt hatte.

„Das sagst du, aber du gibst mir keine Begründung dafür. Ich möchte gern eine hören."

Die Kinder quiekten, während sie über die Wasserstrahlen sprangen, die die Sprinkleranlage herumwarf. Sie waren klitschnass und der Rasen war durchtränkt. Sie hatten Spaß ohne uns, was wirklich gut war, denn Wulf und ich mussten uns dringend unterhalten.

Ich seufzte und trank einen Schluck Tee.

„Tanner und Emma. Sie sind der Grund dafür, dass das nicht geht."

Er runzelte die Stirn und sah zu den Kindern hinüber. Er lächelte leicht, als Tanner sich mit dem Hintern auf den Sprinkler setzte. „Verstehe ich nicht."

„Ich kann nicht weg, nicht mit den Kindern. Es ist verboten."

Er sah mich endlich an und seine

dunklen Augen wirkten verwirrt. „Doch, du kannst."

Ich schüttelte den Kopf. „Nein, kann ich nicht. Die Regeln besagen, eine Frau kann nicht verpartnert werden, wenn sie Kinder hat. Sie darf sie nicht zurücklassen."

„Das würde ich auch gar nicht verlangen. Du gehörst mir." Er nickte in Richtung der Kinder. „Sie gehören mir."

Er wollte die Kinder? Es war eine Sache, wenn die Bestie *Meins* knurrte, wenn es dabei um mich ging, aber die Kinder auch?

Ich öffnete den Mund, um zu antworten, aber er schnitt mir das Wort ab und legte mir eine Hand auf den Oberschenkel.

„Du wirst nicht verpartnert. Du bist meine Gefährtin. Meine Bestie hat dich als solche identifiziert. Daher wirst du meine Handschellen tragen. Die machen dich zu einer atlanischen Gefährtin. Und du, zusammen mit deinem Nachwuchs, gehst dorthin, wo ich hingehe. Ich gehe in die Kolonie zurück."

Ich starrte ihn an, vielleicht um zu sehen, ob er log, aber auch, um seine Worte zu überdenken. „Genevieve und Willow waren Freiwillige."

„Das ist richtig. Aber meine Bestie hat dich erwählt. Sobald du die Handschellen anlegst, nachdem du meinen Anspruch akzeptiert hast, gehörst du mir und ich dir. Nach dem Gesetz hier auf der Erde und in der Koalition wirst du damit zu einer Bürgerin von Atlan. Du wirst meine Gefährtin. Tanner und Emma werden meine Kinder. Meine Familie. Wir können sofort zum Transportraum gehen. Sobald du mir gehörst, gelten die Regeln für Interstellare Bräute nicht mehr für dich. Du bist die Gefährtin eines atlanischen Kriegsfürsten. Wir lassen unsere Frauen und Kinder nicht zurück. Niemand würde wagen, das zu verlangen."

„Niemals?"

„Niemals. Meine Bestie würde eine

Armee der Hive vernichten, um dich und die Kinder zu beschützen."

Ich starrte ihn an. Und starrte. Ich hörte den Lärm der Kinder im Hintergrund, aber ich konnte mich nicht darauf konzentrieren. Um mit Wulf zusammen zu sein, musste ich lediglich die Paarungshandschellen anlegen und wir alle drei konnten von der Erde verschwinden?

„Einfach so?", fragte ich.

„Ja, es ist so einfach."

Er stand auf, als wollte er sich sofort auf den Weg machen.

„Was ist mit der Show?", fragte ich.

Er knurrte und setzte sich wieder hin. „Die hatte ich vergessen. Die haben meine Paarungshandschellen. In New York."

Ich runzelte die Stirn. „Haben sie die als Geiseln genommen?"

„Ich weiß nicht, was der Begriff außerhalb einer Schlacht bedeutet, aber sie haben sie, damit ich sie dir während der

Livesendung geben kann. Aufseherin Egara sagte, das diene der Werbung."

Ich konnte ein Lachen nicht unterdrücken. „Natürlich, sie brauchen ein Happy End."

Ich würde eines bekommen. Ein Schauer erfasste mich und gleichzeitig bekam ich Angst. Es bedeutete nichts anderes, als mit einem Außerirdischen, den ich kaum kannte, zu einem weit entfernten Planeten abzuhauen. Sicher, ich hatte vorgehabt, mich für das Freiwilligenprogramm zu melden, aber da hatte auch kein echter, lebendiger, atmender, umwerfender Außerirdischer vor mir gestanden. Ich musste an die Kinder denken. Würden sie im All glücklich werden? Ich fragte ihn.

„Die Kinder? Glücklich?", fragte er. „Natürlich. Es gibt inzwischen einige Kinder in der Kolonie. Sie alle haben Mütter von der Erde wie dich. Und sie sind alle in einem ähnlichen Alter. Sie werden Freunde finden, sie sind unter

Aufsicht und werden von der gesamten Basis beschützt."

Seine Hartnäckigkeit besänftigte meine Bedenken, aber dennoch ... es war eine Sache, Urlaub in einem entfernten Land zu machen, aber hier ging es darum, ein neues Leben auf einem anderen Planeten anzufangen. Ich wäre mit Wulf zusammen und das ... wollte ich tun. Mein Bauchgefühl sagte nicht nein. Sogar ganz im Gegenteil. Mein Kopf war es, der mir einredete, ich sei verrückt.

„Mal abgesehen davon, dass du meine Handschellen trägst, muss ich diesen Planeten auf positive Weise verlassen, damit sich mehr Freiwillige melden, um mit Männern in der Kolonie verpartnert zu werden. Das war von Anfang an der Zweck des Programms und der Grund, warum ich herkam. Ich werde dafür sorgen, dass es richtig gemacht wird, daher muss ich nach New York, um an diesem Interview teilzunehmen. Aufseherin Egara hat mir mitgeteilt, dass wir Kuhaugen machen müssen. Was auch immer das ist."

Ich brach in lautes Gelächter aus. „Müssen wir das auf der Bühne machen?" Mein Mund war plötzlich ganz trocken und ich nahm einen großen Schluck Tee. Ich wünschte, es wäre etwas Stärkeres, mit einem ordentlichen Schuss Alkohol drin. Kuhaugen machen und Paarungshandschellen? Die Sache wurde immer verrückter.

„Ja, wir. Die Show dreht sich nun um uns beide. Wie meine Bestie dich erwählt hat. Wie wir ... zusammenpassen und dem letztendlich mit den Paarungshandschellen Ausdruck verleihen. Die Finalistinnen werden auch da sein. Man nennt das wohl eine Enthüllungsstory, aber ich weiß nicht, was das bedeutet."

„Oh Gott." Ich schloss die Augen, als ich an all die Realityshows denken musste, wo vor allem schmutzige Wäsche gewaschen wurde. Das war manchmal ziemlich übel. Das hieß ... Gott, sie waren wahrscheinlich in diesem Augenblick damit beschäftigt, Dinge über mich auszugraben. Wie meine Familie. Greg. Und …

„Das ist keine gute Idee", sagte ich.

„Warum nicht?"

Ich erklärte ihm, was eine Enthüllungsstory war, wie Chet Bosworth wahrscheinlich jedes winzige Detail aus unserem Leben mit der ganzen Welt teilen und zerpflücken würde. „Hast du irgendwelche Geheimnisse, die du lieber nicht teilen würdest?", fragte ich ihn.

Er saß still da und dachte nach. „Ich bin vor ein paar Jahren mit einer freiwilligen Braut von der Erde zusammengeführt worden, das war, bevor die Erde Mitglied in der Koalition wurde. Sie gehörte zu einem Erkundungsteam, um das Programm kennenzulernen, bevor eure Regierung der Erdbevölkerung die Wahrheit darüber mitteilte."

„Was?" Die Aufregung, vielleicht mit ihm zusammen zu sein, schrumpelte in sich zusammen wie Blüten an einem verdorrten Stängel. Er war bereits verpartnert. Hatte er sie auch an eine Tür gedrängt und sie genommen, so wie mich? „Wo ist sie denn jetzt?", fragte ich leise. „Ist sie gestorben?"

Seine Augen wurden groß. „Gestorben? Nein. Ich denke, sie lebt und ist gesund. Verheiratet, wie ihr hier auf der Erde es nennt. Sie hat mich und die Bestie nach neunzehn Tagen der Probezeit zurückgewiesen. Sie meinte, sie hätte einen Fehler gemacht, es gäbe einen Mann auf der Erde, den sie liebte, und daher könnte sie nicht meine Gefährtin werden."

Was? Es gab eine Frau, die Wulf nicht wollte? Und sie waren durch das Testprogramm zusammengeführt worden? Die Wahrscheinlichkeit, dass das Programm sich irrte, war unter einem Promille. Wulf hätte größere Chancen, den Powerball-Jackpot zu gewinnen, als eine getestete Partnerin zu finden, die ihn zurückwies.

Aber dennoch war es so.

„Nun, das tut mir leid. Das muss sehr

schmerzhaft für dich gewesen sein."
Diese Frau, wer auch immer sie war, war eine Idiotin.

„Sie ist mein einziges Geheimnis und nicht sehr aufregend."

„Hast du ihr nicht deine Handschellen gegeben?" Ich fragte mich, ob die atlanischen Armbänder, die ich auf der Bühne gesehen hatte, vielleicht schon gebraucht waren.

„Sie hat mich zurückgewiesen. Sie war nicht meine Gefährtin. Keine Handschellen. Was Ruth angeht – so heißt sie – ist sie die einzige Information, die sie finden werden. Der Rest hat mit meiner Dienstzeit zu tun, mit meiner Gefangenschaft ..., nichts, was zu erwähnen sich lohnen würde."

Mir klappte die Kinnlade herunter. „Dein Dienst in der Koalition ist mit Sicherheit erwähnenswert. Du bist ein tapferer Kriegsfürst. Du hast die Hive überlebt, auf mehrere Weisen. Das muss man anerkennen und respektieren."

Er lächelte schwach, sagte aber

nichts. Er war bescheiden.

„Wolf, guck mal! Ich bin ein Elch!" Tanner sprang durch den Wasserstrahl, aber wie er darauf kam, dass er einem Elch ähnelte, verstand ich nicht.

„Und du, Olivia? Was für Geheimnisse verbirgst du?"

Ich machte große Augen. „Ich ... also ..."

„Wo warst du in der vergangenen Nacht? Lucy glaubt, du bräuchtest meine Hilfe."

Ich schürzte die Lippen, angesichts meiner geschwätzigen Freundin.

„Ich kann nicht darüber reden", sagte ich wahrheitsgemäß. Jimmy hatte gedroht, den Kindern etwas anzutun, wenn ich jemals darüber redete. Ich mochte meine Schulden bei ihm abgearbeitet haben, aber er war immer noch ein übler Bursche – was eine totale Untertreibung war – und ich zweifelte nicht daran, dass er sich Tanner und Emma vorknöpfen würde, wenn ihm danach war.

„Du kannst nicht? Oder willst du nicht?", fragte er.

Ich hasste es, dass er so aufmerksam war.

„Ich kann nicht", erwiderte ich. Ich rutschte in meinem Stuhl herum und verschränkte die Arme vor der Brust.

Er strecke den Arm aus, packte meinen Stuhl und zog ihn über den Beton bis neben seinen, sodass unsere Knie aneinanderstießen. Dann sah er mich an. Sein Blick hielt meinen gefangen.

„Das heißt, es gibt einen Grund, der dich davon abhält. Was für ein Grund ist das?"

Ich leckte mir über die Lippen. Er folgte der Bewegung mit seinem Blick. Über ein Jahr lang hatte ich niemandem von Jimmy Steel erzählt. Von Gregs Schulden. Nicht einmal Lucy. Dabei hatte ich es so oft gewollt. Ein intensiver Blick eines Außerirdischen und ich hatte meine eigene kleine Enthüllungsstory, hier in meinem Garten.

„Weil jemand den Kindern etwas antun wird, wenn ich darüber rede."

Wulfs Kiefer spannten sich an, was mich an einen Alligator denken ließ. Die ganze Kraft wartete nur darauf, entfesselt zu werden.

„Wer wagt es, meine Kinder zu bedrohen?" Dieses eine Wort war wie ein Peitschenhieb, schneidend und rücksichtslos.

Ich atmete tief durch und wollte noch einen Moment warten. Vielleicht würden die Kinder uns mit einer erneuten Elch-Nummer ablenken.

„Olivia Mercier. Ich muss wissen, wer Tanner und Emma wehtun will, damit ich denen den Kopf abreißen kann."

Ich konnte nur lachen. Laut. Zum ersten Mal fand ich Jimmy Steel zum Lachen. Es war so lustig, dass mir Tränen über die Wangen liefen, die dann aber zu Schluchzern wurden. Er hatte es nicht lustig gemeint und das war Grund genug zum Heulen.

Ich schlug die Hände vor das Gesicht

und wurde plötzlich hochgehoben und auf Wulfs Schoß platziert, in seinen Armen. Ich heulte und heulte.

„Was ist mit dir, Tante?", fragte Tanner. „Hast du ein Aua?"

„Sie hat ein inneres Aua, Tanner."

„Küss es, damit es weggeht", sagte er.

„Werde ich tun", versprach Wulf. Ich werde auf eure Tante aufpassen, während ihr beide im Wasser planscht. Zeig mir noch mal diesen Elch, von dem du gesprochen hast. Ich kenne das nicht."

Ich hörte die Kinder jauchzen und planschen, während ich mit dem Gesicht über Wulfs feste Brust rieb und versuchte, den Tränenfluss zu stoppen. Ich hörte schließlich auf zu weinen, als ich keine Tränen mehr übrighatte. Er hatte nichts weiter getan, als mir mit seiner großen Hand geduldig über den Rücken zu streicheln.

„Ein Gift muss vom Körper ausgeblutet werden. Menschenfrauen, denen ich in der Kolonie begegnet bin, machten es wie du. Sie weinten lange."

Ich kannte die Frauen auf seinem Planeten nicht, aber ich ging davon aus, dass ich wahrscheinlich gut mit ihnen auskommen würde.

Ich schniefte und blickte zu ihm auf. Er war so groß und gutaussehend. Rau. Wild. Dennoch hielt er mich fest, als wäre ich das Kostbarste auf der Welt.

„Bist du jetzt in der Lage, mir zu erzählen, wer die Kinder bedroht?"

Ich wischte mir mit den Fingern über die Wangen. „Jimmy Steel."

„Warum ist er so eine Bedrohung?"

„Er dealt mit Drogen. Hat Prostituierte. Betreibt Glücksspiel. Alles, was übel ist. Mein Bruder Greg hat ihm Geld geschuldet."

Ich spürte, wie er sich unter mir anspannte, aber er bewegte sich nicht.

„Wenn dein Bruder ihn bezahlt, warum bedroht dieser Jimmy Steel dann dich?"

„Mein Bruder ist vor einem Jahr gestorben, seine Frau ebenfalls. Die Kinder sind seine. Ich wurde ihr Vormund. Ich habe die Kinder aufgenommen, aber Jimmy Steel war der Ansicht, ich müsste auch Gregs Schulden übernehmen."

„Wie?"

Ich blickte zu den Kindern, die unschuldig spielten.

„Ich war Drogenkurier. Das ist jemand, der verbotene Drogen von einem Ort zum anderen bringt."

„Ich weiß Bescheid. Quell ist in allen Raumhäfen des Universums verbreitet."

Ich hatte noch nie von Quell gehört, aber es war keine Überraschung, dass es im All dieselben Probleme gab wie hier auf dem kleinen Planeten Erde.

„Gestern Abend war meine letzte Übergabe. Wir hatten uns auf eine bestimmte Summe geeinigt, die ich zu zahlen hatte, der Rest sollte in Form von Kurierdiensten abgeleistet werden. Ich habe meinen Teil erfüllt und Gregs Schulden sind nun abgegolten."

Wulf seufzte. „Ich bin froh, dass du nun nichts mehr mit ihm zu tun hast. Befürchtest du, dass es bei der Enthüllungsstory in New York erwähnt werden könnte?"

Ich zuckte mit den Achseln. Erst jetzt fiel mir auf, dass ich auf seinem Schoß saß. Bequem, umfangen. Behütet. Wenn mir jemand Jimmy Steel vom Hals halten konnte, dann Wulf. Die Vorstellung, er wäre am Vorabend mit mir gekommen, ließ mich auflachen. Das Gesicht des Türstehers an der schmierigen Bar hätte ich zu gern gesehen.

„Meine Familie wird man sicher auch erwähnen. Die ist nicht nett. Ich habe mit denen nichts mehr zu tun, aber ich weiß nicht, ob der Produzent die ausfindig gemacht und vor laufender Kamera zum Reden gebracht hat."

„Mir wäre es egal, was da geredet wird oder wie die Leute auf der Erde darauf reagieren."

„Was ist mit den anderen Kämpfern? Würde es ihre Chancen auf eine Gefährtin nicht mindern?"

Er küsste mich oben auf den Kopf. „Ich nehme an, dass andere Frauen auf der Erde auch Geheimnisse haben und deine Lage gut nachvollziehen könnten."

Ich musste lachen. „Ich bezweifle, dass alle Frauen Schulden bei einem Drogenbaron abzahlen müssen."

„Ich werde dich und die Kinder beschützen. Das ist jetzt meine Aufgabe. Die Kinder kommen mit uns nach New York. Eine Trennung kommt nicht infrage."

Eine Trennung kommt nicht infrage.

„Erst recht, wenn du meine Handschellen an den Armen trägst."

Mein Gott, diese Worte. Er hielt mich fest, während wir den Kindern zuschauten, und ich fragte mich, ob ich mich überhaupt von seinem Schoß herunterlassen würde. Mir wurde bewusst, dass ich damit zufrieden war, genau hier zu sitzen. Und diese Handschellen? Auf diese Art an ihn gebunden zu sein? Vielleicht war es verrückt, aber ich wollte das. Ich wollte ihn.

11

ulf, New York City

UND ICH DACHTE, das Wetter in Florida wäre übel gewesen. Ich dachte, Chet Bosworth wäre übel gewesen. Ich hatte sogar gedacht, dieses Flugzeug der Menschen wäre übel gewesen. Aber nichts, absolut nichts hatte mich auf New York City vorbereiten können.

Ich war auf Atlan aufgewachsen. Ja, es gab eine zahlenmäßig große Bevölkerung dort und auch große Städte, aber meine Güte.

Die Gebäude reichten bis in den Himmel. Es gab nichts Grünes. Keine Bäume. Pflanzen. Blumen. Jedenfalls entdeckte ich keine. Es war stattdessen voller Menschen. Lärm. Es gab so viel zu sehen, dass mir der Kopf schmerzte. Man hätte mir darüber nichts erzählen können, was ich tatsächlich geglaubt hätte. Ich bekam Platzangst auf dem Gehweg, dabei war ich einen Kopf größer als alle anderen. Ich konnte in die Ferne sehen und wusste, das würde noch endlos so weitergehen.

Die Show hatte uns ein Fahrzeug geschickt, das uns vom Flughafen abholte. Ich würde lieber nicht über diese Erfahrung reden. Fliegen. Als ob! Die Menschen hatten ja keine Ahnung, wie *echte* Luftfahrt aussah. Dieses Bodenfahrzeug hingegen hatte eine enorme Beinfreiheit, besser als bei allen anderen Bodenfahrzeugen, denen ich im All begegnet war. Ich konnte meine Beine ausstrecken, ohne jemanden zu berühren. Ein kleines Wunder.

Die Kinder waren mitgekommen, inklusive sogenannter Kindersitze, die für ihre Sicherheit während der Reise bürgen sollten. Außerdem eine Windeltasche für Emma, eine Tasche mit Spielsachen für beide Kinder, um sie zu beschäftigen, ein Koffer für ihre Kleidung, außerdem Getränke und Snacks. Ich hatte keine Ahnung, dass so kleine Menschen so viele Dinge benötigten. Gut, dass das Fahrzeug so groß war und alles unterbringen konnte.

Lucy war ebenfalls bei uns. Sie war so aufgeregt, dass ich mir nicht vorstellen konnte, sie hätte Olivia die Bitte abschlagen können. Sie war bereit, sich um Tanner und Emma zu kümmern, während wir auf Sendung waren. Ich war beruhigt, denn ich wusste, sie kümmerte sich gut um die Kinder und würde sie während meiner Abwesenheit beschützen. Der Produzent hatte verlangt, die Kinder ebenfalls in die Sendung zu bringen, aber Olivia hatte es rigoros abgelehnt, Tanner und Emma in irgendeiner Weise zu präsentieren. Sie meinte, es wäre eine Sache, Bilder von uns beiden überall auf der Welt zu zeigen, aber die Kinder hatten nicht darum gebeten, Teil davon zu sein, und sollten daher anonym bleiben.

Das Fahrzeug brachte uns zunächst in ein Hotel, wo ein Vertreter der Show uns empfing und Lucy, Tanner und Emma zu ihrem Zimmer begleitete. Olivia hatte die Kinder geküsst und umarmt und ihnen nachgewunken, als sie an Lucys Hand das Gebäude betraten.

„Du machst dir keine Sorgen darüber, dass ihr getrennt werdet?", fragte ich und blickte auf die große Drehtür am Eingang. Leute wuselten eilenden Schrittes um uns herum, als hätten sie dringende Verabredungen. Ich zog Olivia an mich. Es wäre leicht, jemanden in diesem Chaos aus den Augen zu verlieren und dies war der letzte Ort, an dem ich meine Bestie freilassen sollte.

Damals wusste ich noch nicht, was sie meinte, aber jetzt schon.

„Lucy wird auf sie aufpassen", sagte sie zuversichtlich. „Sie werden einchecken und direkt in die Suite gehen, die man für uns reserviert hat. Die Kinder waren die ganze Zeit furchtbar aufgekratzt, sie sind bisher noch nie geflogen. Ich bin mir sicher, sie werden direkt einschlafen, nachdem sie eine Weile auf den Betten herumgesprungen sind."

Ich blickte stirnrunzelnd auf sie herab und sie lachte. „Es macht Spaß." Der Klang und ihr Optimismus besänftigten meine Bestie. Seit sie sich mir wegen dieses Drogendealers anvertraut hatte, wirkte sie deutlich entspannter. Ich aber nicht. Ich wollte diesen Mistkerl schnappen und meine Bestie eine Weile mit ihm beschäftigen. Aber es würde keine Rache geben. Ich würde sie und die Kinder lieber von diesem Planet weg und in Sicherheit bringen.

Die Erde war so ein primitiver Planet, mit zu vielen selbstsüchtigen, bösartigen Menschen.

„Ist schon gut", sagte sie und riss mich aus meinen Gedanken. „Komm. Willst du die Handschellen nicht mehr?" Ihre Worte waren spöttisch gemeint, aber sie erinnerten mich dennoch daran, weshalb wir hier waren. Zwar war Olivia an meiner Seite, aber unsere Beziehung gehörte noch nicht uns allein und würde es auch nicht, bis dieses ... Enthüllungsprogramm vorbei war und ich ihr die Paarungshandschellen angelegt hatte. Allerdings würde das Paarungsfieber nicht verschwinden, bis meine Bestie sie ausreichend beansprucht hatte. Gegen eine Wand, ihre Hände über dem Kopf, mein Schwanz tief in ihr vergraben, während ich sie hart nahm, bis sie schrie.

Ich knurrte, denn ich wusste, ich würde das nicht bekommen, bis wir diesen verdammten Planeten verlassen hatten und in der Kolonie waren. Mein Schwanz war hart und ich musste mich neu ausrichten, damit diese Hose nach irdischer Mode nicht unbequem wurde.

Ihre Worte und der Gedanke daran, ihre Pussy für mich zu beanspruchen brachten mich in Bewegung. Ich fasste sie sanft am Arm und zog sie mit ihr, zurück zu dem großen Fahrzeug. Sobald die Tür geschlossen war, krabbelte sie auf meinen Schoß und setzte sich rittlings darauf, um mit ihrer Mitte über meinen harten Schaft zu reiben.

Der Fahrer war hinter einer dunklen Scheibe verborgen, wir hatten also unsere Privatsphäre. Der Lärm und das Getöse draußen drang nicht hinein. Wir waren allein.

Wir hatten gestern Nacht das Bett geteilt, aber nur für wenige Stunden. Tanner war hereingekommen, weil er ein Glas Wasser haben wollte, entschied sich aber dann, bei uns schlafen zu wollen. Der Junge war zwar noch klein, aber er musste lernen, allein zu schlafen. Daher erklärte ich ihm, dass Krieger in ihren eigenen Betten schliefen und es endete damit, dass ich neben seinem Bett auf dem Boden im Kinderzimmer schlief, um sicherzustellen, dass er sein Bett nicht mehr verließ.

Olivia nahm mein Gesicht in ihre kleinen Hände. „Ich kann nicht glauben, dass ich das wirklich sage, erst recht, da ich dich erst seit so kurzer Zeit kenne, aber ich habe dich letzte Nacht vermisst." Sie biss sich auf die Lippe und ich zog sanft mit dem Daumen das üppige Fleisch zwischen ihren Zähnen heraus. „Du hast mir nur einen Orgasmus beschert."

Das Lächeln auf ihrem Gesicht deutete an, dass sie eine verspielte Seite an sich hatte, die meine Bestie und ich gleichermaßen mochten. Mein Schwanz pulsierte, als ich an den Orgasmus dachte, den ich ihr besorgt hatte. Ich legte meine Hände auf ihren runden Hintern, dann ließ ich sie über ihre Oberschenkel gleiten, zum Saum ihres Rockes, dann wieder zurück. Aber dieses Mal unter dem Stoff, sodass ich die nackte Haut und die Seide ihres Höschens zu fassen kriegte.

„Dann sollst du jetzt einen zweiten Orgasmus bekommen." Ich schob meine Finger unter den dünnen Stoff, zu ihrer Mitte hin. Feucht, heiß und bereit für mich. Ich mochte sie vielleicht nicht für mich beanspruchen können, bis wir in der Kolonie waren, aber ich konnte sie in diesem Fahrzeug wenigstens befriedigen.

„Hier?", fragte sie und schloss die Augen.

Meine Finger glitten mit Leichtigkeit in ihre enge Pussy. Oh ja, sie würde mit einem lustvoll erhitzten Gesicht vor die Kamera gehen. Lust, die ich ihr bereitet hatte. „Hier. Jetzt."

―――

OLIVIA

. . .

Ich war es gewohnt, in einem Fernsehstudio zu stehen. Ich war für Haar und Make-up zuständig. Ich kannte auch die Hektik einer Fernsehshow. Aber ich war bisher immer hinter der Kamera aktiv gewesen. Niemand hatte auf mich geachtet. Jetzt aber fragte ich mich, ob mir wohl jeder ansehen konnte, dass ich gerade auf dem Rücksitz einer Limousine gekonnt mit den Fingern gefickt worden war. Die Leute, die mein Gesicht und mein Haar machten, sagten glücklicherweise nichts dazu, dass ich einen sehr befriedigten Gesichtsausdruck hatte.

Jetzt war ich auf der Bühne, in einem der hübschen Outfits, die man für die Bewerberinnen hergestellt hatte, und alle Kameras waren auf mich gerichtet. Sicher war Wulf die Hauptfigur dieser Show, aber ich war immerhin der Grund, warum er zur Bestie geworden war. Alle wollten mehr über mich wissen.

Das Set war nicht so ausgestattet wie bei der Originalshow in Florida. Wir saßen auf langen Sofas auf einem Podium. Ich hatte das Programm schon einmal gesehen und wusste, dass man immer mehrere Gäste gleichzeitig interviewte.

Hinter uns war derselbe Glaskasten ausgestellt wie in Florida, mit einem Scheinwerfer auf die Handschellen gerichtet. Eine sichtbare Erinnerung daran, worum es in dieser Sendung eigentlich ging.

Außer Wulf und mir war auch Chet Bosworth anwesend. Er schien sich von dem zerstörten Mikrofon erholt zu haben, denn sobald an der Kamera das rote Licht anging, grinste er und gab wirklich alles.

„Leute, wer hätte gedacht, dass wir heute hier sein würden? Die Bachelor-Bestie hat ihre Schöne gefunden, aber anders als erwartet. Natürlich ist der Bachelor kein Mensch und daher ziemlich unberechenbar. Dennoch können wir alle offenbar nicht genug von unserer atlanischen Bestie und der Frau, die er erwählt hat, bekommen. Bitte heißt mit mir willkommen: Kriegsfürst Wulf und Olivia Mercier!"

Das Live-Publikum klatschte und jubelte.

Sein Gesicht wurde ernst. „Ich muss gestehen, Kriegsfürst, dass dein Verhalten in der letzten Sendung ziemlich ... heftig war."

Wulf saß neben mir, er trug eine dunkle Anzughose und ein weißes Hemd. Ich fragte mich, ob sie wohl für ihn maßgeschneidert waren. Er sah gut darin aus, als hätte er einen Smoking an, aber es war, als versuchte man, einer Katze ein Kleid anzuziehen. Wulf war ein Kriegsfürst, kein Mensch, und er würde auch nie einer sein, egal, was er trug.

Wir saßen also nebeneinander, in schrägem Winkel zu Chet.

Wulf sah mich an und lächelte. Er nahm meine Hand und hob sie an seine Lippen. Die Geste war süß und wirkte gestellt. Gab er sich Mühe, damit er schnell die Handschellen bekam, weitere Freiwillige animierte, sich zu melden, um dann sofort von hier zu verschwinden?

„Ich habe meine Gefährtin gefunden."

„Ist das nicht süß, Leute?" Das Publikum applaudierte. „Ein Mann weniger Worte."

Chet wandte sich an mich. „Erzähl uns alles über dich, Olivia."

Ich wischte mir die verschwitzten Hände am Rock ab und lächelte. „Nun, ich war für das Make-up in der Show angestellt. Ich habe mir die letzte Episode angeschaut und, wie alle gesehen haben, hat Wulf mich dabei ... entdeckt."

Er beugte sich vor. „Jede Frau auf der Welt will wissen ..., wie war er?"

Mir klappte die Kinnlade herunter und ich starrte ihn an.

„Das Erröten sagt doch alles!", flötete er. Das Publikum lachte und ich wäre am liebsten von der Bühne gerannt. „Du hast dir viele Feinde damit gemacht, als du dir Wulf geschnappt und damit seine Tage als Junggeselle beendet hast. Team Genevieve und Team Willow sind gleichermaßen enttäuscht, da beide Bewerberinnen von Anfang an offenbar chancenlos waren."

„Beide Frauen sind sehr schön. Sie haben es verdient, den richtigen Partner zu finden."

„Die Frage ist, denken sie, dass du deinen verdient hast? Wir werden es erfahren!"

Chet stand auf und die Menge applaudierte.

„Bringt Genevieve und Willow auf die Bühne, die beiden verschmähten Finalistinnen der Show."

Oha. Ich hatte genug Talkshows gesehen, um zu wissen, was Chet vorhatte. Reality TV liebte es, Leute gegeneinander aufzuhetzen, Konflikte zu beschwören und den Zuschauer zu zwingen, für eine Seite Partei zu ergreifen. Liebe und Hass sollten sich die Waage halten. Ich hatte keine Lust auf eine Schlammschlacht auf der Bühne. Oder, um es mit Chats Analogie zu sagen, ich hatte kein Pferd im Rennen. Es war nicht meine Schuld, dass Wulf sich für mich entschieden hatte. Ich hatte ihn den beiden Frauen ja nicht *absichtlich* weggenommen.

Er. Hat. Mich. Gewählt.

Die Frauen betraten die Bühne, winkten und lächelten in die Kamera. Statt schicker Kleider wie sonst, trugen sie nun hübsche, lässige Outfits. Das Make-up war perfekt und ich fragte mich, wer das gemacht hatte. Kein greller, pinker Lippenstift in Sicht. Sie setzten sich nebeneinander auf Chets andere Seite, sodass er in der Mitte zwischen uns saß.

„Willkommen, Ladys. Ich bin sicher, ihr beide standet in den letzten paar Tagen ziemlich unter Schock. Ich meine, ihr hattet beide eine 50–50 Chance, von Wulf gewählt zu werden. Die Handschellen zu bekommen. In die Kolonie gebracht zu werden, um Wulfs kleine Welpen aufzuziehen."

Die Menge lachte und ich bemühte mich, nicht mit den Augen zu rollen.

Genevieve ergriff als Erste das Wort. „Ja, ich war überrascht. Olivia hat seit der ersten Folge mein Make-up gemacht, daher haben wir uns ein wenig kennengelernt. Es ist schön, dass sie jemanden gefunden hat, der mit ihr mit so einer … Leidenschaft zusammen sein will. Ich freue mich für sie."

„Das ist alles? Keine gehässigen Gefühle?" Chets Blick richtete sich nun auf Willow.

Sie lächelte, der makellose Gesichtsausdruck bei einem Schönheitswettbewerb. „Für Olivia? Es ist doch offensichtlich, dass sie zusammengehören. Ich möchte nicht mit einem Mann zusammen sein, von der Erde oder von sonst wo, der nicht zu mir gehört."

Chet sah ein wenig enttäuscht darüber aus, dass sie nicht empört waren.

Genevieve nickte. „Sehe ich auch so.

Ich möchte das, was die beiden haben, aber mit einem Atlanen für mich allein." Sie wackelte vielsagend mit den Augenbrauen und grinste, was das Publikum zum Johlen und Pfeifen brachte.

„Soll das heißen, dass du dich freiwillig für das Bräuteprogramm meldest?", fragte Chet.

„Auf jeden Fall."

„Und du, Willow?"

„Ich freue mich für Wulf und Olivia. Ich bin bereit, einen Gefährten für mich zu finden. Ich werde mich auf jeden Fall freiwillig melden, ganz gezielt für die Kolonie."

Was ist mit dir, Genevieve? Wirst du auch einen Atlanen wählen?", hakte Chet nach.

Sie zuckte mit den schmalen Schultern. „Ich schätze, das entscheiden die Tests für mich."

Chet schwang herum und blickte direkt in die Kamera. „Wo wir gerade von Tests sprechen: Ich habe herausgefunden, dass eine der Personen hier auf der

Bühne bereits getestet und mit jemandem zusammengeführt wurde."

Aus der Menge hörte man Getuschel. Willow und Genevieve sahen einander an. Aus dem Augenwinkel sah ich, wie Wulf sich anspannte. Kaum merklich.

„Kriegsfürst Wulf, erzähle mir doch von dem Testergebnis vor einigen Jahren. Wir haben herausgefunden, dass du bereits eine Interstellare Braut hattest, nicht wahr?"

Leute schnappten nach Luft und das Getuschel wurde lauter.

„Es wurde eine Übereinstimmung festgestellt, ja", sagte Wulf.

Chet nickte wie ein Wackeldackel. „Bitte erzähle uns doch mehr darüber. Ich bin sicher, alle wollen es wissen."

„Eine Braut kam von der Erde für die 30 Tage während Probezeit", erklärte Wulf in neutralem Ton. „Während dieser Zeit hat sie sich entschieden, zur Erde zurückzukehren. Das ist alles."

„Du machst nicht den Eindruck eines Außerirdischen, der gut mit Zurückweisungen umgehen kann. Wenn ich mich recht erinnere, bedurfte es da eines Beruhigungsmittels." Chet wandte sich wieder direkt zur Kamera. „Bedauerlich für dich. Wie dem auch sei, für uns hingegen ist es ein Glücksfall, Leute, denn wir haben heute Abend einen ganz besonderen Überraschungsgast. Ruth Sanchez, die eigentliche Partnerin von Kriegsfürst Wulf."

Oh Mist. Wir hatten zwar beide damit gerechnet, dass die Story erwähnt würde, aber ich hatte nie ... das hier erwartet.

Chet stand auf und ich fuhr herum, als eine schöne Frau mit langem dunklem Haar und gefährlichen Kurven auf die Bühne kam. Sie war exotisch und hinreißend. Wie ein Filmstar. Die Zuschauer applaudierten, während ein Bühnenarbeiter einen Stuhl brachte und ihn direkt in der Mitte, zwischen Chet und Wulf platzierte.

Wulf zog seine Hand von meiner weg

und umklammerte die Armlehnen seines Sofas. Sehr fest.

Oh Mist. Ruth Sanchez, Wulfs Ex-Partnerin, war umwerfend. Dagegen wirkten Genevieve und Willow geradezu unscheinbar. Lange schwarze Strähnen ringelten sich kunstvoll über ihre Schultern, bis hinunter auf den Rücken. Ihre Haut war herrlich karamellfarben, was eindeutig ihrem hispanischen Erbe zuzuschreiben war. Sie lächelte mit dem perlweißen Lächeln einer Zahnpasta-Werbung. Ich musste zugeben, ihr Make-up war makellos. Ihre Kleidung war nicht so lässig wie die von Genevieve und Willow. Oh nein. Sie trug ein kurzes schwarzes Kleid, das Eindruck machen sollte. Na schön, sie war umwerfend. Aber am meisten verunsicherte mich, dass sie keineswegs so mager war, wie Wulf es von den 24 Bewerberinnen behauptet hatte.

Ruth war das, was man gemeinhin als grob-knochig bezeichnete. Nein, nicht nur das. Sie war eine Amazone.

Üppig. Unbeugsam. Groß. Nicht so groß wie die Atlanen, aber sie konnte es beinahe mit denen aufnehmen. Ich war zwar auch üppig, aber ich war vor allem weich. Sie hatte stramme Muskeln, die bewiesen, dass sie mit der Bestie würde umgehen können. Kein Wunder, dass man sie einem Atlanen als passend vermittelt hatte. Sie war beinahe selber eine.

Sie betrachtete Wulf nicht mit der gleichen neutralen Resignation wie Genevieve und Willow. Man hatte den Eindruck, die beiden hätten die zwei Tage seit dem großen Finale damit zugebracht, sich damit abzufinden, dass Wulf keiner von ihnen gehören würde. Ruth Sanchez musterte Wulf, als wäre er das größte Stück Fleisch und sie ein wildes Tier, das seit einer Woche nichts mehr gefressen hatte.

Ruth Sanchez wollte Wulf. Sie hatte ihn bereits gehabt und nun sah es so aus, als wollte sie einen Nachschlag haben.

Als das Publikum verstummte,

nahm Chet den Faden wieder auf. „Ruth, du wurdest getestet und als passend für den Kriegsfürst Wulf bewertet?"

„Das ist richtig. Hi, Wulf." Sie schnurrte beinahe.

Er erwiderte den Gruß mit einem steifen Nicken.

„Nach dem Test wurdest du sofort nach Atlan gebracht, zu Wulf?"

„Ja. Dort lebte er zu dem Zeitpunkt."

„Erzähle mir von euren gemeinsamen Tagen ... und Nächten", fügte Chet mit einem Zwinkern hinzu.

Sie schlug ihre langen Beine übereinander und da ich seitlich von ihr saß, fragte ich mich, ob sie der Kamera gerade in *Basic-Instinct*-Manier ihre intimste Stelle präsentiert hatte.

„Wulf ist ein Gentleman. Wie man sieht, ist er umwerfend. Er hat mich ziemlich beschäftigt", sagte sie und beugte sich vor, als wollte sie Chet ein Geheimnis anvertrauen. „Wenn du verstehst, was ich meine."

Ich warf bei dieser Anspielung einen Blick auf Wulf. Er blieb still und stoisch.

„Ich denke, die ganze Welt weiß, wie er eine Frau beschäftigt", erwiderte Chet und alle auf der Bühne blickten zu mir. Ich wusste, die Kamera war auf mein Gesicht fokussiert. Ich spürte, wie mir unter all den Blicken die Hitze in die Wangen schoss, und musste mich anstrengen, um ein neutrales Gesicht aufzusetzen. Ich würde Chet nichts geben, was sich irgendwie vermeiden ließ.

„Ja, nun, ich bin sicher, Olivia hat ihn aufgewärmt für eine richtige Frau."

„Und du bist diese richtige Frau?", fragte Chet.

„Ich bin ganz Frau, wie Wulf sich bestimmt erinnern wird."

Diese Zicke. Ich würde ihr die Augen auskratzen.

Chet lachte und schnippte mit den Fingern. „Das hat gesessen", sagte er.

Mir half es immerhin, mich aus meiner eifersüchtigen Vorstellung, ihr das Gesicht zu zerkratzen, herauszureißen, sodass ich bemerkte, dass eine der Kameras an mein Gesicht heranzoomte.

Chet ließ dem Publikum genug Zeit, um zu lachen. Auf meine Kosten. „Aber dennoch hast du ihn abgewiesen, Ruth. Bist zur Erde zurückgekehrt. Warum? Was ist passiert? Was lief falsch? Gab es Probleme im Schlafzimmer?"

Sie seufzte und blickte Wulf sehnsuchtsvoll an. „Ich war seine ... Männlichkeit nicht gewohnt. Ich dachte, ich wäre überfordert mit all den Muskeln und den intensiven Blicken. Atlanen machen es gern im Stehen, weißt du, vor allem, wenn die Bestie die Kontrolle hat."

Meine Güte. Chet war ein Widerling und Ruth spielte sein Spiel mit. Ich war fest entschlossen, beide zu hassen.

Andererseits hatte sie natürlich recht. Was bedeutete, sie und Wulf ... die Bestie?

Nein. Nein. Nein. Gar nicht drüber nachdenken. Er gehörte jetzt mir. Nicht ihr. Richtig?

Chet räusperte sich, als hätten ihre Worte ihn in Verlegenheit gebracht und er könnte im Fernsehen nicht über solche Dinge reden. „Du hast aber meine Frage noch nicht beantwortet. Hat er dich nicht befriedigt? Hast du ihn deshalb abgewiesen?"

„Im Gegenteil. Ich war damals jung und unschuldig. Ich hatte einen Jungen daheim zurückgelassen, jemanden, von dem ich naiverweise glaubte, dass ich in ihn verliebt war. Wulf war einfach zu viel für jemanden so Junges. Er war so groß und intensiv. Ich hatte so etwas nie zuvor erlebt. Ich denke, ich war nicht reif genug, um mit all dieser ... Leidenschaft umgehen zu können."

Sie ließ durchblicken, dass sie Sex gehabt hatten. Sex mit der Bestie. Ich wusste nicht, was ich davon halten sollte. Ich bezweifelte nicht, dass Wulf begierig darauf gewesen war, eine Partnerin zu finden und er war sicher gierig nach ihr, sobald er sie gesehen hatte. Ich stand nicht auf Frauen, aber selbst ich konnte ihren Reiz erkennen. Ich würde sie auch vögeln wollen.

„Du bist also auf die Erde zurückgekehrt und hast den Jungen geheiratet, den du zurückgelassen hattest. Das klingt doch sehr romantisch."

Ich blickte auf ihre linke Hand. Kein Ring.

Ruth nickte und wedelte mit der Hand in der Luft herum. „Es war ein schwerer Fehler. Wulf gehenzulassen, war der größte Fehler meines Lebens. Mir wurde klar, dass das, wovor ich bei Wulf solche Angst gehabt hatte, genau das war, was ich eigentlich wollte. Was mein Körper brauchte. Mein Mann und ich wurden nach drei Monaten wieder geschieden."

„Das heißt, du bist ungebunden und willig, von der Bestie gezähmt zu werden."

Ein Lächeln breitete sich langsam auf ihrem Gesicht aus, als sie Wulf musterte. „Ja. Ich erfülle alle Kriterien des Bräute-Programms. Ich hatte Übereinstimmungen mit Altan und dann mit Wulf. Würde ich noch einmal an dem Test teilnehmen, wäre das Ergebnis mit Sicherheit wieder dasselbe. Wir sind perfekt füreinander."

„Was willst du damit sagen, Ruth? Dass Wulf und Olivia nicht zusammengehören? Dass du ihn wiederhaben willst? Dass du ihn noch immer liebst?"

Im Publikum herrschte Totenstille. Man brauchte kein Genie zu sein, um zu wissen, was als Nächstes kommen würde. Chet wusste es jedenfalls, denn er machte eine sehr lange und bedeutungsschwangere Pause.

Ich wartete ... wartete ...

Ruth holte tief Luft und blickte direkt in die Kamera. „Ich bin bereit für meine zweite Chance mit Kriegsfürst Wulf. Diese Handschellen gehören mir."

Das Publikum tobte.

„Wir werden sehen, ob sie sie bekommt, gleich nach dieser Werbung." Chet musste aufstehen und beinahe schreien, um den Lärm der Zuschauer zu übertönen.

Wulf drehte sich mit dem Körper sofort in meine Richtung und öffnete den Mund, um etwas zu sagen.

„Okay! Zeit, die Bühne zu räumen", rief der Produzent, sprang auf das Podium und wedelte mit den Armen. „Nur Chet mit Wulf und Ruth nach der Werbepause."

Ich runzelte die Stirn, als er zu mir herüberkam. „Komm, Püppchen. Wir haben nur noch eine Minute bis zum Ende der Werbepause. Geh mit Genevieve und Willow mit nach hinten, da kannst du zuschauen."

Er wollte nach meinem Arm greifen, um mich vom Stuhl hochzuziehen, aber Wulf knurrte und der Produzent machte einen Schritt zurück. Bestimmt erinnerte er sich noch daran, was das letzte Mal passiert war, als Wulf geknurrt hatte.

Ich sah erst Wulf an, dann Ruth.

Sie hatte keine Angst. Sie sah begeistert aus. Ich sah Wulf an, dessen Blick auf mich gerichtet war. Lag Zorn in seinem Blick? Schuldgefühle? Sie war perfekt, seine perfekte Partnerin. Sie war kurvig und umwerfend und wollte ihn. Mist. Ich würde nicht heulen. Auf keinen Fall.

„Olivia ..." Wulf griff nach mir, aber ich hob eine Hand, um ihn von mir fernzuhalten.

„Ist schon gut, mir geht es gut."

Er setzte sich wieder richtig hin. „Ich muss das hier zu Ende bringen für die anderen in der Kolonie."

Ich nickte. „Ich weiß. Ist schon gut. Ich komme zurecht." Genevieve blieb neben mir stehen. Ich stand auf und ging mit ihr und Willow von der Bühne.

Wir drei standen in den Schatten hinter den Kameras und sahen zu. Wulf blickte in meine Richtung, aber ich wusste aus eigener Erfahrung, dass die Lichter blendeten und es unmöglich war, irgendetwas jenseits der Bühne zu erkennen. Ruth schob ihren Stuhl näher an Wulf heran und beugte sich zu ihm, ihr üppiges Dekolleté war für Wulf – und die ganze Welt – gut sichtbar.

Der Kameramann zählte mit den Fingern den Countdown herunter.

„Willkommen zurück!", flötete Chet. „Wir sind hier mit Kriegsfürst Wulf, der, wie ihr alle wisst, auf sehr überraschende und wilde Art und Weise beim letzten Mal eine Maskenbildnerin aus unserem Team als seine Gefährtin auserwählt hat." Er stand auf und hing hinüber zu dem Glaskasten, in dem die Handschellen ausgestellt waren. „Aber hier sind noch seine Handschellen. Sie befinden sich nicht an den Handgelenken von Olivia Mercier. Nach Wulfs Auftreten beim letzten Mal hatte ich erwartet, dass er den Glaskasten zerschlagen würde, um seiner Gefährtin die Handschellen gleich zu Beginn dieser Sendung anzulegen. Was wäre das für ein Märchen geworden. Nun frage ich mich, ob das je seine Absicht war. Wer behauptet denn, Techtelmechtel wären nur etwas für Menschen?"

Er hatte mich als Techtelmechtel bezeichnet. Im nationalen – nein, im internationalen Fernsehen. Oh. Mein. Gott.

Ich rang mit den Händen, betastete meine nackten Handgelenke. Er hatte sie mir nicht angelegt. Er war so versessen darauf gewesen. Es war einer der Gründe, warum wir heute hier waren. Dennoch lagen sie noch immer unter Glas.

Ich wusste, Wulf riss sich zusammen, um die Kämpfer aus der Kolonie in einem guten Licht zu präsentieren. Er wollte die Frauen nicht ein zweites Mal vom Bräute-Programm verschrecken. Aber er war eindeutig zurückhaltend. Er sagte kein Wort.

„Sieht aus, als könnten wir mit einer Schlammschlacht rechnen und die Gewinnerin bekommt die Handschellen", murmelte Chet und begab sich wieder zu seinem Platz. „Mit mir auf der Bühne befindet sich Ruth Sanchez, die vom Interstellaren Bräute-Programm für Wulf als passende Partnerin ausgewählt wurde. Das war vor vier Jahren und sie bereut ihre Entscheidung, auf die Erde zurückgekehrt zu sein. Jetzt ist sie hier, um eine zweite Chance zu bekommen. Stimmt das, Ruth?"

Ruth nickte, ihr glänzendes Haar glitt ihr über die Schultern. „Ja, Chet. Ich habe mich geirrt. Als ich Wulf in den vergangenen Wochen mit den Bewerberinnen in der Show sah, erlaubte mir das, eine andere Seite an ihm zu sehen."

„Inwiefern?", fragte Chet.

„Nun, als ich mit ihm zusammen war, hatten die Hive ihn noch nicht gefangengenommen. Gefoltert. Integriert." Sie streckte die Hand aus, nahm Wulfs Hand und presste sie an ihre üppige Brust.

„Das hat sie gerade nicht wirklich getan", flüsterte Willow.

Und ob sie das getan hatte.

„Mein Gefährte ist jetzt viel ruhiger. Erwachsener."

„Und was war das dann mit der Bestie, die beim letzten Mal die Bühne zerlegt hat?", fragte Chet. „Das war nicht ansatzweise ruhig."

„Es lag nicht an dem Geruch der kleinen Maskenbildnerin. Ich war …" Sie blickte zur Seite, als würde sie sich schämen, dann schaute sie wieder in die Kamera. „Ich war im Publikum. Er musste meinen Geruch aufgenommen haben. Deshalb ist er so ausgerastet, denn er konnte mich nicht finden."

Wulfs Knöchel wurden weiß, als er die Armlehnen umklammerte, aber er blieb still. Ruhig.

„Wow, die ist gnadenlos", flüsterte Genevieve.

Willow nickte.

Ja, das war sie. Ich konnte die beiden nicht anschauen, sondern starrte nur Wulf an, der beinahe wie versteinert wirkte. Warum wies er ihre Worte nicht zurück? Ich war überzeugt, dass Zuschauer auf der ganzen Welt das alles hier verschlangen wie ihre Lieblingsspeise.

Hatte er wirklich mit ihr geschlafen

und es war zu viel gewesen? Ich hatte die dominante Bestie kennengelernt, aber auch den zärtlichen Liebhaber.

„Er hat Olivia Mercier gepackt und sie in einen der Räume hinter der Bühne gezerrt. Sie ... nun ja, lernten sich näher kennen."

„Ich war mit Wulf ebenfalls *nahe bekannt*." Sie zuckte leicht mit der Schulter, als wäre ihr das vollkommen gleichgültig. „Sie trägt nicht seine Handschellen."

Ja, es war ihr vollkommen egal. Sie wollte Wulf wiederhaben.

Chet antwortete nicht, sondern sah Wulf an.

Als keiner der beiden Männer reagierte, stand Ruth auf, zog das enge Kleid ein kleines Stück höher, setzte sich auf Wulfs Schoß und küsste ihn.

Willow schnappte nach Luft.

Genevieve nahm meine Hand. Sie beugte sich zu mir und flüsterte: „Er will dich."

Ich starrte auf Ruths Körper, der praktisch an Wulf klebte. Ihre Hände hielten sein Gesicht, während sie ihn küsste, als hätte sie eine Bestie in sich.

Ich konnte sein Gesicht nicht sehen, aber Wulfs Hand wanderte zu ihrem Steiß.

Bei dem Anblick wurde mir schlecht. Er machte mit, anstatt sie wegzuschieben. War er in sie verliebt gewesen? Er hatte gesagt, ihre Zurückweisung hätte ihn getroffen, aber er hatte seine Meinung nun geändert, da er eine zweite Chance bekam? Liebte er sie immer noch?

Ruth hob den Kopf und ich erkannte Lust – und Triumph – auf ihrem Gesicht.

Wulf drehte sie auf seinem Schoß, sodass er Chet ansehen konnte.

„Gibst du mir die Handschellen aus dem Glaskasten?", fragte Wulf.

Chet sprang schneller auf als eine Scheibe Toast im Toaster.

„Ich kann nicht hinsehen", flüsterte ich. Genevieve nahm meine Hand und führte mich weg von der Bühne. Ich war dankbar für ihre Hilfe, denn ich sah kaum hin, wo ich langging. Sobald wir aus dem Studio hinaus waren, wo man reden konnte, drehte sie mich zu sich um.

„Bist du okay?"

Ich biss die Tränen zurück. „Nein."

„Ich kann es nicht fassen. Er wird ihr die Handschellen geben? Jetzt? Vor aller Augen?"

„Ich weiß es nicht. Sieht so aus."

„Meinst du wirklich, er hat sie beim letzten Mal im Publikum gerochen?"

War das möglich? Ich wusste, wie er sich in dem Hinterzimmer benommen hatte. Wild und verrückt nach mir. Aber hatte vielleicht doch Ruths Duft ihn wild gemacht und ich war nur aus Versehen in den Weg geraten? Was auch immer passiert war, spielte keine Rolle. Und alles, was in den letzten beiden Tagen passiert war, ebenfalls nicht. Er hatte die Handschellen verlangt und Ruth rieb sich an seinem Bein wie eine läufige Hündin.

Das war vielleicht gemein, aber ich

konnte es nicht zurücknehmen, nicht einmal in meinem Kopf.

„Ich muss hier raus." Ich drehte mich um und lief blind den Gang hinunter. Ich hörte, wie Genevieve mir nachlief. Ich blieb erst stehen, als ich draußen auf dem Bürgersteig ankam. Umgeben von New Yorkern.

„Ich besorge dir ein Taxi." Genevieve steckte zwei Finger in den Mund und pfiff ohrenbetäubend, um ein vorbeifahrendes Taxi anzuhalten. Es blieb direkt vor mir stehen.

„Danke, Genevieve", sagte ich, als sie mich fest an sich drückte.

„Mach dir keine Sorgen, wir alle bekommen irgendwann unseren Traumtypen."

Nachdem ich ins Taxi gestiegen und dem Fahrer den Namen des Hotels genannt hatte, lehnte ich mich zurück und fragte mich, ob das je auch für mich gelten würde.

12

ulf

Kontrolliere die Bestie. *Kontrolliere die Bestie.* KONTROLLIERE DIE BESTIE!

Ich tat alles in meiner Macht Stehende, um die Bestie davon abzuhalten, Ruth Sanchez quer über die Bühne zu schleudern. Ich tat Frauen nicht weh und hatte noch nie eine geschleudert, aber der Drang, es zu tun, war beinahe unwiderstehlich. Dennoch behielt ich die Kontrolle. Gerade so.

Ich hatte bereits eine Bühne zerlegt. Diese auch noch zu zerstören, würde bedeuten, dass die verdienten Kämpfer von anderen Planeten nicht kontrollierbar waren oder dass Frauen von der Erde ihnen nicht trauen durften. Ich war es den atlanischen Kriegsfürsten schuldig, die ebenso gelitten hatten wie ich, Braun und Tane, Kai und Egon und all den anderen Kämpfern, die in die Kolonie verbannt worden waren, mich zu kontrollieren. Ich tat es für sie. All das hier. Jede qualvolle Sekunde meiner Zeit auf diesem Planeten.

Außer, wenn ich mit Olivia zusammen war. Und das war gerade nicht der Fall. Chet hatte sie von der Bühne gescheucht, zusammen mit Genevieve und Willow, wie eine Waffe, die man beiseite warf, weil man keine Munition mehr hatte. Er hatte sie für seine Zwecke benutzt und war fertig mit ihnen.

Ich wusste, sie standen direkt hinter den Kameras, genau wie Olivia es beim letzten Mal getan hatte, als sie mir aufgefallen war. Meine Gefährtin war nicht allein, die beiden Finalistinnen waren bei ihr. Es gefiel mir nicht, dass ich sie nicht sehen konnte, aber mir blieb im Augenblick keine Wahl. Chet wusste, was er tat. Und der Produzent ebenfalls. Sie wollten mich herausfordern. Die Bestie in mir. Sie wollten, dass das ewig so weiterging.

Sie wollten ein erneutes Spektakel. Sie wollten, dass ich die Kontrolle verlor.

Ich würde nicht nachgeben. Anstatt sie also zu schleudern, stand ich abrupt auf, sodass Ruth Sanchez von meinem Schoß glitt und auf wenig elegante Weise auf dem Podium landete. Sie schnappte nach Luft und das Publikum lachte. Zwar hätte ich sie zu gern bloßgestellt, denn sie hatte offen gelogen und mich für ihre eigenen Zwecke benutzt, aber ich durfte sie nicht derart entehren. Ich nahm ihre Hand und zog sie auf die Füße, sodass sie ein paar Schritte von mir entfernt zum Stehen kam.

In der Zwischenzeit hatte Chet getan,

was ich verlangt hatte, und brachte die Handschellen aus dem Glaskasten zu mir. Das war mein anderes Ziel. Wenn ich sie erst einmal in der Hand hatte, würde niemand es wagen, sie mir wegzunehmen. Wenn er annahm, ich würde sie für Ruth Sanchez haben wollen, dann war das sein Problem. Und falls das Publikum glaubte, ich würde Olivia gegen diese Lügnerin eintauschen, die mich schon vor Jahren für einen anderen verlassen hatte, dann war das deren Problem.

Sie würden sehr bald die Wahrheit erkennen.

Chet hielt die Handschellen ausgestreckt vor sich. Zwei Paare, ein großes für meine Handgelenke, ein kleines für meine Gefährtin. „Sind die nicht wunderschön, Leute? Schöner als ein einzelner Diamant." Er zwinkerte in die Kamera. Erst recht, wenn es einen Atlanen wie Kriegsfürst Wulf dazu gibt."

Ich biss die Zähne zusammen und blieb ruhig stehen, anstatt zu ihm hinzugehen und sie ihm aus den Händen zu reißen.

„Offenbar hat es eine Meinungsänderung gegeben." Einige Leute im Publikum applaudierten, andere buhten. „Also bitte. Selbst Atlanen können doch wankelmütig sein, wenn es um die Liebe geht. Ich meine, wenn man zwischen einem Entlein wie Olivia Mercier und einem Schwan wie Ruth Sanchez wählen muss …"

Meine Bestie grollte angesichts dieser plumpen Beleidigung meiner Gefährtin. Ich wusste nicht viel über Tiere auf der Erde, aber ich verstand den Vergleich durchaus. Chet blickte zu mir und wurde blass, offenbar hatte er gemerkt, dass er möglicherweise zu weit gegangen war.

„Wen wird er wählen? Wir werden es gleich nach dieser Werbung erfahren", sagte Chet schnell und das Licht der Kamera ging aus.

Ich hatte genug und konnte mich in dieser Pause nun endlich frei bewegen und sprechen. Ich machte zwei große Schritte zu Chet hinüber und nahm ihm die Handschellen weg. Das kühle Metall fühlte sich gut in meinen Händen an. Ich befestigte das größere Paar hinten an meinem Gürtel und behielt das kleinere in der Hand.

„Wo ist Olivia?", fragte ich und blickte in die Dunkelheit jenseits der Bühne.

„Du kannst sie mir jetzt anlegen, Wulf, ich bin bereit", sagte Ruth, aber ich ignorierte sie.

„Olivia, komm her."

Sie kam nicht. Ich wartete.

„Olivia?", rief ich erneut.

Aber aus der Dunkelheit trat nur Willow heraus, nicht meine Gefährtin. „Sie ist weg, Wulf."

Meine Bestie heulte auf und drängte sich an die Oberfläche. Ich musste die Ruhe bewahren. Ich durfte nicht die Kontrolle verlieren. Nicht dieses Mal. Nicht hier. Wenn ich das Gebäude verlassen musste, um nach ihr zu suchen, durfte das nicht in Bestiengestalt passieren. Man würde mich erschießen. Ich käme in die Nachrichten. Oder beides. Ich war es meinen Freunden in der Kolonie schuldig, ihnen diese Chance zu verschaffen. Aber ich musste meine Gefährtin finden. Sofort.

„Wohin ist sie gegangen?", fragte ich und kam von dem Podium herunter.

Willow hatte keine Angst vor mir, zum Glück, denn sie kam direkt zu mir. „Du hattest deine Hand auf Ruths Arsch. Die Frau hat dich geküsst. Du hast nach den Handschellen verlangt."

„Ja, ich wollte sie haben, um sie Olivia geben zu können."

Ihr klappte die Kinnlade herunter. „Im Ernst? Denn es machte eher den Eindruck, dass du sie Ruth geben wolltest."

Ich schüttelte den Kopf. „Ich will Ruth nicht. Ich weiß jetzt, dass ich sie nie gewollt habe. Aber es war die einzige Möglichkeit, Chet dazu zu bringen, sie aus dem Glaskasten zu holen."

Sie lächelte. „Das war clever."

Ich schüttelte den Kopf. „Ich will Olivia. Wo. Ist. Sie?"

Ihr Lächeln verschwand. „Keine Ahnung. Sie wollte nicht bleiben und mit ansehen, wie du einer anderen Frau die Handschellen gibst. Du hast ihr wehgetan."

Verdammt. Wieso hatte diese Show nur alles ruinieren müssen? Nein, nicht alles. Ohne sie hätte ich Olivia nie kennengelernt.

Ich machte auf dem Absatz kehrt und drehte mich zu Chet Bosworth und Ruth Sanchez um. „Die Handschellen sind für Olivia Mercier, meine Gefährtin. Ruth, niemals. Chet, ich bin hier fertig. Beende die Show hier. Wenn mir zu Ohren kommen sollte, dass die anderen Kämpfer der Kolonie darunter zu leiden haben, komme ich und werde mehr kaputt machen, als deinen Audioverstärker."

Ich drängte mich durch den Bereich hinter der Bühne.

„Ich werde dir helfen." Willows Worte ließen mich langsamer werden. Sie musste rennen, um Schritt halten zu können. Ich blickte hinunter in ihr hübsches Gesicht.

„Olivia würde sicher ins Hotel zurückkehren, um die Kinder zu holen."

Sie runzelte daraufhin die Stirn, ließ es aber unkommentiert. „Kennst du den Namen des Hotels?"

Ich nickte.

„Wir besorgen dir ein Taxi. Komm." Sie ging voran, ein paar Treppen hinunter und dann nach draußen. Sie winkte einem der gelben Fahrzeuge zu, aber es fuhr weiter. Sie winkte nach einem weiteren, aber auch das hielt nicht für sie. Ich verstand, was sie da versuchte. Als ich ein drittes gelbes Fahrzeug in unsere Richtung kommen sah, machte ich einen Schritt auf die Straße und hob die Arme. Das gelbe Fahrzeug hielt an.

„Hier, das wirst du brauchen." Sie drückte mir kleine Papierstücke in die

Hand. „Das ist Geld für das Taxi. Viel Glück, Wulf. Vielleicht sehen wir uns ja bald in der Kolonie wieder."

Ich fasste sie am Arm und zog sie vom Fahrzeug weg. „Danke, Willow. Das hoffe ich auch. Du wärst eine gute Gefährtin für einen verdienstvollen Krieger."

„Danke, Wulf." Ihr Lächeln wirkte etwas schüchtern, und ich hoffte wirklich, dass sie und Genevieve würdige Männer bekommen würden. Sie waren kluge, schöne Frauen, aber nicht die, die ich wollte.

Es war fast unmöglich, in das Fahrzeug zu steigen, aber ich zwängte mich hinein und sagte dem Fahrer, wohin ich wollte. Er fuhr los wie ein Kampfschiff im All. Hoffentlich kam ich nicht zu spät. Olivia gehörte mir, auch wenn sie das in diesem Augenblick vielleicht nicht glaubte.

Ich musste das in Ordnung bringen und dann könnte ich meine Familie mit nach Hause nehmen.

13

Warum regte ich mich so auf? Seit wir uns kennengelernt hatten, war dies genau das, womit ich die ganze Zeit gerechnet hatte. Ich hatte ihm gesagt, er würde sich irren, es waren beinahe die ersten Worte, die ich zu ihm gesagt hatte. Ich *wusste*, irgendetwas würde falsch laufen. Ich wusste es einfach.

Wulf war einfach zu gut, um wahr zu sein. Zu … einfach alles. Ich war nicht sein Typ. Umwerfende Kriegsgötter wollten keine Frauen wie mich. Vielleicht für ein Techtelmechtel, um den Druck in den Eiern loszuwerden, aber ansonsten?

Nein. Sie wollten Frauen wie *sie*. Ruth. Sie war zwar nicht schlank wie ein Model, dafür war sie aber genau die große Amazone, die Wulf brauchte. Dazu gehörten auch teures Parfüm, Designerklamotten, aufgespritzte Lippen, teure Pfennigabsätze und Brustimplantate. Mit anderen Worten: hinreißend.

Das einzig Echte an der Frau war der Triumph in ihrem Blick gewesen, nachdem sie sich auf Wulfs Schoß gesetzt und ihn geküsst hatte. Sie hätte es nicht deutlicher machen können und die Kameras fingen alles ein. Und dann hatte Wulf auch noch um die Handschellen gebeten. Angeblich meine Handschellen. Chet hatte sie für Wulf geholt, damit er sie *ihr* anlegen konnte. Seiner wahren Gefährtin. Der perfekten Auswahl des Interstellaren Bräute-Programms. Seine wirkliche Gefährtin. Die perfekte Frau für ihn.

Ich konnte mit der perfekten Ausgabe von Weiblichkeit nicht konkurrieren und mit dem Brauttest auch nicht. Der hatte *sie* für *ihn* ausgewählt. Der Test log nicht. Wulf hatte es verdient, mit der perfekten Frau zusammen zu sein. Nach allem, was er überlebt hatte? Keine übergewichtige Maskenbildnerin, die zwei Kinder von einem toten Bruder geerbt hatte und jeden Monat darum kämpfen musste, die Hypothek abzubezahlen.

Das Taxi hielt vor dem Hotel, ich gab dem Fahrer schweigend das Geld, denn ich traute meiner Stimme nicht. Ein Hotelangestellter öffnete die Wagentür für mich, ich senkte den Kopf und rannte praktisch an ihm vorbei, als die ersten Tränen kamen. Ich würde *nicht* in der Hotellobby heulen. Einfach nein. Etwas Würde war mir noch geblieben. Etwas Stolz. Ich war *nicht* gebrochen.

Ich hatte Schlimmeres überstanden als Kriegsfürst Wulf von Atlan. Das war mal sicher. Es war erstaunlich, wie sehr es wehtun konnte, obwohl ich den Typen doch nur zwei Tage kannte. Zwei Tage und ich war ein totales Wrack!

Der Fahrstuhl war mir willkommenen Schutz gegen zu neugierige Blicke und ich lehnte an die Wand, ließ den Kopf schwer gegen die kalte, harte Oberfläche sinken, auf dem Weg in den 21. Stock. Lucy würde dort sein, mit diesem wissenden Blick in den Augen. Hoffentlich hatte sie den Fernseher ausgeschaltet, als die Sache hässlich wurde. Wenn Tanner und Emma mit angesehen hatten, wie Wulf diese grässliche Frau geküsst hatte ... Tja, keine Ahnung, was ich dann tun würde oder was Wulf tat, wenn er merkte, dass ich nicht mehr da war. Nein, er würde nicht wieder zur Bestie werden, denn seine Gefährtin hatte ihm auf dem Schoß gesessen und ihm praktisch die Mandeln aus dem Hals gelutscht.

Die Fahrt nach oben war zu schnell vorbei – glücklicherweise war niemand in den Fahrstuhl eingestiegen – und nun stand ich vor der Tür meines Hotelzimmers, an dem gut sichtbar ein *Bitte-nicht-stören*-Schild hing. Ich rechnete eigentlich damit, Tanner und Emma bis auf den Flur hören zu können. Stattdessen bereitete mir eine seltsame Ruhe eine Gänsehaut.

Ich öffnete die Tür mit dem Kartenschlüssel, den ich am Empfang bekommen hatte, dann trat ich ein. Es war still und dunkel im Zimmer, die Vorhänge waren geschlossen. Der Fernseher war aus. Die Lichter ebenfalls. Das Zimmer war leer.

Was zur Hölle?

Ich schaltete das Licht ein, eine schwache Leuchte neben dem Bett. „Lucy?"

Beunruhigt suchte ich nach einem weiteren Licht und schaltete es ein. Das Bett war zerwühlt, wahrscheinlich hatten die Kinder darauf herumgetobt. Die Verbindungstür zur Suite, die ich mit Wulf bewohnte, war geschlossen.

Vielleicht waren sie im anderen Zimmer?

Ich ging zur Tür, blieb aber abrupt stehen, als ich zwei Füße unter der Badezimmertür hervorstehen sah. Lucys Lieblingsschlappen, ein Paar plüschige Pandagesichter starrten zu mir hinauf. Ich blinzelte, schnappte nach Luft, dann verstand mein Hirn, was die Augen sahen.

„Lucy?" Der Schock verlangsamte meine Bewegungen, ich trat durch die Türöffnung und sah Lucy gefesselt, geknebelt und bewusstlos am Boden des Badezimmers liegen. „Oh mein Gott! Lucy!"

Ich kniete mich neben sie und zerrte an dem Klebeband an ihren Handgelenken, aber ich brauchte ein Messer, um es durchzuschneiden. Meine Bewegungen ließen sie zu Bewusstsein kommen und sie versuchte zu sprechen. Ich zog ihr das Klebeband vom Mund und sie bemühte sich, einen von Tanners Dinosaurier-Socken auszuspucken.

Ich riss ihr die grün-gelbe Socke aus dem Mund.

„Was ist passiert? Bist du in Ordnung? Wo sind Tanner und Emma? Wo sind sie?"

Ihre grünen Augen tränten und sie zuckte zusammen, eindeutig noch nicht ganz bei sich. „Sag du es mir. Wer ist Jimmy Steel?"

Ich spürte, wie mir das Blut aus dem Gesicht wich und sank auf die kalten Fliesen, während ich noch einmal versuchte, ihre Hände zu befreien. „Nein. Unmöglich."

Lucy stöhnte vor Schmerzen auf, als sie versuchte, sich aufzurichten, und ich bemühte mich, ihr zu helfen. „Ruf die Polizei", lallte sie. „Er hat sie. Er hat Tanner und Emma mitgenommen."

Ich zerrte an dem Klebeband an ihren Handgelenken, aber bei diesen Worten erstarrten meine Hände. „Was? Was hast du gesagt?"

Tränen schossen ihr in die Augen und sie hob ihre gefesselten Hände über ihren Kopf. „Er hat sie, Liv. Hat sie mitgenommen. Er hat dir eine Schachtel dagelassen."

Panik erfasste mich. Heiß. Heftig. Verzweifelt. Tanner und Emma waren nicht hier. Sie waren nicht in Sicherheit. Ich hatte keine Ahnung, wo sie waren, aber ich wusste, sie waren bei einem sehr bösen Mann. Er würde unschuldigen Kindern etwas antun, ohne lange darüber nachzudenken.

Nein!

Mist. Mist. Mist. Das passierte nicht wirklich. Ich zog an dem Klebeband um ihre Fußgelenke und sie strampelte ihre Hände frei. „Gott. Nein. Das ist so falsch. Das passiert nicht wirklich."

„Wer ist Jimmy Steel?", wiederholte sie.

Es war unmöglich, ihr das noch länger zu verschweigen. Er hatte ihr wehgetan. Sie gefesselt und geknebelt. „Er ist ... er ist ein Typ, dem Greg Geld schuldete. Als er starb, kam Jimmy zu mir und zwang mich dazu, die Schulden zu übernehmen. Immer wenn ich abends wegmusste, habe ich für ihn den Drogenkurier gemacht."

„Oh mein Gott, Liv", sagte sie, die Augen groß vor Entsetzen. „Wo ist Wulf? Hetze ihn Jimmy auf den Hals. Er wird ihn und seine Schergen in Stücke reißen. Buchstäblich."

Ich schüttelte den Kopf. „Wulf spielt keine Rolle mehr."

Sie starrte mich mit großen Augen an. „Was?"

„Hast du dir die Show nicht angesehen?"

Sie schnaubte. „Ich war ein wenig beschäftigt mit ein paar bösen Buben. Und dann lag ich auf dem Boden im Bad. Die Gelegenheit ergab sich einfach nicht."

Ich schürzte die Lippen. Ihre Worte waren ziemlich sarkastisch, aber ich hatte ein schlechtes Gewissen, sie mit in die ganze Sache hineingezogen zu haben. Ich konnte mir kaum vorstellen, wie sie sich gefühlt haben musste, als man ihr die Kinder entriss.

Ich zog Lucy vorsichtig auf die Füße, dann legte ich ihr einen Arm um die Taille, um sie zu stabilisieren. Ich half ihr ins andere Zimmer hinüber und setzte sie auf einen Stuhl, dann ging ich vor ihr auf die Knie und nahm ihre Hände.

„Ruf die Polizei. Tu es. Dann erzähl mir, was mit Wulf los ist, denn wir könnten ihn wahrlich gut gebrauchen im Augenblick."

Ich stand auf und lief hin und her. Ich konnte die Polizei nicht rufen. Jimmy hatte es in seiner Drohung sehr deutlich gemacht. Er würde Tanner und Emma etwas antun. Danach auch Lucy. Anschließend meiner 77-jährigen Großmutter, die in einem Pflegeheim wohnte. Sie mochte sich zwar nicht an mich erinnern, aber sie war dennoch meine Familie. Meine Cousins. Wir sprachen nie miteinander, ihre fragwürdigen Lebensweisen passten nicht zu mir, aber sie waren mit mir verwandt. Mein Blut. Gregs. Blut. Sie verdienten es nicht, dass Jimmy Steel ihnen etwas antat oder sie gar tötete.

Dank der großen Klappe meines toten Bruders besaß Jimmy eine praktische Liste mit jedem lebenden, atmenden Wesen auf dem Planeten, das mir etwas bedeutete. Mit. Jedem. Einzelnen.

Mist.

Ich schüttelte den Kopf und blickte ihr in die schmerzerfüllten Augen. „Ich kann die Polizei nicht verständigen."

„Warum nicht?" Lucy rieb sich die Schläfen, als hätte sie heftige Kopfschmerzen. Wahrscheinlich war das auch so.

„Musst du ins Krankenhaus?"

„Nein. Es geht schon. Wo ist Wulf?"

„Ruth Sanchez", murmelte ich. „Das ist passiert. Sein perfekt passendes Gegenstück ist aufgetaucht. Er hat offenbar eine Braut. Eine interstellare Braut, die nicht bei ihm bleiben wollte, als sie vor einigen Jahren zusammengebracht worden waren. Sie tauchte auf, meinte, sie hätte einen Fehler gemacht und dass sie ihn wiederhaben wollte. Sie hat sich ihm auf den Schoß gesetzt und ihn vor laufenden Kameras geküsst, Luce. Er hatte seine Hände überall auf ihr und dann hat er Chet um die Handschellen gebeten."

„Oh, Spätzchen. Nein."

„Er hat mich keines Blickes gewürdigt. Daher bin ich gegangen. Ich konnte nicht mit ansehen, wie er ihr die Handschellen anlegt. Ich konnte es einfach nicht."

„Es tut mir so leid. Du hast dich in ihn verliebt, nicht wahr?"

Ich konnte nicht sprechen, daher nickte ich einfach. So dämlich das auch war, ich hatte mich in ihn verliebt. Sehr sogar. „Im Augenblick ist Wulf mir egal. Ich muss die Kinder finden."

Sie schwankte leicht, stand aber auf und nahm mich in die Arme. Wir waren beide ziemlich erschüttert und hielten uns aneinander fest wie verängstigte Kinder. „Was machen wir denn jetzt? Ich wusste, etwas stimmte nicht, jedes Mal, wenn du mich gebeten hattest zu babysitten. Du hättest mir von Jimmy Steel erzählen sollen."

Ich seufzte. „Er war Gregs Geldhai, der seine Finger in allem Möglichen drin hatte. Drogen, Prostitution und so weiter", wiederholte ich. „Als Greg starb, schuldete er Jimmy eine Menge Geld. Er kam zu mir, um es einzufordern, er bedrohte Tanner und Emma" – und *dich*, dachte ich, sprach es aber nicht laut aus – „falls ich nicht kooperieren würde. Wir trafen eine Vereinbarung. Ich übernahm ein paar Lieferungen für ihn, weil ich wie eine Tennismutti aussehe und nicht wie ein Drogenkurier, einen Teil der Summe bezahlte ich in bar, und damit waren die Schulden abgegolten. Neulich Abend, als du auf die Kinder aufgepasst hast?"

„Ja?"

„Das war meine letzte Lieferung. Ich

kam von der Fernsehshow, machte die Lieferung, kam nach Hause. Es hätte damit erledigt sein sollen. Ich hatte meinen Teil der Abmachung erfüllt. Ich hatte getan, was er verlangte."

Sie schüttelte den Kopf und zuckte zusammen. „Es ist nie genug, nicht für solche Typen. Nicht, wenn sie wissen, dass sie dich immer wieder benutzen können. Die Kinder sind sein Hebel, den er ansetzen kann."

Ich sank auf die Couch. „Jetzt hat er Tanner und Emma. Wenn ich die Polizei rufe, dann wird er ihnen etwas antun. Ich kenne ihn, Lucy. Er wird es tun." Ich brach zusammen, Tränen liefen mir über die Wangen, während ich mich noch bemühte, die Fassung zu bewahren. Ansonsten würde ich gleich hemmungslos anfangen zu schluchzen.

„Wir nehmen ihn hoch."

Ich blickte in ihr entschlossenes Gesicht. „Wie?"

„Keine Ahnung."

Ich stand auf und lief wieder auf und

ab. „Ich brauche eine Waffe. Wo kann ich in New York eine Waffe kaufen?"

„Du redest doch Unsinn."

„Meinst du?" Ich wischte mir die Tränen von den Wangen und atmete tief durch. Ich würde später heulen, wenn es vorbei war. Ich würde später an Wulf und Ruth denken und daran, was für ein Durcheinander mein Leben geworden war. Jetzt musste ich erst einmal Tanner und Emma sicher nach Hause bringen. Nur das zählte im Augenblick. „Was hat Jimmy gesagt? Was will er denn?"

Lucy zeigte mit dem Finger auf den Tisch am Fenster und ich ging voller Unbehagen hinüber. Mitten darauf lag eine recht große Schachtel, schwarz, mit einer hübschen Schleife versehen.

Mit zitternden Händen löste ich das schwarze Seidenband von der Schachtel und klappte den Deckel auf.

„Was ist es?", fragte Lucy.

„Keine Ahnung." Ein cremefarbener Umschlag, auf schwarzes Seidenpapier gebettet, mit meinem Namen darauf, eindeutig von Jimmy selbst geschrieben, denn ich erkannte seine Handschrift.

Der Umschlag war nicht versiegelt und das Papier war beinahe weich wie Stoff. Ich zog eine einzelne Karte heraus, aus einem so feinen Material, wie ich es noch nie gefühlt hatte. Die Einladung war handgeschrieben, mit Tinte, die Kalligrafie schwungvoll elegant und schön. Welche Ironie, dass etwas so Schönes sich in meiner Hand anfühlte wie der Tod.

Ich las laut vor. „Ihre Anwesenheit ist erwünscht bei der New Yorker Gala der I-I-M-A-A. Der International, Interplanetary and Multicultural Arts Alliance." Ich blickte auf die Uhr auf dem Nachttisch. „Oh Gott. Die fing vor einer Viertelstunde an."

Ich las Jimmys persönliche Notiz nicht laut vor. Lucy hatte schon genug durchgemacht.

Bring mich in Verlegenheit und Emma stirbt als Erste.

In Verlegenheit bringen? Und wenn

ich gar nicht hinginge? Was würde Jimmy dann mit den Kindern machen? Oder mit Lucy, wenn seine Schergen sie das nächste Mal in die Finger kriegten? Oder jedem anderen, den ich kannte. Das war ein Albtraum. Und Wulf fehlte mir so sehr. Es fühlte sich an, als würde mir ein Messer – qualvoll langsam und nach und nach – in das Herz gebohrt. Ich wandte mich von Lucy ab, damit sie nicht sah, wie ich mir ans Herz griff. Das fehlte mir noch, ein Herzinfarkt.

„Ich habe noch nie von dieser Kunstvereinigung gehört, Arts Alliance. Warum will er, dass du dahingehst?" Lucy rieb sich die Schläfen und ich war erleichtert, dass sie den Kopf gesenkt hielt, sodass sie nicht sah, wie sehr ich zitterte. „Das ergibt überhaupt keinen Sinn."

„Nein, tut es nicht." Ich legte die Einladung auf den Nachttisch und zog das Seidenpapier auseinander.

„Ach du Scheiße."

14

Die Taxifahrt verlief ereignislos. Das Kleid, das ich trug, passte eher zu einer Schönheitskönigin als zu mir, aber irgendwie hatte Jimmy Steel für alles gesorgt, was ich brauchte, um es tragen zu können, die Größen stimmten alle.

Das bedeutete entweder, er war ein Naturtalent, was Frauenbekleidung anging – was ich bezweifelte – oder er ließ mich seit Monaten beobachten. Stalken.

Machte sich Notizen. Ich musste schwer schlucken, um die Übelkeit zu unterdrücken, die bei diesem Gedanken in mir aufstieg.

Aber ich trug Unterwäsche, die zarter war als meine Haut. Das Kleid passte wie ein Handschuh, betonte alle richtigen Kurven und umspielte alles andere. Selbst die Schuhe waren sensationell und passten mir perfekt.

Lucy hatte binnen fünf Minuten mit meinem Make-up ein Wunder vollbracht. Ich wusste nicht, was mich erwartete, aber ich wusste zwei Dinge. Erstens, ich hatte keine Waffe. Selbst wenn ich mir eine hätte besorgen wollen, wäre es unmöglich gewesen, sie irgendwo unter diesem Kleid zu verbergen. Und zweitens, Wulf würde mir nicht zur Hilfe kommen und den Typen den Kopf abreißen, wie Lucy es sich vorgestellt hatte. Dafür hatte ich gesorgt.

Ich hatte sogar den Produzenten angerufen und ihm eine Sprachnachricht hinterlassen, in der ich Wulf und Ruth – *Ich würde sie für immer hassen, weil sie mir den Mann ausgespannt hatte* – Sanchez, seiner perfekten Partnerin zur gelungenen Wiedervereinigung gratulierte. Ich nahm an, das würde der Show ein Ende verleihen, wie er es sich vorgestellt hatte, und mir hoffentlich den Job retten. Ich legte auf und heulte noch zwei Minuten, bis Lucy mich daran erinnerte, dass die Kinder mich brauchten. Tanner und Emma. Darauf musste ich mich konzentrieren. Ich würde Jimmy Steel die Augen mit den Fingernägeln auskratzen, wenn es sein musste, um sicherzustellen, dass er keine Bedrohung mehr für die Kinder darstellte.

Als der Hotelpage die Wagentür öffnete, bezahlte ich den Fahrer und ließ mich von dem Mann im Smoking zur Tür geleiten. Ich sollte mich ganz auf Jimmy konzentrieren, auf diese Veranstaltung, auf was auch immer hier passieren würde. Aber nein.

Stattdessen sah ich bei jedem Blinzeln Ruths Mund auf Wulfs, seine Hand auf ihrem Arsch, während sie rittlings auf ihm saß. Ich hörte wieder das Publikum, das nach Luft schnappte, sah Chet – *Dramakönig* – Bosworths zufriedenes Lächeln und wollte mich am liebsten einfach auflösen. So ging das nicht. Ich musste mich zusammenreißen. Für Emma und Tanner.

„Ihre Einladung, Miss." Der Page übergab mich an eine Art Türsteher, ebenfalls im Smoking, der die Einladungen kontrollierte und jeden am Eintritt hinderte, der hier nicht hingehörte. Leute wie mich. Ich hatte in diesem Veranstaltungsaal mit Marmorsäulen nichts verloren. Das Gebäude schüchterte mich ein, es sah wie ein Gerichtsgebäude aus ... oder wie eine Burg.

Ich zwang mich zu einem Lächeln und reichte ihm das Leinenpapier, dann wartete ich, bis er einer weiteren Person auf der anderen Seite der Glastür leicht zunickte. Die Tür ging auf und eine Frau in einem eleganten weißen Satinkleid kam zur mir, um mich zu begrüßen.

„Willkommen. Willkommen. Sie sehen hinreißend aus, Liebes. Wahrlich wunderschön."

„Danke." War das ihr Job? Jeder Person, die hereinkam, übertriebene Komplimente zu machen?

„Wie lautet Ihr Name?", fragte sie. „Ich werde Sie zu Ihrem Tisch für den heutigen Abend geleiten."

Ich nannte ihr meinen Namen und sie nickte, ohne auf irgendeine Liste zu blicken. „Natürlich. Wenn Sie mir bitte folgen würden?"

Sie führte mich durch einen großen Ballsaal mit runden Tischen, wie ich sie noch nie gesehen hatte. Blumen rankten sich an allen Wänden herunter, die Tische waren für ein Dinner gedeckt, das Porzellan sah so zerbrechlich aus, dass man hindurchsehen konnte. Die Goldverzierungen waren ohne Zweifel echt. Die Kristallgläser sahen kostbar aus, die Gäste wirkten, als kämen sie von einem anderen Planeten. Buchstäblich. Ich hatte noch nie so viel Gold und Edelsteine auf einem Haufen gesehen. Die Diamanten im Saal könnten wahrscheinlich ein kleines Land ein Jahr lang am Laufen halten.

Bis zur Hälfte der Strecke durch den Saal nahm niemand von mir Notiz. Dann hörte ich eine Frau nach Luft schnappen. Gefolgt von: „Ist das nicht die Frau aus der Sendung *Bachelor-Bestie*?"

„Oh mein Gott, ich glaube, das ist sie."

Dann folgte mehr Gemurmel. Bis meine Begleiterin und ich endlich an dem Tisch angekommen waren, der offenbar mein Ziel war, hatte ich einiges Aufsehen erregt und achtete daher kaum auf die Leute, die dort auf mich warteten. Bis ich *seine* Stimme hörte.

„Ah, da bist du ja, meine Schöne. Was hat dich aufgehalten?" Jimmy stand auf, um mich zu begrüßen, neben ihm war ein Platz frei, der *einzige* freie Platz am Tisch. Er sah gut aus, zivilisiert, in dem schwarzen Anzug und der Krawatte, aber ich wusste, welches Monster hinter der Fassade lauerte. Sein finsterer Blick verschreckte alle Neugierigen, die mir gefolgt waren, denn sicher konnten sie ebenso wie ich spüren, dass er ein Dämon war.

Bring mich in Verlegenheit und Emma stirbt als Erste.

Ich konnte hier keine Szene machen. Mindestens zwei Frauen hatten – natürlich sehr diskret – ihre Handys herausgeholt und nahmen ohne Frage alles auf. Ich bemerkte einen Fotografen, der sich langsam vom anderen Ende des Saals in unsere Richtung bewegte, die Kamera auf uns gerichtet. Bestimmt hatte seine Kamera einen hohen Zoomfaktor und er hatte längst Bilder von uns gemacht. Mist. Das hatte ich so nicht erwartet. Überhaupt nicht. Vorher war alles immer im Verborgenen abgelaufen. Jetzt? Jetzt wusste jeder, dass ich *mit* Jimmy Steel hier war.

„Was willst du, Jimmy?" Ich sah mich im Saal um, dann wieder dorthin, wo er stand und darauf wartete, dass ich mich hinsetzte. Wie ein Gentleman rückte er mir den Stuhl passend hin.

„Meine Liebe, ich möchte dir einfach nur ein paar Freunde vorstellen." Sein Blick glitt über mich und er ließ sich Zeit dabei, was mir noch mehr Unbehagen bereitete. „Du siehst hinreißend aus in dem Kleid. Wir werden später noch irgendwo auf einen Drink hingehen."

War das eine Einladung oder eine Drohung? Das konnte er doch nicht ernst meinen. Mein Interesse an *irgendeiner* Art von Beziehung war gleich null, seit ich fälschlicherweise angenommen hatte, in dem außerirdischen Kriegsfürsten Wulf die Liebe meines Lebens gefunden zu haben. Nein. Da musste erst die Hölle zufrieren, auftauen, eine Weile brennen und wieder zufrieren. Und außerdem müsste ich tot sein, bevor ich freiwillig Zeit mit diesem Mann verbringen würde.

Ich reagierte nicht auf die Einladung, bedankte mich nicht einmal für das Kompliment, trotz der Zuhörer. Ich konnte die Worte einfach nicht über die Lippen bringen.

Bring mich in Verlegenheit und Emma stirbt als Erste.

„Wo sind Tanner und Emma?"

„Sie sind natürlich hier. Bei den anderen Kindern." Er deutete in eine Richtung und ich sah, dass es einen abgetrennten Bereich hinter Glas gab. Dahinter rannten und spielten ein paar hübsch angezogene Kinder. Mitten in der Gruppe, lachend und fröhlich, als gäbe es kein Wölkchen an ihrem Himmel, befanden sich meine Nichte und mein Neffe. Wohlbehalten.

Gott sei Dank. Meine Knie wurden für einen winzigen Moment weich und Jimmy fasste mich am Ellbogen, um mich zu stützen. Seine Berührung verursachte mir eine Gänsehaut.

„Was willst du, Jimmy?", fragte ich erneut, denn falls er die Frage bereits beantwortet hatte, war mein Hirn nicht in der Lage gewesen, sie mitzukriegen.

„Ich habe gesehen, was da heute im Fernsehen passiert ist, mit dieser Ruth, so hieß sie doch? Ich dachte mir, du würdest vielleicht gern einen schönen Abend haben, um die Sache zu vergessen." Seine Hand lag noch immer auf meinem Ellbogen und er nutzte diese Chance, um mich zu dem Stuhl zu führen, der für mich mit einer handgeschriebenen Karte reserviert war.

Miss Olivia Mercier. Als ob ich hierhergehören würde. Was für ein Witz.

Jimmy setzte sich neben mich und lächelte so breit, dass sämtliche Zähne in seinem Mund entblößt wurden. Mit lauter Stimme wandte er sich an die anderen Gäste am Tisch. „Olivia, meine Liebe. Ich wusste, du würdest einen schönen Abend zu schätzen wissen und meine besten Freunde möchten dich gern kennenlernen."

Wenn Jimmy einen einzigen echten Freund hatte, dann war ich ein Gehirnchirurgin. Aber wie auch immer. Die Kinder waren in Sicherheit. Sie befanden sich an einem öffentlichen Ort. Mein Stuhl stand neben Jimmys, aber es war so arrangiert, dass ich die Kinder im Blick hatte. Clever. Jimmy Steel war einer der cleversten Kriminellen des Planeten.

Am Tisch saßen zwei weitere Paare, alle ungefähr in den Sechzigern. Jeder einzelne von ihnen trug mehr Geld in Form von Kleidung und Schmuck am Leib, als ich im Jahr verdiente.

„James, mein Bester, stell uns doch bitte deiner hübschen Verabredung vor."

Verabredung? Ich war verdammt noch mal nicht sein Date. Ich war seine Geisel. Und *James*? Niemand nannte ihn so. Niemand, den ich kannte. Und ich kannte so ziemlich jeden Großverteiler von Drogen in Miami, die er kontrollierte.

Er griff nach meiner Hand auf dem Tisch und ich zwang mich zu einem Lächeln und hielt den Mund.

„Ich möchte euch die wundervolle Olivia Mercier vorstellen." Er nickte und drehte das Kinn zur Seite, als wäre er der perfekte Freund. „Olivia, das sind Marcia und Walter Smith, und Agnes und Harold Jenaway."

Letzteren Namen hatte ich schon einmal gehört. Irgendwo. Ich sah genauer hin.

„Senator Jenaway? Aus Florida?"

Sie kicherte und ihr strahlender Ehemann nahm ihre Hand auf dieselbe Art, wie Jimmy meine noch immer festhielt. Ich bezweifelte jedoch, dass Harold so fest zudrücken musste, um seine Frau daran zu hindern, wegzulaufen. „Meine Liebe, ich habe dir doch gesagt, jemand würde dich hier erkennen."

Sie lächelte ihn an. Ihr neckender Ton klang natürlich und leicht, als wären sie schon eine Ewigkeit verheiratet und könnten gegenseitig ihre Gedanken lesen. „Du hattest recht, Harold, wie üblich. New York ist nicht so weit entfernt von Florida."

Er hob ihre verschränkten Hände an seinen Mund und küsste ihre Knöchel. „Was würdest du nur ohne mich machen?"

Sie beugte sich vor und küsste ihn auf die Wange. „Weißt du, Liebster, diese Skulptur aus Silber und Stein von Prillon Prime hat mir wirklich gut gefallen. Meinst du, du könntest den Stand der Gebote noch einmal prüfen?"

„Natürlich." Er zwinkerte mir zu, als er aufstand. „Eine glückliche Gattin garantiert ein glückliches Leben. Nicht wahr, Olivia?"

Ich nickte stumm, während das andere Paar, Marcia und Walter, wie auf Kommando ebenfalls aufstand und die Frau beinahe entschuldigend flüsterte.

„Ich habe ein Auge auf die Platinhandschellen von Atlan geworfen." Sie blickte sich um, als befürchte sie, jemand könnte sie hören. „Ich will sie unbedingt haben und möchte nicht, dass mich jemand überbietet."

Ihr Ehemann hatte seine Hand auf

ihren Rücken gelegt und führte sie vom Tisch weg. „Niemand wird dich überbieten, meine Liebe. Du hast bereits ein kleines Vermögen dafür geboten."

„Man weiß nie."

„Ja, meine Liebe."

Das Trio ging davon, ich nahm an, irgendwohin, wo Kunst von Außerirdischen ausgestellt wurde, was mich am Tisch zurückließ mit Jimmy – der Gott sei Dank endlich meine Hand losgelassen hatte – und Senatorin Agnes Jenaway aus Florida, die auf einmal gar nicht mehr so freundlich aussah.

„Ich bin froh, dass du unserer Einladung gefolgt bist, Olivia", sagte sie.

„Unserer Einladung?" Die Wahl ihrer Worte ließ mich räuspern. „Nennt man das jetzt so?"

Sie lächelte und nippte an ihrem Kristallglas mit Weißwein. „Natürlich. Die Kinder sehen herzig aus, findest du nicht auch? Glücklich? Gepflegt? Ohne eine einzige Sorge auf der Welt?" Sie blickte dorthin, wo sie spielten, mit einem zufriedenen Leuchten in ihrem Blick. „Ich habe ihre Kleidung selbst ausgewählt. Was für hübsche Kinder. Du sorgst wirklich sehr gut für sie, meine Liebe."

Wie meinte sie das nur? Was wollte sie denn? „Ich tue mein Bestes."

„Natürlich tust du das. Das ist die Aufgabe einer Mutter. Nicht wahr, James?"

„Ja, Mutter."

Mutter? Was? WAS?

„Klapp den Mund zu, liebes Kind. Hat deine Mutter dir kein Benehmen beigebracht?", tadelte die Senatorin und ich klappte den Mund zu wie ein gehorsames Kind.

„Was wollen Sie?", fragte ich erneut. Jimmy Steel war James Jenaway? Der Sohn einer Senatorin? Was zur Hölle?

„Was denkst du denn, was ich will?", fragte sie.

Ich würde sie umbringen. Jimmy. Jeden in diesem verdammten Saal. Der Kellner beugte sich vor, um ihr Glas mit mehr Wein zu füllen, aber sie winkte ihn mit einem leisen Danke sehr und der Bitte um etwas Privatsphäre fort.

„Ja, Ma'am." Der unschuldige Kellner platzierte sich in Sichtweite an der Wand, um von der Senatorin jederzeit mit einem Schnippen ihrer bösartigen Finger herbeizitiert zu werden.

„Nun, da wir allein sind, Olivia, hätten James und ich dir ein Angebot zu unterbreiten."

„Was für ein Angebot?" Immer wieder huschte mein Blick hinüber zu Emma und Tanner, die dort spielten und nichts ahnten, welche Gefahr ihnen drohte.

„Zunächst muss ich fragen, ob du dich wirklich in diesen Außerirdischen verliebt hast? Wie war doch sein Name? Kriegsfürst Wulf?"

„Ich wüsste nicht, was das hiermit zu tun hat."

Meine Nicht-Antwort war ihr offenbar Antwort genug, denn sie lächelte und mir wurde flau im Magen. „Natürlich hast du. So gutaussehend, so männlich, so anders, als die Männer auf der Erde, die deine ... Rubensfigur vielleicht nicht so zu schätzen wussten."

Bezeichnete sie mich jetzt etwa als fett? „Was. Wollen. Sie?"

„Die Frage, meine Liebe, ist, was du willst."

Als ich schwieg, sprach sie weiter.

„Schau, diese Frau, Ruth Sanchez, ist für mich ein ebenso großes Problem wie für dich. Ich habe James gebeten, ihretwegen etwas zu arrangieren, damit sie mir nicht im Weg steht. Oder dir."

„Ich verstehe nicht."

„Doch, tust du. Stell dich nicht dumm. Sie hat deine Chance ruiniert, den Außerirdischen zu bekommen, den du liebst. Sie hat meine Pläne ruiniert, eine erfolgreiche Geschäftsbeziehung mit einer brandneuen, weltberühmten, menschlichen Braut in der Kolonie einzugehen. Ruth wird praktischerweise verschwinden und unsere Pläne können fortgesetzt werden. Deine und meine,

meine Liebe. Du wirst Wulf zurückbekommen, auf seinen Knien rutschend, und ich werde dich genau da haben, wo ich will."

Ich hatte eine grauenhafte Vorstellung davon, was sie meinte. „Und wo sollte das sein?"

„In der Kolonie selbstverständlich. Mit deinen Kindern, wo du das Leben lebst, was du dir schon immer erträumt hast. Win-win."

Jimmy saß schweigend neben mir, offenbar zufrieden, dass seine Mutter in ihrer Rolle als böser Mastermind glänzte. „Er will mich nicht", beharrte ich. „Er liebt Ruth."

„Sicher. Du wirst nur seine zweite Wahl sein, aber ist das wichtig, wenn du ihn am Ende bekommst?"

Ja, das war wichtig. „Was kann ich Ihnen denn in der Kolonie schon nutzen? Ich verstehe nicht, was Sie von mir wollen."

„Du wirst eine Braut sein. Der man vertraut. Die man bewundert. Du kommst an alles dran. Waffen. Technologie. Kunst. Es gibt eine Kunsthändlerin auf Viken, eine menschliche Braut namens Sophia Antonelli. Sie hat bei der Organisation des heutigen Abends hier geholfen, von Viken aus. Du kannst sie jederzeit kontaktieren. Ich will das alles und du wirst es mir verschaffen. Ich werde dich mit zwanzig Prozent am Gewinn beteiligen und dir persönlich garantieren, dass niemand, der dir am Herzen liegt, ganz plötzlich einen Unfall hat, nachdem du die Erde verlassen hast."

Sicher, ich wollte Wulf, aber der wollte Ruth. Und ich wollte, dass er glücklich war. Er verdiente es, glücklich zu sein. Ich war kein Mörder. So sehr ich Ruth Sanchez im Augenblick auch beneidete, ich konnte das nicht zulassen. Aber was sollte ich tun? Jimmy hatte Lucy bereits bedroht. Meine Cousins? Ich verbrachte nicht viel Zeit mit ihnen, aber ich wollte trotzdem nicht, dass sie ermordet wurden. Meine Großmutter?

Es musste einen Ausweg geben. Alaska vielleicht? Südamerika? Irgendwo, wohin ich mit Tanner und Emma verschwinden konnte, außerhalb der Reichweite einer Senatorin? Wo genau war das wohl? Mars?

Es gab Gerüchte, dass sie in ein paar Jahren als Vizepräsidentin kandidieren würde. Sie war reich. Mächtig. Hatte Verbindungen. Meine Güte, sie hatte wahrscheinlich einen Assassinen in der Kurzwahlliste, auf beiden Seiten des Gesetzes.

„Was, wenn ich nicht mitmache?", fragte ich.

„Dann wirst du diejenige sein, die verschwindet." Jimmy küsste mich auf die Wange, nachdem er mir diese Worte ins Ohr geflüstert hatte, sein Atem stank nach Zigarrenrauch und Gin.

„Tanner und Emma?", fragte ich.

Sie nippte an ihrem Wein und winkte nach dem Kellner. „Ich bin sicher, ich kenne einen Richter, der dafür sorgen kann, dass sie in einer geeigneten

Pflegefamilie unterkommen, wenn du ... nicht mehr da bist, um dich um sie zu kümmern."

Jimmy grinste lüstern und ich war mir sicher, sie nicht falsch verstanden zu haben. Sie würde dafür sorgen, dass es eine grauenvolle Familie sein würde. Und niemand wäre da, um sie zu beschützen.

Ich würde mich gleich übergeben müssen. Hier und jetzt. Über das schöne Kleid und all die Leute hier. Das war etwas anderes, als Drogen in einer schmierigen Bar abzuliefern. Dies war viel schlimmer. Aber ich wollte, dass Wulf glücklich war. Er musste es einfach sein. Ich konnte weder Ruths Leben opfern noch Wulfs Glück, nur weil mein Bruder ein Arschloch gewesen war. Dies war mein Problem. Ich würde allein damit fertig werden. Wie mit allem anderen in meinem Leben.

„Ich werde mich freiwillig melden, okay? Ich melde mich im Interstellaren Bräute-Zentrum und melde mich freiwillig. Ich werde darum bitten, in die Kolonie geschickt zu werden. Aber bitte tut Ruth nichts. Und mir auch nicht." Ich blickte der Frau fest in die Augen und achtete darauf, dass der Hass, den ich empfand, klar und deutlich sichtbar war. „Rührt meine Kinder nicht an. Ist das klar?"

„Natürlich. Ich bin doch kein Monster." Sie klang so ... rational.

Jimmy lehnte sich zurück und trank den letzten Schluck Gin aus. „Siehst du, Mutter? Ich habe dir gesagt, sie wird vernünftig sein."

„Ja, Ma'am? Was kann ich Ihnen bringen?", fragte der Kellner die lächelnde Agnes Jenaway.

„Schenke Olivia etwas ein, sie scheint es zu brauchen."

Der Kellner kam um den Tisch herum und füllte mein Kristallglas. Mit zitternder Hand trank ich einen Schluck, während meine Gedanken rasten. Ich hatte mir etwas Zeit verschafft, aber nicht viel. Wenn sie ein wenig nachforschten, würden sie feststellen, dass ich mich nicht freiwillig melden konnte mit den beiden Kindern. Das hatte ich ja schon versucht. Der einzige Grund, warum ich mit Wulf gehen und Emma und Tanner mitnehmen könnte, wäre, weil ich dann schon seine Gefährtin wäre. Ich musste aus New York verschwinden und untertauchen. Wirklich untertauchen. Mit einem neuen Namen. An einem anderen Ort. Alles müsste anders sein.

Harold, Marcia und Walter kehrten an den Tisch zurück, als der Kellner eine Platte mit Appetithappen vor mir abstellte. Übergangslos wandte sich Agnes an ihren Ehemann und hielt ihm ihre Wange hin für einen Kuss – als hätte gerade nicht damit gedroht, mich zu töten und meine Kinder zu foltern. „Nun? Wie steht es mit den Geboten auf dem Objekt von Prillon Prime?"

Harold grinste. „Niemand hat dich bisher überboten."

Sie hob ihr Glas an die Lippen und

trank einen Schluck, während sie über den Rand des Glases zu mir schaute. „Das werden sie auch nicht."

Walter zog seiner Frau den Stuhl heraus und nahm dann selber Platz und rieb sich die Hände. „Zeit zum Essen! Das Dinner soll ausgezeichnet sein. Angeblich wurde der Koch extra aus Italien eingeflogen."

„Jeder hat seinen Preis." Harold platzierte die Serviette auf seinem Schoß, als der Kellner den Teller mit den Appetithappen vor ihm abstellte. Er blickte mich mit einem Lächeln an. „Hungrig, Olivia?"

Agnes zog ihre Augenbrauen hoch und wartete auf meine Antwort. Gehorsam hob ich meine Gabel. „Natürlich."

Sie lächelte und nahm den ersten Bissen in den Mund. Er schmeckte wie Asche. Ich trank noch mehr Wein, um das Essen herunterzuspülen, als plötzlich die Hölle losbrach.

15

„Olivia!" Die tiefe Stimme, das Brüllen, war unverkennbar.

Wulf.

Am Eingang gab es lautes Getöse. Als ich aufsah, sah ich, dass Wulf gekommen war, zusammen mit einer ganzen Horde atlanischer Kriegsfürsten, die in den Saal stürmten, gerüstet und bewaffnet. Er war wirklich hier und er war nicht allein gekommen.

Als könnte er mich riechen – und ich wusste, dass er das konnte – kam er direkt zu unserem Tisch und baute sich vor uns auf wie ein Riese, der er ja auch war.

„Jimmy Steel, Ich bin hier, um meine Rechte eines Gefährten wahrzunehmen. Ich bin hier, um dich zu töten."

Einige Männer und Frauen beeilten sich, um in Deckung zu gehen, andere saßen wie gelähmt auf ihren Stühlen, als ein Dutzend schwer bewaffneter Außerirdischer sich im Saal verteilten. Ich stand auf, aber Jimmy war noch schneller, er legte einen Arm um meine Taille und riss mich hoch. Ich spürte den Lauf einer Pistole an meiner Schläfe. „Noch einen Schritt weiter, Wulf, und ich puste ihr den Schädel weg."

„Krümmst du ihr auch nur ein Haar, dann werde ich dafür sorgen, dass du darum bettelst, getötet zu werden", knurrte Wulf.

Jimmy fing an zu zittern, der kalte Stahl berührte mich nun an der Wange, während er versuchte, die Kontrolle zu behalten. Ich sah Wulf an, überwältigt, dass er gekommen war, und dankbar.

„Die Kinder!", rief ich und deutete auf den Bereich hinter dem Glas. Zwei von Wulfs riesigen Mitstreitern bewegten sich schnell in den Raum, während die Umstehenden einfach zusahen. Ich wand mich in Jimmys Griff, ich wollte Tanner und Emma beruhigen und ihnen sagen, sie könnten ruhig mit den fremden atlanischen Kriegsfürsten mitgehen, aber dann hörte ich eine süße Stimme und sackte erleichtert in mich zusammen.

„Wolf! Du bist hier!" Tanners melodische Stimme klang erfreut, aber Wulf wandte den Blick nicht von mir ab.

„Geh mit meinen Freunden, Tanner. Nimm deine Schwester mit." Wulfs klare Anweisung musste wohl den richtigen Effekt erzielt haben, denn Tanner versuchte gar nicht erst, das zu diskutieren.

„Okay. Komm, Emma", sagte Tanner,

als wäre er einer der erwachsenen Atlanen und nicht ein Vierjähriger.

„Bringt meine Kinder hier raus", befahl Wulf.

Meine Kinder. Er hatte sie *meine Kinder* genannt.

Die zwei Atlanen sagten etwas zu Tanner und Emma, was ich nicht hören konnte, aber die Kinder gaben keinen Laut von sich, als sie Krieger sie außer Sicht brachten, in Sicherheit. Zwei weitere Atlanen betraten den Kinderbereich und wiesen die Betreuer an, die Kinder woanders hinzubringen, wo sie sicherer waren.

Wo sie nicht sehen würden, was als Nächstes geschah.

Jimmy wartete nicht so lange. Er entfernte sich langsam von Wulf und den anderen Atlanen, die Waffe an meinem Kopf, und zog mich mit sich. „Bleib zurück. Ich bluffe nicht. Ich *werde* sie töten."

Wulf hob die Hände, ließ seine Waffe fallen und gab den anderen Atlanen das

Zeichen, sich zurückzuziehen. „Beschützt die Menschen. Ich werde mich um die Bedrohung für meine Gefährtin kümmern."

„Nein, Wulf! Nicht", bettelte ich. Was zur Hölle tat er denn da? Er war unbewaffnet! Und ging auf einen Irren mit einer Waffe zu.

„Sei still, Olivia." Wulf machte einen Schritt nach vorn und hatte seine Hände als Zeichen der Aufgabe vorgestreckt. „Lass meine Gefährtin los und ich werde es erlauben, dass die irdischen Behörden sich deiner annehmen."

„Und wenn nicht?", fragte Jimmy. „Wenn ich ihr den verdammten Schädel wegpuste?"

„Wenn du ihr auch nur ein Haar krümmst, werde ich dir den Kopf abreißen und dabei zusehen, wie dein Blut den Boden tränkt." Wulfs Stimme klang tief und brutal. Ich hatte diesen Klang noch nie zuvor gehört. Er meinte jedes Wort. Aber er war noch immer ... Wulf. Die Bestie lauerte unter der Oberfläche.

Ich erkannte in seinen Augen, wie er sich bemühte, die Oberhand zu behalten. Meinetwegen.

„Lass mich einfach gehen, Jimmy", sagte ich. „Das ist es doch nicht wert."

„Wieso hast du eine Waffe? Tu, was er sagt, James." Die Stimme von Jimmys Vater klang ernst, aber auch verwirrt. War es möglich, dass der alte Mann wirklich keine Ahnung hatte, was seine Frau und sein Sohn so trieben?

Jimmy machte einen Schritt zurück. Ich stolperte gegen ihn und er riss mich zurück. Grob. Die Waffe bohrte sich in meine Schläfe und mir traten Tränen in die Augen. Ich bemühte mich, nicht in Panik zu verfallen, aber als ich sah, dass Wulf einen weiteren Schritt nach vorn machte, weiterhin die Hände erhoben, da wollte ich nur noch schreien.

„Du bist wirklich ein dummes Tier, nicht wahr?" Jimmy nahm die Waffe von meiner Schläfe, richtete sie auf Wulf und ... schoss.

„Nein!", schrie ich und wand mich in

seinem Griff, als mir bewusst wurde, dass ich noch immer das Kristallglas in einer Hand hielt. Mit aller Kraft, die in mir steckte, schlug ich nach ihm und knallte ihm das Glas auf den Kopf, gerade als der zweite Schuss fiel.

„Du Schlampe", fluchte Jimmy, aber er ließ mich los und ich stolperte so weit weg von ihm wie möglich.

Wulf bewegte sich so schnell, dass ich erst nur sein Brüllen wahrnahm, aber da hatte er Jimmy bereits gepackt. Mein Peiniger sah mich mit großen Augen an, voller Schmerz und Entsetzen, als Wulf ihm eine Hand auf die Schulter legte, die andere unter das Kinn und ... zog.

Agnes schrie. Harold brüllte. Die Atlanen im Saal sahen gelassen zu und gaben keinen Laut von sich, als Wulf Jimmys Kopf hoch- und abriss. Das Geräusch reißenden Fleisches ließ mich würgen und ich musste den Blick abwenden, als das Knirschen und Brechen des Genicks den Saal erfüllte.

Alle im Saal schrien und schnappten entsetzt nach Luft.

Ich musste den kopflosen Jimmy nicht sehen, um zu glauben, dass er tot war. Ich wollte ihn auch nicht sehen.

„Du Bastard! Dafür wirst du büßen!", tobte Senatorin Jenaway mit schriller Stimme. Der Klang ging mir durch Mark und Bein. Ich drehte mich zu ihr um.

„Nein, Agnes, du wirst mir büßen", sagte ich zu ihr, plötzlich ganz ruhig. „Ich kenne jeden Drogendealer, den Jimmy benutzt hat. Jeden Übergabeort. Ich weiß, dass du hinter allem steckst. Ich bin sicher, die Polizei wird sich sehr dafür interessieren, was ich zu sagen habe. Du bist erledigt."

Harold wurde blass und führte seine Frau fort, als ob eine Flucht alles gutmachen würde, was sie getan hatte. Sie sahen auf einmal beide deutlich älter und zerbrechlicher aus, als noch vorhin. Man sah eben nicht alle Tage, wie dem eigenen Sohn der Kopf abgerissen wurde.

Walter und Marcia waren nirgends zu sehen und es war mir auch ziemlich egal, was aus ihnen geworden war.

Wulf, mein Wulf, stand vor mir und blutete. Ich blinzelte verwirrt, dann fiel mir wieder ein, dass Jimmy auf ihn geschossen hatte. Zweimal.

Ich lief zu ihm und wollte ihm in die Arme fallen, blieb aber direkt vor ihm stehen. „Oh mein Gott, Wulf. Du bist verletzt."

Er schüttelte den Kopf. „Nein, ich bin kein Mensch und auch kein Atlane, Gefährtin. Nicht mehr." Er legte sanft eine Hand auf meine Wange und ich blickte zu ihm auf, sah, wo Jimmys erster Schuss ihn getroffen hatte.

„Er hat dir ins Gesicht geschossen."

„Pass auf." Wulf stand still da und ich tat, was er verlangt hatte. Ich sah zu, wie seine Haut sich von allein wieder zusammenfügte, wie die Wunde in der Schulter aufhörte zu bluten und dann die Kugel herausschob. Binnen weniger Augenblicke sah er unverletzt aus. Geheilt. Ich nahm eine saubere Serviette vom Tisch, tauchte sie in ein Wasserglas und wischte ihm das Blut von der Wange. Nichts. Es gab keinen Hinweis mehr auf eine Verletzung. Seine Haut war makellos.

„Ich ... ich verstehe nicht."

„Die Integrationen, Gefährtin. Ich bin nicht mehr, was ich einst war." Er beugte sich herab und lehnte seine Stirn gegen meine. „Warum bist du fortgelaufen?"

Ich wusste, er sprach von der Show. „Ich dachte, du wolltest sie."

Er schüttelte den Kopf. „Niemals. Ich gehöre dir, Olivia."

„Was ist mit Ruth ... und den Handschellen?"

„Die Show hatte meine Handschellen als Geisel genommen. Ich wollte Ruth von meinem Schoß herunterstoßen und das habe ich auch, aber ich wollte zuerst die Handschellen in Händen halten. Ich hatte genug von deren Plänen. Es war offensichtlich, dass der Produzent das alles geplant hatte, um meine Bestie zu reizen. Für die ... Einschaltquoten."

Ich nickte verstehend.

„Sobald Chet mir die Handschellen gegeben hatte, stand ich auf, löste mich von Ruth Sanchez und folgte dir."

Er klopfte sich auf die Seite und als ich hinsah, entdeckte ich die Handschellen an seinem Gürtel.

Zum ersten Mal glaubte ich ihm tatsächlich. „Okay." Auf dem Boden lag eine Leiche, ich hatte Blut an den Händen, Wulf hatte Blut an seiner Kleidung. Es war mir egal. Er gehörte mir und ich würde ihn behalten. „Ich würde die Handschellen jetzt nehmen."

Er führte mich ein Stück weg, ohne das Chaos um uns herum zu beachten – und kniete sich hin, die Handschellen in den ausgestreckten Händen. Er senkte den Kopf und wartete.

Einer der Atlanen in der Nähe räusperte sich. „Wenn du ihn als würdig erachtest, dann musst du ihn für dich beanspruchen, indem du ihm die Paarungshandschellen um die Handgelenke schnallst."

Ich war so nervös, voller Adrenalin, aber ich schaffte es, ihm die Handschellen eine nach der anderen anzulegen. Als er zu mir aufsah, voller Lust, Bewunderung und Hingabe – er hielt nichts vor mir zurück – war es beinahe um mich geschehen. „Ich glaube, ich liebe dich, Wulf", gab ich zu. Endlich.

„Ich liebe dich, Olivia Mercier", antwortete er mit tiefer Stimme und einem grollen der Bestie. „Ich wähle dich. Meine Bestie wählt dich." Er nahm das kleinere Paar Handschellen und bat mich, die Hände auszustrecken. „Du gehörst mir, von nun an und für immer."

„Okay." Warum sollte ich noch etwas diskutieren, was ich so verzweifelt wollte? Ein Glücksgefühl, wie ich es mir nicht hatte vorstellen können, durchströmte mich.

„Lass uns nach Hause gehen." Er stand auf, küsste mich zärtlich und steckte mir etwas kleines Rundes an das Kleid.

Ich betrachtete es mit gerunzelter Stirn. „Was ist das?"

„Ein Transportersignal", erklärte er. „Das brauchen wir, um direkt in die Kolonie transportiert zu werden. Auf diese Weise hat Aufseherin Egara die atlanischen Wachen in so kurzer Zeit von der Bräute-Zentrale zu mir gebracht. Sie hat mir auch welche für Emma und Tanner mitgegeben."

„Was ist mit Lucy?", fragte ich. „Sie kann nicht hierbleiben. Nicht, solange Jimmys Mutter noch frei herumläuft."

Er hob den Kopf und nickte dem nächsten Atlanen zu. „Die Frau, Lucy Vandermark, ist verletzt und erholt sich in dem Hotel. Bitte sorge dafür, dass sie sicher in die Kolonie transportiert wird und mit uns dort eintrifft."

„Jawohl, Kommandant."

„Ich bin kein Kommandant", widersprach Wulf. „Nicht mehr."

„Jawohl, Kommandant." Der junge

Atlane grinste und ging weg, bevor Wulf ihn erneut korrigieren konnte.

„Dann darf Lucy mitkommen?", fragte ich, um meine beste Freundin besorgt. Ich konnte sie nicht auf der Erde zurücklassen.

Er nickte nüchtern. „Ja. Sie ist Teil deiner Familie und wird beschützt. Ihr werdet alle eure NPUs bekommen, sobald wir da sind."

Ich sank gegen ihn und schlang meine Arme um seine Taille, einfach, weil es ging. „Danke."

Er hob mich in seine Arme – was sich unglaublich anfühlte – und trug mich aus dem Gebäude. Die Leute machten Platz für uns, niemand wagte es, sich dem Kriegsfürsten in den Weg zu stellen. „Du musst dich nie bei mir dafür bedanken, weil ich mich um etwas kümmere, das mir gehört."

Ich strich mit dem Mund über seinen Hals und fand, das klang fantastisch. Er tippte etwas an seinem Handgelenk und eine weibliche Stimme ertönte.

„Wie lief es, Wulf?"

„Sehr gut, Aufseherin, Egara", sagte Wulf und blieb erst stehen, bis wir bei den beiden Atlanen angekommen waren, die die Kinder auf dem Arm hatten. Die normalerweise stoischen Gesichter der Kriegsfürsten strahlten, als Emma ihrem Kriegsfürsten den Kopf tätschelte.

„Danke für deine Hilfe."

„Gern geschehen", sagte sie. „Ist deine Braut jetzt bei dir? Und die Kinder? Trägt sie die Paarungshandschellen? Seid ihr alle bereit zum Aufbruch?"

Wulf lächelte auf mich herab und stellte mich auf den Boden. Er ging zu den Atlanen, nahm Emma und reichte sie mir. Ich kuschelte sie an mich und küsste ihren süßen Kopf. Dann nahm er dem anderen Mann Tanner ab und bedanke sich bei den beiden. „Alles erledigt, Aufseherin. Wir sind bereit zum Transport."

„Ausgezeichnet. Olivia?"

Ich hob den Kopf, erstaunt, dass die

Stimme von Wulfs Handgelenk sich an mich richtete. „Ja?"

„Dein neues Leben in der Kolonie beginnt in 3 ... 2 ... 1 ..."

Ich klammerte mich an meine Bestie, als alles um mich herum schwarz wurde.

16

ulf

Ich blinzelte, dann noch einmal. Die vertrauten grauen Wände des Transportraums auf Basis 3 umgaben uns. Die Luft fühlte sich anders an. Trockener. Kühler. Der Geruch war vertraut. Verdammt, ich war zurück. Keine dreißig Tage, nachdem ich fortgegangen war, hatte sich *alles* geändert. Der Plan war gewesen, eine Gefährtin zu finden, stattdessen hatte ich eine komplette Familie gefunden. Das Paarungsfieber war noch nicht abgeklungen, aber es hatte mich immerhin dazu gebracht, es bisher zu schaffen, raus aus der Gefahr und dem Wahnsinn, der uns auf der Erde umgeben hatte.

Ich blickte auf Tanner herab, der ohnmächtig in meinen Armen lag. Angesichts der großen Entfernung zur Erde war das nicht verwunderlich. Ich spürte die Müdigkeit auch, dabei wog ich sechs- oder siebenmal so viel wie er. Und ich war an den Energieverlust gewohnt, denn ich war schon hunderte Male auf diese Weise transportiert worden.

Mein Blick fiel auf Olivia neben mir. Sie sah mich mit großen Augen an und legte ihre Hand auf meinen Arm. Es erstaunte mich, dass sie bei Bewusstsein war, denn ich hatte gehört, dass viele Frauen von der Erde liegend auf der Plattform ankamen. Emma lag ohnmächtig in ihren Armen.

Entsprechend meiner Anweisung hatte der Atlane Lucy gefunden und ihr einen Anstecker für das Transportsignal gegeben. Ihre Ankunft war mit unserer zeitlich abgestimmt worden, denn sie stand hier neben uns.

Lucy machte einen Schritt und drehte sich. „Wow."

Ein Glück. Wir waren alle hier, zusammen. Keine Probleme beim Transport, keine Katastrophen in letzter Sekunde, die uns hätten aufhalten können. Es war vorbei. Die Mission zur Erde war abgeschlossen. Ich war vollständig zurückgekehrt. Mehr als vollständig.

„Seid ihr beide in Ordnung?", fragte ich, um zunächst einmal sicherzustellen, dass es allen gutging. Ich wollte verhindern, dass sie ohnmächtig umkippten und sich den Kopf stießen.

„Meine Güte, ja", sagte Lucy grinsend. „Wie bei *Star Trek*. ‚Beam mich hoch, Scotty.'"

Etwas abseits von der Transportplattform standen Gouverneur Maxim, mit dem kleinen Max auf dem Arm, daneben Lady Rone, Kjel und Surnan.

Ich blickte unseren Gouverneur an und nickte respektvoll, aber zuerst brauchte ich unseren Arzt. Ich trug Tanner die Treppe hinunter und brachte ihn direkt zu ihm. „Hast du die Neuroprozessor-Units da? Es wäre gut, die jetzt einzusetzen, dann kann es ihnen keine Angst machen."

Der konzentrierte und oft unnachgiebige Arzt nickte. Er war von Aufseherin Egara angefordert worden, wofür ich ihr sehr dankbar war. Das kleine Gerät zum Einsetzen der NPU, dessen Name mir entfallen war, befand sich bereits in seiner Hand.

Bevor ich dem Arzt gestattete, anzufangen, sah ich Olivia an, die gerade die Treppe herunterkam und sich neben mich stellte. „Er möchte die NPUs jetzt einsetzen, solange sie noch ohne Bewusstsein sind. Soll er es zuerst bei dir machen, damit du verstehst, um was es sich dabei handelt?"

Sie verstand die Sprache des Arztes nicht.

„Oh, ja", sagte sie.

„Dreh dich einfach zur Seite und lege den Kopf schräg, damit er die NPU an deiner Schläfe einsetzen kann." Sie tat, was ich sagte und legte den Kopf auf die Seite. Sie zuckte zusammen, als das Implantat eingesetzt wurde, aber nur für einen Moment. Surnan wandte sich an Lucy. „Sie auch, bitte."

„Oh, ich verstehe!", sagte Olivia mit großen Augen.

Lucy runzelte die Stirn.

„Du bist dran mit der NPU", erklärte Olivia.

„Oh, großartig." Lucy kam heran und stellte sich vor Surnan in Position. Er erledigte das Einsetzen ihres Implantats in wenigen Sekunden und sie ging gleich wieder los, um Surnan anzuschauen.

„Jetzt sind die Kinder dran", sagte ich.

Meine Handschellen befanden sich zwar an ihren Handgelenken, aber wenn es um die Kinder ging, war mir ihre Zustimmung wichtig. Sie nickte und ich schob Tanner so hin, dass Surnan an seine Schläfe kam.

Mit einem Piepen wurde der kleine Chip implantiert. Er hielt ein Testgerät über ihn, um seine Gesundheit zu checken.

„Das ist meine Gefährtin Olivia", sagte ich zu allen, während er das tat, auch wenn ich davon ausging, dass sie von allein drauf gekommen waren.

Sie machte einen Schritt nach vorn, als Surnan sie anschaute und eine Verbeugung andeutete. „Meine Dame. Der Junge ist gesund. Er wird bald aufwachen und sehr neugierig auf sein neues Zuhause sein."

Olivia lächelte und sah alle ringsum an. „Hallo. Wie nett, ein solches Empfangskomitee zu haben. Diese NPU ist toll."

Lady Rone kam herüber, lächelte und strich über Emmas Locken. „Wulf ist für eine Realityshow auf die Erde gegangen, aber es endete in einer Seifenoper. Hi, ich bin Rachel. Es freut mich sehr, dass du hier bist."

„Das ist Tanner und das" – Olivia hob die schlafende Emma von ihrer Schulter – „ist Emma."

„Sie werden nichts spüren", versprach Surnan und setzte bei Emma den Chip hinter das Ohr. Dann prüfte er auch ihren Gesundheitszustand schnell. „Sie ist ebenfalls gesund, aber der Transport hat all ihre Energie aufgezehrt. Kein Grund zur Sorge." Er legte das Gerät weg und zog stattdessen einen ReGen-Stab aus seiner Tasche, mit dem er erst über Emmas, dann über Tanners Einstichstelle glitt. Es dauerte nicht mehr als dreißig Sekunden.

„Erledigt. Sie werden nicht einmal wissen, dass sie Implantate haben."

„Danke, Doktor", sagte ich.

„Darf ich Sie ebenfalls scannen, meine Dame?", fragte Surnan.

Meine Augen wurden schmal, ich war sehr vertraut mit Surnans Bedürfnis, alle neuen Gefährtinnen zu untersuchen. „Sie ist keine Braut", erinnerte ich ihn.

„Surnan hat seine Lektion mit Mikki gelernt", sagte Rachel mit hochgezogener Augenbraue.

Er hob die Hände, einen kleinen Scanner zwischen den Fingern. „Nur ein Scan. Bei deiner Gefährtin und ihrer Freundin."

Ich hatte Lucy vergessen, die neben der Transportkonsole stand und sich alles anschaute. „Das ist Lucy Vandermark."

Lucy kam zu uns und reichte dem Doktor die Hand. „Freut mich, Sie kennenzulernen. Sie sehen gar nicht aus wie ein Atlane."

Er schenkte ihr ein kleines Lächeln. „Nein. Ich stamme von Prillon Prime. Mit Ihrer Erlaubnis werde ich mit diesem Stab Ihre Gesundheit überprüfen, um sicherzustellen, dass Sie beim Transport keinen Schaden genommen haben."

Lucy musterte Surnan. Mit seinem

goldenen Hautton und den ernsten Gesichtszügen musste er faszinierend für sie sein. Außerdem waren seine Integrationen sichtbar.

„Bis auf die Farbe erinnern Sie mich an Spock", sagte sie mit einem Lächeln und einem Schulterzucken. „Nur zu."

Er scannte erst sie, dann Olivia. Da sie direkt neben mir stand, nahm der Scanner auch einige meiner Daten auf. „Kriegsfürst, das Fieber ist noch da." Sein Blick fiel auf meine Handschellen, sichtlich erleichtert, dass ich sie trug.

„Ja, mein Paarungsfieber ist noch nicht weg. Ich muss meine Gefährtin erst noch für mich beanspruchen."

Er machte einen Schritt zurück, als würde meine Bestie gleich herauskommen und ihm den Kopf abreißen. „Du musst etwas dagegen tun."

Olivia wurde rot und ich zog nur eine Augenbraue hoch.

„Wir haben die letzte Show gesehen. Oh mein Gott, ich muss dafür sorgen, dass diese Ruth Sanchez keine zweite

Chance bekommt, einen passenden Partner zu finden", sagte Rachel mit sorgenvoller Stimme.

Ich dachte an Ruth, an ihre nachtragende, manipulative Art. Ich wusste nicht, warum ich so aufgebracht war, als sie mich zurückwies. Rückblickend kann ich mich nur als Glückspilz bezeichnen.

Maxim gesellte sich zu seiner Frau und der kleine Max klopfte ihr auf die Schulter. Rachel nahm seine Hand und küsste die Innenfläche. „Ich habe ihren Auftritt gesehen. Wir können sie nicht für ihr Verhalten verurteilen. Der zweite Test, falls sie sich noch einmal freiwillig melden sollte, würde sie erneut mit einem Atlane zusammenführen, der ihre wilde Art zähmen könnte."

„Sie würde eher auf Trion enden, wo ihr Gefährte sie übers Knie legt", sagte Kjel, als er sich zu uns gesellte.

Ich konnte dagegen nichts vorbringen. Ich war nur froh, dass Ruth Sanchez nicht mir gehörte.

„Was wurde aus der Show?", fragte Olivia.

Rachel lachte auf. „Nachdem Wulf ein zweites Mal davongestürmt ist, hat Chet Bosworth davon geredet, dass er dann wohl tatsächlich in dir, Olivia, seine Gefährtin gefunden haben muss. Er fing an zu schwärmen und schwülstige Reden zu schwingen und das Publikum hat es alles geschluckt. Ich auch. Ich habe mit Aufseherin Egara gesprochen. Jetzt will man sie interviewen, wie alle gemeinsam hierher transportiert wurden. Ein Happy End."

Sie seufzte.

Ich runzelte die Stirn. „Was ist mit der Sache auf dem Ball?", fragte ich, besorgt, dass es einige Frauen davon abschrecken könnte, sich freiwillig zu melden – was immerhin der Hauptgrund für mich gewesen war, überhaupt auf die Erde zu kommen.

Maxim machte einen Schritt auf uns zu. „An der Bereinigung der Lage wird noch gearbeitet."

Wir waren schließlich direkt von der Veranstaltung hierher transportiert worden.

„Du wirst als Held betrachtet werden, der die Erde von einem Drogenbaron befreit hat, der die gesamte Ostküste der USA ins Chaos gestürzt hätte, so sagte man mir jedenfalls."

„Ich bin kein Held. Ich wollte nur meine Gefährtin."

Rachel grinste und deutete auf mich. „Das ist der Grund, warum die Frauen Schlange stehen werden, um sich testen zu lassen. Gut gemacht, große Klasse."

Tanner regte sich in meinen Armen und hob den Kopf. „Wolf, sind wir schon in deinem Haus?"

Er sah sich staunend um. „Hi! Ich bin Tanner von der Erde."

Surnan lächelte ihn an. „Es gibt hier ein paar Jungen und Mädchen, die dich gern kennenlernen möchten."

Tanner richtete sich auf meinem Arm auf, als wäre er von frischer Energie erfüllt. „Wirklich?"

„Ich habe einen Jungen, der nur wenig älter ist als du", sagte Kjel. „Sein Name ist Wyatt. Ich habe ihm von dir erzählt und er sollte eigentlich ..."

Die Tür zum Transporterraum glitt auf und Wyatt kam hereingerannt. Seine Mutter Lindsey war direkt hinter ihm. Der Junge war menschlich und wenn ich mich recht erinnerte, etwa sechs oder sieben Jahre alt.

„... hier sein."

„Mein Vater hat gesagt, ein Junge von der Erde würde kommen!", sagte Wyatt und zappelte aufgeregt herum. Ihm fehlten die beiden oberen Schneidezähne.

Tanner zappelte auf meinem Arm und ich stellte ihn auf seine Füße. „Ich bin Tanner und ich bin vier." Er klopfte sich auf die Brust.

„Ich bin Wyatt und ich wurde auf der Erde geboren. Dann bin ich hergekommen, um hier zu leben, genau wie du. Ich grabe nach Dinosaurierknochen. Willst du mir helfen?"

Tanner drehte sich um und schaute zu Olivia hoch. „Ihr habt ihr Saurier?"

„Keine echten. Ich tue nur so."

„Darf ich? Darf ich?", fragte Tanner.

Von der lauten, eifrigen Stimme wurde Emma wach, sah sich um und blinzelte.

Tanners strahlendes Gesicht erfüllte mich mit Freude. Es würde das Fieber nicht senken, das konnte nur Olivia, aber es half, damit mein rastloser Geist zur Ruhe kam. Sein Staunen und seine Aufregung angesichts der Welt um ihn herum – ob das nun die Erde war oder die Kolonie – war ansteckend. Es war etwas, das Surnan nicht heilen sollte.

„Ich heiße Lindsey." Sie kam zu uns und legte Wyatt eine Hand auf die Schulter. „Es ist in Ordnung, wenn Tanner mit uns kommen möchte. Wie es aussieht, würde es ein Drama geben, wenn er nicht mitkommt. Ich bin sicher, ihr habt anderes zu tun."

Lindsey grinste und es schien, als

wüssten alle darüber Bescheid, was mit mir los war.

„Oh, ähm, sicher", sagte Olivia.

„Tanner", sagte ich.

Er blickte zu mir auf. „Erinnerst du dich, wie wir Jäger gespielt haben?"

Er nickte, seine Haartolle wippte in die Stirn.

„Wyatts Vater ist dieser Jäger." Ich deutete auf Kjel. „Er ist Everianer, wie ich es dir erzählt habe, und der beste Jäger, den ich kenne. Ich wette, er und Wyatt können dir einiges beibringen."

Seine Kinnlade klappte herunter und er blickte Kjel staunend an. Kjel, der von Natur aus sehr still war, grinste auf Tanner herab und strubbelte ihm durch das Haar. „Komm, Erdling. Wulf wird deiner Mutter euer neues Quartier zeigen. Vielleicht darfst du bei Wyatt übernachten und er kann dir alles zeigen. Okay?"

Tanner konnte nur nicken und blickte zu Olivia auf. Sie war nach wie vor maßgeblich für ihn. Sie beugte sich vor und küsste ihn auf den Kopf. „Nach Dinosaurierknochen graben und jagen lernen?"

Er nickte und zappelte noch mehr herum.

„Viel Spaß", murmelte sie. „Und benimm dich!"

Er verschwand mit Wyatt in Warp-Geschwindigkeit aus dem Transportraum. Alle lachten über ihre Begeisterung und darüber, wie leicht sie Freundschaft geschlossen hatten. Kjel nahm Lindseys Hand und ging mit ihr zum Ausgang. „Wir passen auf ihn auf", sagte er mit einem Blick über die Schulter. „Keine Sorge. Sieh zu, dass du das Fieber loswirst."

„Ja, Kriegsfürst", sagte Maxim und klopfte seinem Sohn auf den Rücken. „Als dein Gouverneur befehle ich dir, deine Gefährtin mit in dein Quartier zu nehmen und sie für dich zu beanspruchen. Setz dem Paarungsfieber ein Ende. Endlich."

Ich musste grinsen und meine Bestie

lief im Kreis und knurrte mich an, sie endlich zu nehmen.

„Wir nehmen Emma", sagte Rachel mit Hoffnung in den Augen, denn ich war mir sicher, sie wünschte sich ein weiteres Kind, möglichst eine Tochter. „Max ist etwas kleiner, aber wir haben Spielzeug und andere Sachen, um sie zu beschäftigen. Und unser Quartier ist kindersicher."

„Sie klammert ziemlich. Ich möchte nicht, dass sie die ganze Zeit einen Aufstand macht", sagte Olivia und strich über Emmas Haar. Tanner war nicht schüchtern, Emma aber sehr wohl.

„Ich bin ein vertrautes Gesicht", sagte Lucy, kam zu Olivia und streckte die Arme aus. Emma beugte sich vor und ließ sich bereitwillig an Lucy weiterreichen. „Siehst du? Wir werden auf diesem neuen Planeten viel Spaß haben, meinst du nicht auch? Vielleicht finden wir auch eine knurrige Bestie für mich?", fragte Lucy Emma, die kicherte.

Lucy drehte sich um und ging Richtung Ausgang, auch wenn sie keine Ahnung hatte, wohin sie musste. Ich musste daran danken, mich später bei ihr zu bedanken. Eine Gefährtin von der Bestie für sich in Anspruch nehmen zu lassen, war nicht leicht, wenn kleine Kinder in der Nähe waren.

„Dann wäre ja alles geregelt. Viel Spaß!", sagte Rachel und wackelte vielsagend mit den Augenbrauen. Sie war schon halb auf dem Weg zur Tür, als sie sich noch einmal umdrehte. „Oh, Wulf. Danke für die gute Arbeit auf der Erde. Es lief zwar anders als geplant, aber ich denke, am Ende kann sich das Ergebnis sehen lassen."

Maxim legte ihr seinen freien Arm um die Schulter und gemeinsam warteten sie auf meine Antwort.

Ich blickte auf Olivia herab. „Ja, ich finde auch, das kann sich sehen lassen."

„Beanspruche jetzt deine Gefährtin für dich", wiederholte Maxim.

Das ließ ich mir nicht zweimal sagen. Jimmy Steel war tot. Ruth Sanchez war

Lichtjahre entfernt. Die *Bachelor*-Bestie, Chet Bosworth und der ganze Wahnsinn der letzten Wochen waren auf der Erde zurückgeblieben. Ich hatte meine Gefährtin, ich hatte die Kinder – auf die hier gut geachtet werden würde – und es war an der Zeit.

Ich wandte mich direkt an Olivia und beugte mich herab, sodass wir auf Augenhöhe waren. Dann nahm ich ihr Gesicht in meine Hände. „Ist es in Ordnung für dich, dass die Kinder für den Moment bei anderen Leuten untergebracht sind? Ich weiß, du kennst sie nicht, aber ich würde ihnen mein Leben anvertrauen. Lindsey war diejenige, die die *Bachelor*-Bestie organisiert und entschieden hat, dass ich auf die Erde gehen sollte. Ich sollte wohl wütend auf sie sein, aber ich bin ihr einfach nur dankbar. Ich habe dich. Tanner und Emma. Ich schwöre, dass es ihnen gutgeht, während ich dich für mich beanspruche."

Ihr Blick war suchend auf mich gerichtet und schließlich nickte sie. „Ich weiß. Ich möchte, dass du mich für dich beanspruchst. Bitte? Ich will nicht mehr warten."

Meine Bestie war derselben Ansicht und knurrte angesichts der Art, wie sie bettelte. Meine Gedanken kehrten zu dem Moment vorhin zurück, als Jimmy Steel seine dreckigen Hände auf ihr hatte. Meine Bestie war wild, aber schwach, wenn es um sie ging. Wir mussten beide sicher sein, dass sie wohlbehalten war. Sicher. Unser. Um das zu tun, musste ich ihre Hitze um meinen Schwanz spüren, ihre üppigen Kurven unter meinem Leib. Ich würde sie mit meinem Samen ausfüllen und meine Bestie würde knurren und endlich ... Frieden finden.

Ich beugte mich vor und warf Olivia über meine Schulter, um sie aus dem Raum zu tragen, eine Hand auf ihrem Arsch.

„Wulf!", rief sie lachend.

„Du gehörst mir, Olivia, und es wird Zeit, das unter Beweis zu stellen."

OLIVIA

Ich hatte keine Ahnung, wie lange er mich trug, ich spürte nur seine Kraft. Meine Hände lagen auf seinem Steiß und seinem Hintern und ich konnte bei jedem Schritt das Spiel seiner Muskeln fühlen. Mein Blick fiel auf die Handschellen und ich lächelte. Von meiner neuen Heimat sah ich nichts, nur einen Flur, der endlos schien. Ich sah die Beine anderer Leute, wir waren also nicht allein, aber Wulf machte keine Anstalten, mit jemandem zu sprechen oder mich jemandem vorzustellen.

Eine Tür glitt auf und Wulf ging hindurch, dann stellte er mich behutsam auf meine Füße. Mit seiner großen Hand auf meiner Taille stellte er sicher, dass ich nicht ins Straucheln geriet, dann küsste er mich. Gleich hier. Ich nahm an, wir mussten uns wohl in seinem Quartier befinden, aber ich konnte nichts außer ihm sehen.

Nicht, dass es mir wichtig gewesen wäre. Der Kuss war wie ein Streichholz, das mich innerlich in Flammen setzte. Nein, nicht in Flammen, in ein Inferno. Da war diese Show und Ruths ... nun, Herumgezicke. Dann Jimmy Steel. Wulf war angeschossen worden. Angeschossen! Es war eine emotionale Achterbahnfahrt gewesen, aber jetzt waren wir endlich hier in der Kolonie. In Sicherheit und zusammen.

Tanner und Emma hatten Spaß und waren nicht hier. Ich konnte Sex mit Wulf haben und musste dabei nicht leise sein. Es wäre ausgeschlossen, dass ich das könnte. Nicht dieses Mal. Nicht, wenn dies das richtige Mal war. Weil er jetzt mir gehörte.

Er legte seine Hände auf meine Wangen und ich ergriff seine Handgelenke. Ich fühlte seine Handschellen.

„Wulf", flüsterte er ich an seinen Lippen. „Ich brauche dich."

Ein Knurren drang aus seiner Brust und ich spürte unter meinen Händen, wie er wuchs. Ich zog mich etwas zurück und sah zu, wie damals in der Show, wie er sich in die Bestie verwandelte. Seine Kleidung zerriss, seine Muskeln und Knochen wurden auf magische Weise größer, länger, härter. Es war unglaublich, wie groß er wurde. Ich musste den Kopf in den Nacken legen, um in seine wilden, animalischen Augen zu blicken.

„Meins", hauchte er. Seine Brust hob und senkte sich, während er mich betrachtete und wartete.

„Ja. Ja, Wulf. Ich bin dein."

Mehr gab es nicht zu sagen. Ich gehörte ihm auf jede erdenkliche Weise. Er hatte bewiesen, dass er mir gehörte. Nun würde ich mich ihm hingeben, wenn er mich für sich beanspruchte. Er brauchte das, um überleben zu können. So wie er in New York sein Leben für mich riskiert hatte, würde ich ihm mein Leben nun darbieten. Zum Heilen. Um vollständig zu sein.

Er packte mich an den Hüften und hob mich hoch, dann trug er mich, bis ich mit dem Rücken gegen die Wand stieß. Es war wie in dem Zimmer neulich. An die Wand gepresst. Lucy hatte gesagt, Atlanen beanspruchten ihre Gefährtinnen gern im Stehen. Nun, genau das tat die Bestie jetzt.

Mein Gott, ja.

Ich war sehr erhitzt, mein Verlangen nach ihm machte mich wild, dabei hatte ich nicht einmal eine innere Bestie. Ich verstand sein Verlangen, einander näher zu sein, eine Verbindung zwischen uns herzustellen, auf ganz elementare Weise.

Meine Kleidung, das schöne Kleid, dass ich nie wieder sehen wollte, wurde heruntergerissen und fiel zu Boden, aber das war mir egal. Seine Hände waren überall. Sein Mund. Ich spürte den Druck seines Körpers, das Stoßen seines Beckens gegen meinen Unterleib. Ich rieb mich an ihm, wollte mehr Körperkontakt.

Er hob mich höher, nahm einen

Nippel in den Mund und saugte und zupfte, knabberte mit den Zähnen daran. Mit der anderen Hand spielte mit meiner anderen Brust und mit dem Becken an mich gedrückt hielt er mich in Position.

„Mehr, Wulf. Mehr." Ich vergrub meine Hände in seinem Haar, um seinen Kopf näher an mich zu ziehen.

Außer unserem Atmen war nichts zu hören. Ich spürte, wie er an seiner Hose herumfummelte, dann fühlte ich seinen heißen Schaft an meinem Unterleib.

Er hob den Kopf und sah mir in die Augen. Ich erkannte sein Verlangen, seine Hitze, die rasende Leidenschaft, die allein auf mich gerichtet war.

„Meins." Seine Hände glitten über meine Arme, schoben sie über meinen Kopf und hielten sie dort fest.

Mit diesem einen Wort, zog er mich auf sich und stieß tief in mich.

Ich bog den Rücken durch und schrie auf, als ich ihn in mir spürte. So groß. So tief. Ich war so feucht, tropfte geradezu, was es ihm leicht machte, einzudringen. Aber sein Schwanz war beeindruckend.

Er hielt sich nicht mehr zurück. Ich wusste, er konnte nicht. Ich wollte es auch gar nicht. Ich wollte alles von ihm. Den ganzen Wulf.

„Ja!", schrie ich und mein Kopf fiel zurück gegen die Wand, als er mich nahm. Ich konnte nichts tun außer fühlen. Seine Stärke. Das Stoßen seines Schwanzes, mit dem er mich beherrschte. Die Laute, die er von sich gab, das animalische Knurren und Stöhnen. Die Hitze seiner Haut ließ mich ins Schwitzen geraten.

Aber ich spürte eine Verbindung, die bisher nie dagewesen war. Ich hatte mir nicht vorstellen können, dass es so etwas geben könnte.

„Ich komme. Oh Gott!" Ich erschauerte um ihn herum und kam, weißes Licht tanzte vor meinen Augen, ich schrie seinen Namen, immer wieder, wie ein Mantra.

Ich spürte, wie er in mir anschwoll, pulsierte und noch einmal tief in mich stieß und dabei brüllte. Ich hätte schwören können, dass die Wände dabei wackelten. Die gesamte Basis hatte sicher mitbekommen, dass Wulf einen Orgasmus hatte und mich mit seinem Samen füllte. Sein Fieber war gebrochen, das Biest war besänftigt, ich gehörte nun ihm. Endlich.

Sein warmer Atem strich mir über den Hals, noch immer hielt er mich an die Wand gepresst. Er war noch steif in mir, füllte mich, aber ich spürte, wie sein Samen aus mir heraustropfte. Diese Inanspruchnahme war eine ziemliche Sauerei, aber ich musste dennoch lächeln.

„Lass es uns noch mal machen, sobald ich wieder meine Finger spüre", sagte ich.

Er hob den Kopf und sah mich an. Er hatte sich noch nicht erholt. Im Gegenteil, er sah überwältigt aus. Als hätte er seine Lebenskraft in meine Pussy entladen. Langsam ließ er meine Arme sinken und küsste mich. Sanft. Während ich mich erholte, verschwand die Bestie und er war wieder Wulf. Mit verschwitzter Stirn und erstauntem Gesichtsausdruck.

„Noch mal. Und noch mal. Wir haben die ganze Nacht."

Ich strich durch sein verschwitztes Haar und blickte in seine dunklen Augen. Dann schüttelte ich den Kopf. „Wir haben den Rest unseres Lebens. Gefährte."

Er drehte sich um und trug mich durch das Quartier zum Bett, auf das er mich ablegte. „Den Rest unseres Lebens", wiederholte er, mit dem Schwanz noch immer tief in mir vergraben. Er zog sich zurück, drang wieder tief ein, ich schrie auf vor Lust. „Aber wir fangen jetzt damit an."

WILLKOMMENSGESCHENK!

TRAGE DICH FÜR MEINEN NEWSLETTER EIN, UM LESEPROBEN, VORSCHAUEN UND EIN WILLKOMMENSGESCHENK ZU ERHALTEN!

http://kostenlosescifiromantik.com

INTERSTELLARE BRÄUTE® PROGRAMM

*D*EIN Partner ist irgendwo da draußen. Mach noch heute den Test und finde deinen perfekten Partner. Bist du bereit für einen sexy Alienpartner (oder zwei)?

Melde dich jetzt freiwillig!
interstellarebraut.com

BÜCHER VON GRACE GOODWIN

Interstellare Bräute® Programm

Im Griff ihrer Partner

An einen Partner vergeben

Von ihren Partnern beherrscht

Den Kriegern hingegeben

Von ihren Partnern entführt

Mit dem Biest verpartnert

Den Vikens hingegeben

Vom Biest gebändigt

Geschwängert vom Partner: ihr heimliches Baby

Im Paarungsfieber

Ihre Partner, die Viken

Kampf um ihre Partnerin

Ihre skrupellosen Partner

Von den Viken erobert

Die Gefährtin des Commanders

Ihr perfektes Match

Die Gejagte

Tumult auf Viken

Die Rebellin und ihr Held

Interstellare Bräute Programm Sammelband - Bücher 1-4

Interstellare Bräute Programm Sammelband - Bücher 5-8

Interstellare Bräute Programm Sammelband - Bücher 9-12

Interstellare Bräute Programm Sammelband - Bücher 13-16

Interstellare Bräute® Programm: Die Kolonie

Den Cyborgs ausgeliefert

Gespielin der Cyborgs

Verführung der Cyborgs

Ihr Cyborg-Biest

Cyborg-Fieber

Mein Cyborg, der Rebell

Cyborg-Daddy wider Wissen

Die Kolonie Sammelband 1

Die Kolonie Sammelband 2

Interstellare Bräute® Programm: Die Jungfrauen

Mit einem Alien verpartnert

Die Eroberung seiner Jungfrau

Seine unschuldige Partnerin

Seine unschuldige Braut

Seine unschuldige Prinzessin

Die Jungfrauen Sammelband - Bücher 1 - 5

Zusätzliche Bücher

Die eroberte Braut (Bridgewater Ménage)

Erobert vom Wilden Wolf

Ascension-Saga: 1

Ascension-Saga: 2

Ascension-Saga: 3

Ascension-Saga: Bücher 1-3 (Band 1)

Ascension-Saga: 4

Ascension-Saga: 5

Ascension-Saga: 6

Ascension-Saga: Bücher 4-6 (Band 2)

Ascension-Saga: 7

Ascension-Saga: 8

Ascension-Saga: 9

Ascension-Saga: Bücher 7-9 (Band 3)

ALSO BY GRACE GOODWIN

Interstellar Brides® Program: The Beasts
Bachelor Beast

Interstellar Brides® Program
Assigned a Mate
Mated to the Warriors
Claimed by Her Mates
Taken by Her Mates
Mated to the Beast
Mastered by Her Mates
Tamed by the Beast
Mated to the Vikens
Her Mate's Secret Baby
Mating Fever
Her Viken Mates
Fighting For Their Mate
Her Rogue Mates

Claimed By The Vikens

The Commanders' Mate

Matched and Mated

Hunted

Viken Command

The Rebel and the Rogue

Rebel Mate

Surprise Mates

Interstellar Brides® Program: The Colony

Surrender to the Cyborgs

Mated to the Cyborgs

Cyborg Seduction

Her Cyborg Beast

Cyborg Fever

Rogue Cyborg

Cyborg's Secret Baby

Her Cyborg Warriors

The Colony Boxed Set 1

Interstellar Brides® Program: The Virgins

The Alien's Mate

His Virgin Mate

Claiming His Virgin

His Virgin Bride

His Virgin Princess

The Virgins - Complete Boxed Set

Interstellar Brides® Program: Ascension Saga

Ascension Saga, book 1

Ascension Saga, book 2

Ascension Saga, book 3

Trinity: Ascension Saga - Volume 1

Ascension Saga, book 4

Ascension Saga, book 5

Ascension Saga, book 6

Faith: Ascension Saga - Volume 2

Ascension Saga, book 7

Ascension Saga, book 8

Ascension Saga, book 9

Destiny: Ascension Saga - Volume 3

Other Books

Their Conquered Bride

Wild Wolf Claiming: A Howl's Romance

HOLE DIR JETZT DEUTSCHE BÜCHER VON GRACE GOODWIN!

Du kannst sie bei folgenden Händlern kaufen:

Amazon.de
iBooks
Weltbild.de
Thalia.de
Bücher.de
eBook.de
Hugendubel.de
Mayersche.de
Buch.de
Bol.de

Osiander.de
Kobo
Google
Barnes & Noble

GRACE GOODWIN LINKS

Du kannst mit Grace Goodwin über ihre Website, ihrer Facebook-Seite, ihren Twitter-Account und ihr Goodreads-Profil mit den folgenden Links in Kontakt bleiben:

Web:
https://gracegoodwin.com

Facebook:
https://www.facebook.com/profile.php?id=100011365683986

Twitter:
https://twitter.com/luvgracegoodwin

ÜBER DIE AUTORIN

Grace Goodwin ist eine USA Today und internationale Bestsellerautorin romantischer Fantasy und Science-Fiction Romane. Graces Werke sind weltweit in mehreren Sprachen im eBook-, Print- und Audioformat erhältlich. Zwei beste Freundinnen, eine kopflastig, die andere herzlastig, bilden das preisgekrönte Autorenduo, das sich hinter dem Pseudonym Grace Goodwin verbirgt. Beide sind Mütter, Escape Room Enthusiasten, Leseratten und unerschütterliche Verteidiger ihres Lieblingsgetränks (Eventuell gibt es während ihrer täglichen Gespräche hitzige Debatten über Tee vs. Kaffee). Grace hört immer gerne von ihren Lesern.

www.ingramcontent.com/pod-product-compliance
Lightning Source LLC
LaVergne TN
LVHW011754060526
838200LV00053B/3596